福氣臨門

1

風 文創 418

翦曉 著

目錄

序

翦曉

歲月沈澱筆尖，文字傾盡期許，摸爬打滾經年，當年的興趣已變成生活中的不可或缺，荊棘路上，執筆化憂畫人生。

能出版一直是翦曉的夢，《福氣臨門》終於能與大家見面，除了感到榮幸之至外，更多的還是激動和感激。

每一個橋段的誕生，到人物的擬造，再到故事脈絡的梳理，最後到完善，都是一個奇妙的過程。

翦曉一向喜歡這種創作的充實感。《福氣臨門》的人物隨著一步步的完整彷彿被賦予了生命，活了過來，他們的人生，就好像是一段段真實的記憶。

現在翦曉把這一段段精采的「記憶」展現給你們，希望你們也能隨著文中的九月一起感受嬉笑怒罵、感受到生活的溫馨和幸福。

第一章

古語說：「重陽無雨一冬晴。」

今秋九月，陽光暖暖照耀在山間，透過樹木縫隙，灑在山間小屋。

小屋門口，站著兩個年輕男子和一個俏麗的姑娘，身上的衣衫雖然破舊，卻洗得極乾淨。

「九月，妳快些，奶奶怕是要撐不住了，就等著見妳一面呢。」略年長的男子頻頻看著山下，朝屋裡催促道。

「我這就來。」九月在屋裡平和地應道，清秀文雅的容顏如初綻的花朵，眉宇間卻流露出一抹傷感，烏黑的長髮編成一根麻花辮斜斜垂在左肩，髮髻處別著一朵白色絹花。

她原本是一名資深禮儀師，一生平順無波。

二十三歲開始工作、二十四歲結婚、二十五歲便離婚獨居，無子無女，除了工作，最大的愛好便是宅在家寫作，曾是某網站寫手，筆名「九月春」。

她三十三歲因過勞而猝死，不料卻陡然來到這個世間，降生於棺中。

眾人視其為災星、家人視其為冤鬼，要不是這一世的外婆，她早與那個已死亡的母親一起被架在柴堆上燒為灰燼了。

這十五年來，外婆靠著製香燭、摺冥紙以及在廟裡做善事養活她，兩人在這山中相依為命，可當她初及笄時，外婆卻走了。

當年那力斥她是災星妖孽的奶奶也將油盡燈枯，臨了卻讓人來接她回家。

「九月，我幫妳吧。」門口的俏麗姑娘怯怯地走進來，環顧了一下屋子，屋裡很簡單，除了一張床，便只有一張桌子，不過收拾得很乾淨。

「我都收拾好了，也沒什麼東西。」九月再次看了看，青蔥般的素手迅速把包裹打了個結，揹在背上，微笑地看著面前這個姑娘，這是她的第八個親姊姊。「走吧。」

屋外等著的是她的大堂哥和六堂哥。

「大堂哥、六堂哥。」出了門，九月朝兩位男子略彎了彎腰行禮。

她的平和沈靜讓兩人不由自主一愣，恍惚間，當年的小女嬰已經長大了，還出落得這般清麗嫻靜，在她身上，沒看到想像中的怨懟，她的眸清澈坦然，舉止也十分從容。

「九月，牛車就在山下，現在能回去了嗎？」略年長些的男子是祈稻，三十一歲，劍眉星目、皮膚黝黑，眼睛裡流露著焦急和憐惜。

「大堂哥，我想去跟住持道個別，這些年他照拂良多。」九月微微一笑，毫不掩飾對祈稻的好感。

「九月，奶奶快不行了，這兒離大祈村也就十里，以後再來和住持道別不行嗎？」六堂哥祈菽顯然是個急脾氣，看著九月的目光沒有畏懼，反倒像是斥責任性的妹妹。

「六堂哥，如果她與我有緣，自然能撐到見我一面；若無緣，便是現在飛回去，也未必能見到。」九月溫和地堅持道，比起那個未曾見面便要燒死她的奶奶，住持在她的生命裡顯得重要多了。

其實，不論今天有沒有人來接，她都要離開這兒了。

當年外婆迫於無奈，抱著她來到這個落雲廟裡，住持仁心收留了她們，外婆抱著她跪於佛前占卜，得一福字，從此便以祈福為她的名。不僅如此，外婆還起了一卜，借住持之口宣於眾人，說她只要在廟中住滿十五年便可無恙。

兩世為人，外婆是唯一真心待她之人，她這十五年便是為了外婆才真心實意地守在山裡。

如今牽掛已了，她要像外婆臨終前說的：「要走出去，好好活給所有人看，告訴他們，妳不是災星！」

祈菽還欲再說，祈稻便攔住他，朝他搖了搖頭。

「從廟前下山比較近，你們要與我一起過去嗎？」九月把祈稻的舉動看在眼裡，她挺滿意這個大堂哥的明理，這一回去，不愉快的聲音在所難免，所幸至少這兩位堂哥對她是沒有成見的。

「成，就一起吧。」祈稻很乾脆地揮揮手。

俏麗姑娘轉身替九月關上門，她是九月的親姊姊祈喜，排行第八，小名八喜，祈家老太太重男輕女，她們的娘這短暫的一生都在為了生兒子努力，可偏偏每胎都事與願違，直到死了，在棺中生下的還是九月這個女兒。

領著三人，九月駕輕就熟地穿過屋邊小路來到落雲廟側門，繞過拱門，便是大雄寶殿前的院子，這個時辰，住持應該在大殿內替人講籤解惑。

果然，住持正為一位信女講解籤文。

邊上不遠是寺裡的香燭攤子，這些年一直都是她外婆照管，如今管攤子的卻是寺裡的和尚，外婆留下的所有香燭冥紙都留給寺裡。

九月想了想，轉向一邊的香燭攤子，買了一把香、十二雙紅燭，轉身供燭上香。

她本是個無神論者，但因玄妙的親身經歷，不知不覺間便有了一顆虔誠的心。

祈菽等得有些不耐煩，好幾次想過來提醒九月都被祈稻給攔下了，三人站在殿前，目光隨著拜了一圈的九月移動。

九月一尊佛一尊佛的拜，她不祈求自己將來如何富貴，只求外婆下一世能平平安安。

「九月。」住持看到九月過來，慈祥一笑。「有空多來寺裡走動走動，老施主不在了，這香燭等物也需要有人供應，妳要有難處，儘管回來。」

一句話，便給了九月足夠的退路。

九月合掌行禮。「謝住持，我外婆便託與諸位了。」

「放心。」住持點頭，她就是不說，他也會派人照應她外婆的墳。

「告辭。」九月再次行禮，也沒有多話，直接退了出來。

走出山門這一路，她再沒有回頭。

山腳下，果然停著一輛套著牛的平板車，平板車上倚坐著一個與祈菽有幾分相似的年輕人，聽到動靜，他飛快轉過頭來。

「哥，怎麼這麼慢呢？去晚了，怕是最後一面都見不上了。」年輕人跑到祈菽面前，皺著眉抱怨道，一邊瞧向九月，打量了兩眼。

「這是祈稷，妳該喊他十堂哥。」祈稻邊走邊向九月介紹一下。

「十堂哥。」九月也在打量祈稷，他們兄弟的名字似乎都與五穀雜糧有關。

「快走快走，已經快來不及了。」祈稷不耐煩地揮揮手，一把奪過九月手上的包裹，一手拉住她的胳膊，把她往車上拽，一雙濃眉已經擰成一條線。

祈稷這一拉，看似魯莽，但九月知道，他並沒有用勁，也就是這一瞬的感覺，她確定這幾位哥哥和八姊對她是沒有惡意的，可這不代表其他祈家人的態度。

只是，不過十里地，居然派了牛車來，還讓這麼多堂哥來接她，這又是演哪一齣呢？

九月抿著唇，乖乖地找了個靠後的位置坐好。

「駕——」祈喜也被祈稻扶上了車，祈稷頭也沒回，直接一鞭子揮起來，牛「哞」的一聲，緩緩邁開步伐，祈稻和祈菽沒有上車，而是跟隨在車子兩邊快步跑著。

十里路，很快便在九月的沈默中過去。

山路蜿蜒，一條大河橫貫而過，河上架著一座能容兩輛平板車通行的木橋。

車到橋前，祈稷控制著牛緩了車速，過去後才又加快速度。

過了橋，行駛一段平坦的道路之後，一個拐彎便看到不遠處一塊大石頭做的界碑，上面寫著「大祈村」三個極大的字。

石頭旁站著一個老婦人，看到他們出現，連連揮手大聲喊道：「怎麼這時才來？快點快點！」

看到這一幕，淡然的九月還是下意識地挺直腰板。

祈稻幾人中午出發接九月，可這會兒回到家已近黃昏。

祈家那個棺生女即將回來的消息早已傳開，這會兒牛車駛進村子，便有不少人閉了門躲在門縫裡偷偷瞧著外面。

九月偶一抬頭，看到有人驚恐地閉了門，心裡不由好笑，乾脆轉頭不看，免得刺激到他們。

沒一會兒牛車停下，祈喜輕輕扯了扯九月的衣袖。「九月，到了。」

牛車停在大路上，左前方還有一條斜坡小路，坡上的院子門口擠滿人，都在觀望她這個被驅逐出去十五年的「猴子」。

「九月，快些上去吧，奶奶怕是熬不住了。」祈稻見九月不動，忙又過來催了一句。

這會兒工夫，方才那位村口的老婦人急急追了回來，把祈菽、祈稷拉到一邊，低聲嘀咕了幾句。

祈稷也不知說了什麼，那老婦人追著打了他的手臂好幾下，連連啐了幾句，便又匆匆跟著往坡上趕。

九月瞥了一眼，手扶著平板車的板沿輕巧地跳下去。

前世過勞猝死的她，重生後便更加注意鍛鍊身體，平日在山中沒少上竄下跳，外婆還教給她一套祈福舞，一直以來，她都當體操跳，練就了一身輕靈。

八喜跟著從另一頭被祈稻扶下去。

這時老婦人又匆匆回來了，手裡還拿著一把稻草，她把稻草放在坡下，用火摺子點燃火，便過來拍打著祈菽、祈稷過去跨火堆。

九月頓時瞭然。

所謂跨火驅邪，顯然老婦人已經知道祈稷伸手碰了她，才來了這麼一齣。

「三嬸，您這是做什麼？」祈喜很不高興，紅了眼眶瞪著老婦人。

「八喜，我這是為了你們好，妳也趕緊跨跨，好好的姑娘家莫染了晦氣。」老婦人邊說邊瞄了九月一眼，嫌棄之意顯而易見。

「您……」祈喜顯然不是個能言善道的，她委屈地咬著唇，瞪著老婦人看了一會兒，才回頭去拉九月的手。「九月，別理她。」

九月微笑著躲開祈喜的手，她是不在意人家怎麼看她，可眾目睽睽之下，她得為祈喜顧忌些。雖然只是初見，她心底已對八姊有些好感。

「走吧。」九月淡淡地看了老婦人一眼，率先走在前面，提了裙腳跨過火堆。

清秀的少女沐著夕陽紅霞，步伐沈穩地踩著光影走過去，引起圍觀的人們一陣竊竊私語。

尤其是那些未曾親眼見過當年那一幕的年輕人，更是交頭接耳地嘀咕——這樣的姑娘，怎麼可能是災星？

祈喜一時看得有些呆，最後在祈稻的提醒中，慌忙跨過火堆跟上去。前去接九月的路上，大堂哥已經和她說好了，讓她好好照顧九月，免得九月剛回來不熟悉被人欺負了。

上了坡，三間院子映入眼簾，院子與院子之間種了不少丹桂，這個時節，正四處飄著芬芳。

九月來到院子前，擠著的人群紛紛往兩邊避讓。祈稻生怕她著惱離開，從後面趕上來，走在她前面指引。「九月，這邊。」

「有勞大堂哥引路。」九月淺笑著衝祈稻點頭，臉上隱隱露出兩個梨渦。

「這哪裡像個災星，分明是仙女下凡。」人群裡已然傳出聲音，隨即便如石子投入大海般，被一旁其他人的制止聲淹沒。

祈稻領著九月直接進了堂屋。

堂屋裡站著許多年輕媳婦，各自都領著孩子，看到祈稻，其中一個張了張嘴，看了九月一眼，又忍了回去。

祈稻沒有理會她，逕自帶著九月進了左邊小屋。

小屋裡有些黑，靠牆擺著的床上躺著一位老太太，床邊擺著的凳子上坐著位白髮老人，拉著老太太的手靜默不語。除了他，邊上還守著三位上了年紀的老漢和一個老婦人。

「大伯，九月接回來了。」祈稻壓低聲音朝其中一位頭髮花白的老漢回了一句。

那老漢聽到聲音，下意識看了過來，混濁的眼睛中流露出一絲亮光。

九月默默地看了看他，她知道，祈稻的大伯就是她這世的爹祈豐年。

祈豐年看著九月，動了動嘴唇，仍是沒說話。

最後，還是床邊的白髮老人發了話。「孩子，快過來見見妳奶奶。」

奶奶？

九月看向緊閉雙目的老太太，沒有動。

身後，似乎進來更多人，有人猶豫著開了口。「九、九月，快去見見奶奶，她一直念著妳呢。」

九月回頭瞧了瞧，說話的是個婦人，和祈喜長得有些相似，卻面黃肌瘦略有菜色。

「這是大姊。」祈喜在九月身邊悄悄提醒。

九月點點頭，收回目光，對她來說，這些人不過是路人甲乙丙丁，沒必要過多寒暄。

看到九月這樣淡漠，大姊祈祝有些傷感，頓時紅了眼眶。

「老婆子，妳睜睜眼，老大家的九囡回來看妳了。」老人顫著手，輕輕拍著老太太的手，略傾身輕聲喚道。

祈老太好像聽到了一般，眼皮子動了動，竟真的睜開眼睛，她的目光沒有焦距，朝床頂轉了轉眼珠子，才漸漸移向床前這些人身上，一個一個看過，最後落在九月身上，她緊緊盯著，忽地眼中閃現一抹亮光。

九月也在打量著她，看到她眼中這抹神采時，她無聲嘆息，眼前這位老太太沒有多少時間了。

「九囡……」祈老太掙扎著鬆開老人的手，吃力地向九月抬了抬。

九月猶豫了一下，最終還是上前一步。

「九囡，是奶奶對不起妳，妳要是恨，就恨奶奶，不要怪妳爺、妳爹他們，所有罪孽都由奶奶揹，啊？」祈老太滿懷著希望看著九月。

話一出口，說的卻是這些。九月面上微冷，原本還存著的一絲同情頓時消散，這是至死都不願人忘記她是災星嗎？

祈老太等了這麼久，似乎就為了等著說這麼一句話，說罷便沒有理會九月，逕自回頭看向一邊的祈豐年。「老大。」

「娘。」祈豐年上前。

「把孩子們都找回來吧，二囡、四囡，都找回來吧。」祈老太緊緊拉住祈豐年的手。「我要給她們的娘賠罪去了……我夢到她了，她在怨我……扔了她的孩子……」

「娘……」祈豐年哽咽著。

九月腳動了動，想要退後。

「九囡，奶奶對不起妳，奶奶不顧妳爺爺的反對，逼著妳爹要燒死妳，妳要怪，就怪奶奶一個人吧，不關他們的事，以後別走了，東邊那塊地和小屋子，以後就是九囡的了……」祈老太說到最後，看向祈老頭，目光中充滿期盼。

只是，她這話一出，頓時引起在場所有人的低呼。

身為女兒，哪裡有分田地的分兒？

那塊地再差、再不祥，也都是兒子們的啊。

可祈老太卻給了孫女兒，還是這麼一個被遺忘了十五年的災星孫女兒……

「好，就給九囡，那塊地還有那片林子，都給九囡。」祈老頭順從地點頭，再次拉住祈老太的手，老淚縱橫。「老婆子，妳走慢些，等等我，等我處理好這裡的事，我就去找妳，妳也知道我腿腳不好，妳莫走快了。」

九月後退的腳步忽地停下來。

多年禮儀師生涯，她見過無數彌留的老人。

孤獨終老的，有之；鶼鰈情深的，有之；似祈家二老這樣，她亦見過不少，而她，一向敬重、羨慕這樣一同到老的脈脈溫情。

不論祈老太如何對她，如今都是彌留的老人了。

祈老太眼中的神采漸漸弱了下去。

老人坐在邊上，喃喃說著什麼，似乎想把這輩子省下的話都補上。

屋裡漸漸響起了哭聲。

第二章

看著這一對白髮蒼蒼的老人，九月忽地嘆了口氣。

以她兩輩子加起來的心性，只怕再也找不到這樣一個人陪她終老了，比起她，彪悍了一輩子的祈老太是幸福的。

「奶奶，九月從來沒有怪過您，這些年九月過得很好，您無須自責。」

清脆平和的聲音在屋中響起，祈老太滿是褶皺的臉上漸漸漾起笑容，她留戀地環顧眾人一眼後，緩緩合上了眼……

「老婆子，妳累了，睡吧……」祈老頭緊緊攥著祈老太的手，一遍一遍撫著，口中唸唸有詞。「累了一輩子了……」

「爺爺，我扶您出去吧。」屋裡屋外一片哭聲，九月環顧一下，自己也沒什麼可幫忙的，便想著先把祈老頭扶出去，好讓人給祈老太淨身換壽衣。

「哎，好。」祈老頭早已老淚縱橫，就著九月的手，他彎腰站了起來，最後一次深深看了祈老太一眼，才挪動腳步，一邊吩咐道：「都輕些，你們娘累了，讓她清靜清靜。」

祈豐年抱著頭跪在床頭默默流淚，祈康年、祈瑞年卻像個孩子似的跪在床邊抱著祈老太放聲大哭。

九月扶著祈老頭來到堂屋，將他安頓好，又倒了茶端到他手上。

祈老頭有些茫然，直到感覺手中多了茶杯的溫暖，才抹了抹淚，抬起混濁的眸看著九月。「十五年了……」

十五年，並不是一段短暫的歲月。

對一些人而言，十五年過去了，痛苦還在延續，可對九月而言，這十五年給了她平靜、溫暖、充實。

這一刻，九月的心很靜很靜。

「九月。」祈喜紅著眼眶出現在九月身邊，她的情緒不算太悲傷，祈老太一向重男輕女，雖然沒有苛待過孫女，卻也沒給過好臉色，所以祈老太的死，祈喜只是傷感，反倒她有些為妹妹擔心。她怯怯地看了看九月，見九月臉色還算緩和，才說：「爹說，讓妳守靈。」

「好。」九月答應得很爽快，為長輩守靈是古禮有之，她並不意外。「靈堂在哪裡？」

「我不知道。」祈喜看了看四下，搖了搖頭，欲言又止。

這時，裡面傳來一陣吵鬧聲。「大哥，你是長子，這事難道不得你領頭？怎麼說，也輪不到我們三房來辦吧？」

說話的是個婦人，聲音尖銳又氣惱，是方才在外面接應祈稷的老婦人，九月的三嬸余四娘。

「我沒說不領這個頭，只是都是兒子，這花費總得三家來平攤吧？」祈豐年冷笑著。「論起來，得了好處的也是你們這些有兒子的，我的女兒們可沒撈到半點好處，我沒說論男丁人頭來分攤，已經很不錯了。」

「喲，大哥，你說這話我就不愛聽了，誰說你的女兒沒得好處？難道大哥耳朵已經不好使了？方才沒聽婆婆說把東頭那塊地和小屋子都給你家那災星了啊？」

余四娘再次拔尖聲音說道，這分明是針對她家來著，要知道，老大家九個女兒，老二家一男一女，她家三個孩子可都是兒子，這次分家產，她的兒子自然是人手一份的。

「妳說誰是災星？妳敢再說一遍試試！」祈豐年暴喝一聲。

頓時，屋裡屋外全部噤聲，連帶在屋外看熱鬧的、幫忙的人都停下來，好奇地看著裡屋的門。

祈豐年冷冷開了口。「三弟妹，說話要三思，妳說她是災星，妳有證據嗎？她災著妳家哪裡了？妳要是覺得娘把東頭那塊地和屋子給了她，妳不服氣，那好，我把那塊地和屋子都給妳，把她接回家裡來住，妳覺得如何？」

「大哥、大哥。」祈康年一聽不對勁，忙打起圓場。「你別和她一般見識，她這張嘴就這樣，甭理她，那地是娘給九囡的，誰也不能說個不字。」

「是啊是啊，大哥莫惱，我們攤，我們三家攤……」祈瑞年也陪笑說道，說到一半，被余四娘狠狠掐了一把，他頓了頓，隨即又底氣不足地說了一句。「別掐我，我說的是實話，要不是大哥，我們家哪來這許多地……」

余四娘聽到他這麼一說，忽地縮了縮脖子。

她怎麼忘了，這大哥可不是什麼好惹的，當年可是專砍人頭的劊子手，雖然十五年沒動刀了，可人家是有底子的，要是真吵起來較起真，家裡所有的地和房子豈不是都要被他收回去？

「哼！」祈豐年冷哼一聲。「知道這家是我當年出大力置的就好，以後誰敢再說一句災星，誰就把吃下的全給我吐出來！」

屋裡總算消停下去。

祈老頭垂頭坐著，老淚縱橫。「作孽啊……作孽啊……」

九月安靜聽著，就好像是聽別人家的事般沒有絲毫情緒波瀾，面對屋外那些人打量的目光，她更是當作沒看見般坦然接受。

「東頭的地……後面是墳山，她沒膽子要的……」祈喜卻有些不安，她咬著下唇看了看裡屋那邊，又看了看九月，細聲解釋著。

九月轉頭衝祈喜微微一笑。「沒關係的。」

祈喜剛剛平復的眼眶再次紅透。

九月打量了一下這間堂屋，又看了看祈老頭，蹲了下去。「爺爺，靈堂準備設在哪兒？」

「啊？」祈老頭聽到九月的聲音抬頭，混濁的目光盯著她好一會兒才重新燃了絲亮光，指了指他身旁的桌子。「就這兒吧。」

「可有畫像？」九月又問。

她並不知這裡的風俗，這麼問也只是根據自己的經驗。

「莊戶人家哪裡請得起畫師啊，一會兒找人弄塊木板，刻上名就好了。」祈老頭搖了搖頭。

九月點頭，起身走到一旁解下包袱，從裡面一樣一樣的拿東西。

「她在幹什麼？」門外往來幫忙的人看到九月的舉動，又是好奇又是疑惑，偏偏又不敢進來看個明白，只好躲在門外交頭接耳。

九月沒有理會他們，逕自裁了一張紙下來，擺開文房四寶，倒了些許茶水磨開了墨，自顧自地拿著筆畫起畫像。

自她重生以來，記憶就極好，直覺尤其敏銳，方才祈老太臨終前那個微笑，她竟深深記住了，這會兒憑著那點記憶信手畫來，竟沒有絲毫停頓。

祈老頭湊身專注地看著她作畫，沒有再吭聲。

祈稻被祈喜找了過來，一進屋便看到九月在畫畫像，他不由驚訝得睜大了眼睛。

祈家在大祈村是個大家，可是除了他們這些兒子上過幾年學之外，幾乎沒有一個女子是識字的，更別提誰能寫能畫的了，顯然他的這個十九堂妹會。

祈稻放輕腳步站到邊上，直到九月放下筆，他才走上前，滿臉驚愕。「九月，妳……」

畫上的人赫然就是祈老太，還是祥和慈愛的祈老太。

「大堂哥。」九月淡淡地點頭。「這張可否充當畫像掛在靈堂？」

「能，當然能！」祈稻連連點頭，這麼栩栩如生的畫作，再能不過了。

「九囡啊。」祈老頭站起來，伸手想要去拿那張畫像，一邊招呼九月過去。「九囡，這畫能放多久？」

九月微訝，看了看祈老頭，明白他是想把這畫保存起來，便應道：「爺爺，等奶奶的後事辦完，我幫您把這畫像裱起來。」

「好好！」祈老頭又擦了把淚，點了點頭，坐到邊上開始尋找合適的地方。「九囡，這個要掛在哪兒？那上頭可好？」

「好。」九月看到祈老頭恢復了些精神，也略略放心了些。

沒一會兒，祈稻帶著祈稷幾個兄弟搬東西過來，九月收拾了自己的東西，把祈老頭攙扶到一邊，開始幫幾個堂哥一起布置。

來祈家幫忙的人漸多，沒一會兒，祈老太便入了殮，一時之間，屋裡屋外的哭聲再次傳得老遠。

祈老頭被安置到另一個房間，祈家人按著輩分一一進來叩頭送行，很快就輪到孫輩中最小的祈喜和九月。

祈喜伸手拉了九月，示意她一起跪到後面去。

死者為大，九月當禮儀師時，給過世的人行禮也是常有的事，這會兒她又成了祈老太的孫女，跪是免不了的，略一猶豫，便跟在祈喜後面。

「等等。」就在九月膝蓋要落地的那一刻，有個聲音不悅地響了起來。「豐年，讓你家九囡出去。」

祈豐年正站在棺邊，他是長子，祈老太入殮時，他和兩個弟弟責無旁貸，這時聽到這話，他抬起頭看到說話的人時，頓時沈默了，這人是他的叔父，要是換了別人，他還可以反駁，可這人……

「為了一家人的安全，讓她出去。」老人眼皮也沒有抬一下，逕自抓了一把香點上。「不論她是不是災星，小心一些總沒錯的，你娘臨終把她叫回來，是你娘的善心，可我們活著的人卻不得不注意。」

九月抬頭，看到說話的老人正是方才帶人進來的那一個，衣著還算光鮮，可那板著的臭臉卻讓人生不出好感。

「叔公……」祈稻回頭瞧了瞧九月，有些不忍，可他一開口便被老人給打斷了。「祈稻，說話前好好想想，萬一出了事，你可能負責？」

九月聽到這兒，低著頭撇了撇嘴，緩緩站起來，祈老太只不過是她名義上的奶奶，對她又曾經有那麼一段過節，她跪只是為了盡盡這身分的孝道，既然不讓跪，那便算了。

她這一站，頓時讓所有人都扭頭看向她。

祈豐年也在看她，神情有些複雜，好一會兒才開口。「八喜，帶她回小屋歇著。」

自始至終，沒有和九月正面說一句話。

「喔。」祈喜應了一聲，擦著淚站了起來，看了看九月。

九月點頭，逕自轉身走了出去。

「九月，妳別生氣。」祈喜怯怯地追上來。

「我沒生氣。」九月停下腳步，微笑著對祈喜說道：「那小屋在哪兒？我有些乏了，想歇歇。」

「喔，就在東頭，從下面走吧。」祈喜聽罷，忙點頭，一邊指著不遠處的山腳下，神情間有些猶豫，不過腳步還是邁了出去，帶著九月往眾人忌諱的地方走去。

祈家院子出來，一路順著小道彎了幾個彎，便是祈家正對面的山腳下。

村前的大河細細彎彎地穿過山澗，轉到這兒又是丈餘寬的小河，將土地一分為二，河面上沒有橋，只架著一根頗粗的木頭，一端附了不少青苔和腐爛的痕跡，顯然已頗有年頭。

河那邊是道陡坡，上面則是一片荒地，地上的雜草有半人高，隱隱約約的，雜草叢中露出茅草的屋頂。

走到獨木橋邊，祈喜便停下來，紅著眼眶，咬著下唇轉向九月。「九月，妳還是跟我回家吧，這兒……哪能住人……」

饒是九月再淡然，看到這樣的地方後，心頭也湧現一絲惱怒，原來是這麼個地方，怪不得他們竟這樣爽快，祈老太把這一片地都給了她，他們都沒有爭搶的意思。

「那屋子後面不遠處是片竹林，竹林後面是墳地，村裡死了人，都在那兒葬……平時他們都不敢來。」祈喜已經忍不住掉下淚來。「九月，妳跟我回去吧，就睡我那屋子，我不說，沒人知道的。」

「不了。」九月搖頭，抬頭看了看天色，這會兒天色已經有些暗了。「妳回去吧，我自己過去看看。」

「不，我陪妳過去。」祈喜咬了咬唇，堅持要跟著一起過去。

九月有些意外。

「走吧。」祈喜彎腰從地上撿起幾根草擰在一起，搶在九月前面站到木橋前。

「我先過去，妳一會兒再走，這木橋很久了，兩個人一起怕受不住。」

「妳當心些。」九月點頭，也就由著她了。

祈喜見她同意，才放心地站到木橋上，微張著雙手，側著身一點一點地挪著，走到中間時，整個人還晃了晃。

九月在後面下意識地向她伸出手。

所幸，祈喜只是晃了一下，很快就穩住了，這會兒她的膽子也大了些，三步併作兩步竄了過去，到了那邊卻沒有急著喊九月，反而拿著手裡擰起的草四處甩了甩，半彎著腰細細看了一會兒，才轉身跑回河邊，衝著九月揮了揮手，高聲喊道：「九月，過來吧，這兒沒什麼東西呢。」

九月看著祈喜的舉動不由會心一笑。「來了。」

很快，兩姊妹便來到茅草屋前面，這短短的一路，祈喜就像隻護小雞的老母雞，小心翼翼地拿著那幾根草左一下右一下地甩著，每走一步都先用腳去探，確定路面踏實後再用腳把那些雜草給壓倒，倒是給她弄出了一條小道。

說是小屋，其實就是兩間用茅草堆起來的草棚子，門口掛著的草簾子也殘破不堪，一間屋子裡面積了厚厚的一層灰，屋頂也塌了一角，站到門口便聞到一股刺鼻的黴味。

另一間倒是稍稍好些，裡面還有一塊用凳子架著的木板，上面鋪著稻草，只是凳子缺了一張，木板歪斜在地上。

「九月，跟我回去吧，這兒哪能住……」祈喜的眼淚又掉了下來。

「八姊。」九月頭一次喊姊姊。「妳快回去吧，妳也說了，這兒沒人敢來，我在這兒不會有事的。」

「那我在這兒陪妳。」祈喜還是堅持。

「我一個人怎麼將就都成，妳留在這兒可沒地方歇呢。」九月心裡一暖，說話也親和許多。「我在山裡的時候，住的地方也沒有什麼人，我不怕的。」

「不，我不走。」祈喜卻倔強地搖頭，咬著唇看了看九月。「好歹也得陪妳過了今晚，等明天天亮了，我找大堂哥他們幫忙把這兒收拾一下，屋子也重新弄一弄，等能住人了，我再回去。」

「妳不怕我嗎？」九月沈默了一會兒，側頭看著祈喜，忍不住問道。

「見到妳之前，我怕。」祈喜不好意思地低頭，手指繞著衣角，不過很快又抬起頭看著暗色中的九月。「見到妳以後，我就不怕了，我不相信妳是什麼災星，妳很好。」

九月微訝地看著祈喜，她沒想到祈喜的答案居然是這個，一時間感動得說不出話。

第三章

祈喜不願走，九月也不堅持趕她。

說真的，在這樣的地方住一晚，又沒有任何照明，她還真有些膽怯，妖魔鬼怪一說倒是嚇不倒她，她怕的是草叢裡的蛇蟲鼠蟻或是其他野獸，有人陪著，總是能壯幾分膽量的。

「趁著還有些天色，我們把屋子檢查一下吧，儘量清一塊地方出來好歇腳。」多說無益，九月便收起所有心思，動手開始整理。

「欸，來了。」祈喜的聲音裡充滿雀躍，她飛快走了過來，幫著九月抬起那木板。

木板還算完整，只有一角缺了些，並不妨礙使用，上面的稻草也比較乾燥，只是木板下面卻有些亂。

姊妹兩人一人搬了一張凳子，用凳子當掃把，把地上的稻草都推到一頭。

九月邊忙碌，邊檢查屋子，屋子四四方方的，每一面牆都有四根柱子，除了門的位置，其餘地方都用稻草編的草簾子厚厚擋起，上面倒是沒有什麼漏洞。

木板暫時豎起當牆壁，較乾燥的稻草作床，四周再圍上側倒的凳子，倒也能勉強度過一晚。

做完這些，天色已然極暗，伸出手也只能隱隱約約看到手指，祈喜有些害怕，不自覺地靠近九月。

「九月，妳吃過晚飯了嗎？」

「妳餓了？」九月側頭，隱約看到祈喜的臉，才恍然想起，自他們去尋她，也就中午在落雲山上吃了點兒，回來後一團鬧騰，一時竟忘了吃飯這回事。

可這會兒去哪裡尋東西吃？再去祈家？只怕去了也是自討沒趣。

「有點。」祈喜又縮了縮脖子，湊到九月身邊，縮到那木板後面坐下，攏了攏身邊的稻草。

時值九月，暖陽高照，但入夜後的天氣卻也有些轉涼了。

「妳這又是何必呢。」九月嘆氣，把包袱抱在懷裡，摸索著把裡面的剪刀取出來，放在右邊隨手能拿到的地方。

「妳一個人在這種地方，肯定會怕的。」祈喜猶豫了一會兒，伸手挽住九月的左胳膊。

「一個人怕總好過兩個人唄。」九月僵了一下，前世因為職業的緣故，哪怕是家人也很少這樣親近她，這一世又與外婆深居落雲廟，鮮少與人往來，更別提這樣的舉動了。

「九月，妳別怪爹，他也是沒辦法的，這些年姊姊們都嫁了，家裡只剩下我和爹，我常看他一個人抱著酒罈子發呆，在他心裡，還是掛念妳的。」祈喜忽地輕輕說道。「這次，奶奶能開口尋妳回來，爹別提有多高興了，昨天一天都在家裡收拾房間，九月，我們現在就回家吧。」

「不了。」九月安靜聽罷，搖了搖頭。「人言可畏，這些年我清靜慣了，以後也只想清清靜靜過日子，妳的好意，我心領了。」

「可是這地方怎麼住啊？總不能天天這樣吧？」祈喜抬頭看了看四周，仍有些不甘心地勸著九月回家。

「這兒不錯啊，頭上有屋頂遮陽遮雨，四周有牆擋風，等天亮收拾收拾就好了。」九月卻笑道。「這兒……對我來說，未必不是福地。」

「好吧……」祈喜認真想了想，終於認同九月的說法。「等天亮了，我找大堂哥幫忙去，讓他來幫妳把屋子修一修，再砌個灶間，邊上的茅草也要清一清，最好圍個圍牆，種些菜什麼的……」

「八姊，說說家裡的情況吧，我們家除了妳和……還有什麼人？」九月看著祈喜，眼中流露些許暖意，主動開口說道，但，她最終還是喊不出這麼個「爹」字。

「好。」祈喜有些高興起來。

「我們這一輩連同兩個姑姑的孩子算在一起，有許多堂、表兄弟姊妹，所以才會叫祈菽、祈稷六堂哥、十堂哥；至於我們家……大姊祈祝嫁給村西頭的涂家，現在有一兒一女，大姊夫是個老實人，對大姊極好的；二姊祈願……十六歲的時候嫁到外面，這些年一直沒有音訊；三姊祈夢是嫁給村南頭的葛家，已有一個女兒、兩個兒子了，三姊夫在鎮上幹活，日子也還過得去；四姊祈巧……現在也不知道在哪兒，聽說她七歲的時候把自己給賣了；五姊祈望嫁給村裡的楊家，也有一兒一女，五姊夫家裡有幾畝薄田，除了田裡的進項，他還會做些簡單的木工活兒，平時閒了就箍個桶子挑集上去賣了貼補家用。」

「那，六姊和七姊呢？」九月見祈喜停了話，不由好奇問道。

「大饑荒年沒了，那時候我才一歲多，聽老人們說，娘也是那一年沒的……」祈喜說到這兒便頓住了。

就是那一年，周氏過世，九月在棺中出生，六姊、七姊也餓死了……

九月默然，這種事任誰家都受不了。

「奶奶看重孫子，我們家沒有哥哥弟弟，她很少過來瞅一眼的。二叔家一個堂哥一個堂姊、四叔家三個堂哥，平時她都是守在四叔家幫忙的，就是三姑和五姑家，她都沒怎麼上心，只是沒想到，臨了她還能想到兩位姊姊和妳。」祈喜有些難過地說道。「現在妳回來了，二姊和四姊還不知道在哪兒呢。」

「慢慢來吧。」九月淡淡地說道。「不聊了，休息吧。」

祈喜應了一聲，縮在九月身邊安靜了下來。

身邊的呼吸聲漸漸平穩下來，九月卻是了無睡意，雙手枕著頭看著黑夜中模糊的屋頂沈思著……

也不知過了多久，外面忽地傳來一陣窸窸窣窣的聲音，九月忙收起心思，右手抓起剪刀，一邊暗暗地推了推祈喜，小聲道：「八姊，醒醒。」

祈喜很警覺，幾乎在九月推她的時候便睜開眼睛，還沒有驚叫出聲，眼中的迷茫一閃而逝，便飛快抄起一邊的凳子警惕地注意著門口。

「八喜、九月。」門外傳來一個男子的聲音，沒一會兒，外面映入一絲亮光。

「是十堂哥！」祈喜一聽，驚喜地對九月說了一句，扔下凳子便往門口跑。「十堂哥，我們在這兒。」

「妳們倆怎麼回事？跑這兒來幹麼？」祈稷一手提著燈籠，一手拿著一根粗棒子靠近門口，他也不進來，用棒子撩起草簾，粗聲粗氣地斥道：「這兒都破成這樣了，是妳們兩個姑娘家能待的地方嗎？膽兒還真夠肥的！」

九月鬆了口氣，緩緩收起剪刀。

祈稷見了，露出一抹譏笑。「原來還是會怕的。」

「十堂哥，你不知道，方才可嚇著我們了。」祈喜的語氣流露出一絲親暱。「還好是你，有你在，現在我們就不怕了。」

「得了吧妳，難不成讓我一個大男人在這兒陪妳們一晚上？」祈稷不客氣地翻了個白眼，朝兩人揚了揚頭。「走吧，跟我回去。」

「欸。」祈喜高興應下，轉頭看向九月又有些猶豫，不過，經過方才和九月親近的談話，這會兒她也放開不少。「九月，我們回去吧，這兒確實不能住人呢，還是等過兩天這兒收拾好了，能住了，妳再回來好不好？」

「妳回去吧。」九月卻搖了搖頭。

「走、走。」祈稷把棒子往祈喜手裡一塞，頭一低就進了屋，強勢拉起九月的手。「別跟我說什麼災星不災星的，誰敢在我面前吵一句，看我的棒子答不答應！」

「呃……」九月猝不及防被他拉了個正著，一時之間有些無措。「十堂哥，真不用了。」

「妳說不用就不用？」祈稷卻不理會，反而瞪著九月。「他們說妳是災星，妳就是災星了？妳要是有這本事，給哥記好了，誰說妳，妳就災誰去，看哪個狗兒子還敢胡說八道！」

這話說得有些糙，卻掩不住維護之意，九月忍不住心頭一熱，沒想到，除了外婆之外，她還有哥哥、姊姊關心。

「十堂哥，叔公還在不在那兒？」祈喜看九月這樣，心裡也難過，她想了想，輕聲問道。

「妳管他在不在？他在又怎麼了？奶奶是我們的奶奶，就是有災星也是我們家的災星，關他屁事！他就是還在，哥也懶得理他！」

祈稷衝著祈喜又是一頓斥責，說罷，轉頭瞪著九月道：「妳走不走？不走的話，信不信我一把火燒了這兒，這一片一起火，連後面的墳地也保不住，妳信不信明兒全村的人都會跑來跟妳算帳？」

「十堂哥，這跟九月有什麼關係？你別嚇她。」方才祈稷說她，祈喜還不在意，這會兒見他威脅九月，她馬上護短反駁。

「當然有關係，他們的祖宗墳地都給燒了，到時候他們一定會說：『果然是災星，一回來就禍及全村人了！』妳們信不信？」祈稷的手攥得緊緊的，一邊卻怪聲怪氣地學著婦人口音說話。

九月不由輕笑，她自然是信的，她甚至能想到那些人會如何憤怒，她就是被抽筋剝皮或是沈塘上火刑也不是不可能的。

「十堂哥，我跟你們回去，只是你能不能鬆手，我自己走就是了。」

黑夜中，祈稷一手提著燈籠，一手拿著棒子走在最前面，邊走邊左右敲打，時不時還用腳去踩壓一下腳下的草根。

祈喜生怕九月反悔，一直緊緊拉著她的手跟在祈稷身後。

到了獨木橋邊，祈稷停下來，提著燈籠站在邊上，回頭示意讓兩人先過去。

一路在祈稷不斷照應下，九月終於回到祈家院子的大門口。

裡面隱隱還有哭聲傳出來，院子裡燈火通明，幫忙的人也散了大半，留下的都是親近的或是至親的人。

「走啊，站這兒幹麼？」祈稷一腳踏進大門，一回頭瞧見九月還停在後面，他不由又瞪了她一眼。「到門口了，妳想讓誰來請妳啊？」

九月的笑越發暖和，老老實實地聽他的話，抬起腳踏了進去。

「阿稷，給我過來！」

余四娘坐在堂屋摺著紙元寶，一眼瞄到外面的情況，扔下手裡的東西便跑出來，拉著祈稷就到了院子的角落，眼睛瞟了瞟九月，連連捶打著祈稷的肩。

「你怎麼又把她給招回來了？啊？今天叔父好不容易把她支出去的，你怎麼又去帶回來？你這是嫌自家日子過得太順了是吧？你可氣死我了……去去去，怎麼帶回來的給我怎麼送出去！」

余四娘的話直白又響亮，除了院子裡的九月和祈喜，連靈堂裡的人都聽到了，隱約有人站到門口往這邊張望。

九月的笑斂了起來，饒是她一向清冷不與人計較，此時也禁不住余四娘這一番話，一絲惱意油然而生，她改了主意，抬腿往靈堂走去。

「噯噯，她怎麼要進去了？你還不趕緊攔下她？」余四娘急了，可她偏又不敢和九月離得太近，只好一個勁兒地推祈稷。

「娘，您真不讓她進靈堂給奶奶守靈？」祈稷只是縮著脖子側身擋著余四娘，連眉頭也沒皺一下，不過聽到余四娘這話時，他卻皺眉了。「那成，我帶她回家歇著，反正我們家也不是沒空屋子。」

「不行！」余四娘大驚，脫口高喊道。

「三……」祈喜眉頭一鎖，就要向余四娘走去，被九月緊緊拉住。

九月對祈喜搖了搖頭，淡淡一笑。

「娘，您不是不知道那小屋子是什麼情況，那兒沒收拾根本住不了人，要不，您看這樣行吧？」

祈稷一點也不怕余四娘，伸手揉著肩，硬著脖子道：「您要是能在那兒住一晚，我就不管這件事了，讓她回那兒去。」

「你是要氣死老娘啊！啊？有你這樣對娘說話的嗎？」余四娘氣得直拍胸口，眼角餘光瞟了一眼草屋的方向，神色間閃現一絲顧忌。

「只有兩個選擇。」祈稷對她晃了晃兩根手指。「要麼，讓她去守靈；要麼，我讓她回我們家歇。」

「你……」余四娘又急了，但深知兒子個性的她不敢再鬧，沒好氣地又重重捶了一下祈稷的背，憤憤道：「算了算了，出了事可別怪我沒提醒，你給我離她遠一點！聽到了沒有？」

只可惜，祈稷已經轉身往靈堂走，壓根兒就不理會她。

「進去。」祈稷站在祈喜和九月身後，很傲氣地衝裡面揚了揚下巴。

「十堂哥，你真好。」祈喜暗暗對他豎起大拇指，挽著九月走進去。

靈堂裡，還有二嬸陳翠娘和幾個年輕婦人，都穿了孝，看到幾人進來，陳翠娘也就抬了抬眼皮子，瞥了九月一眼，淡淡地指了指邊上的凳子。「八喜，妳們的孝服在那邊，穿上吧。」

「是。」祈喜點頭，過去拿起孝服，共有兩套，明顯是為她和九月準備的，祈喜有些高興，一轉念又覺得現在不宜高興，揚起的嘴角迅速彎了下去，背著人調整了一下心情，才拿著孝服到了九月身邊，幫九月穿上。

九月隨意地把包袱放到地上，裡面都是些平日用慣的東西，還有一些外婆用過留下紀念的，並沒有值得人惦記的貴重物品。

「二嬸，我們該在哪兒？」祈喜也穿上，看了看有些迷茫。

「在這邊吧，我們明兒還有事，也該回去了。」

陳翠娘把手裡摺好的元寶放到籮筐上面，扶著膝蓋站起來，一邊拍著自己的衣裙，一邊對幾個年輕小媳婦說道。

幾個年輕小媳婦巴不得早些離開，她們倒不是對九月有意見，只是有些事寧可信其有，而且這其中還有三個是余四娘的兒媳婦，她們可沒有祈稷那樣的膽子去挑戰她們的婆婆。

祈稷盯著其中一個年紀最小的小媳婦看了幾眼，那小媳婦有些怯怯地回望他，猶豫著要不要留下來，祈稷便皺了皺眉，對她略點了點頭。「先回去吧。」

小媳婦連忙點頭，跟在那幾個小媳婦身後站起來。

「八喜，可要守好了，留意那香火和火盆，一定要接上。」陳翠娘略略收拾一下，吩咐了祈喜一番，臨行對九月點了點頭，便出去了。

「喔。」祈喜點頭，一轉頭，九月已經在蒲墊上跪坐下來，還拿起黃紙摺起元寶，手法很是熟稔。

想了想，祈喜轉頭拉著祈稷到了一邊，小聲說道：「十堂哥，我們在這兒守靈，能不能吃東西？」

「妳們還沒吃晚飯嗎？」祈稷一愣，便會意過來。「我讓人給妳們送些吃的。」

祈喜才轉到九月身邊學著九月跪坐下來，只是她不會摺元寶，只好邊看邊學。

沒一會兒，剛剛那個最小的小媳婦端著托盤進來了，上面放了一碟糕點、兩碗蛋花湯圓。

「先去那邊吃吧。」小媳婦有些怯怯地看了看九月，對祈喜笑了笑。

「謝謝十堂嫂。」祈喜接過東西，一邊道謝，一邊扯了扯九月的袖子。

九月也不矯情，這會兒香還有半炷，火盆裡的紙錢也正燒著，一時半會兒滅不了，便添了些在邊上，讓其慢慢燃著，才起身站起來。

「多謝十堂嫂。」學著祈喜的稱呼，九月對小媳婦點頭，知道是祈稷的媳婦，神情間也帶了些許和善。

祈稷媳婦有些意外，她沒想到九月會主動和她說話，也有些不好意思。

趁著這會兒靈堂沒什麼人，九月和祈喜趕緊吃東西。要不是餓極了，在守夜的時候進食對死者是不敬的，被人看到少不得要說一頓，尤其是那些本就挑剔九月的人。

當然了，九月吃東西一向細嚼慢嚥的，就算趕，也不會狼吞虎嚥，斯文地吃完一塊糕、喝了半碗蛋花湯圓，她不經意一瞥，看到祈稷媳婦站在那邊扶了扶腰，她的目光停了停，意外地看到祈稷媳婦的肚子有些鼓。

九月疑惑地停下手，抬頭瞧向祈稷媳婦的臉色，見她微微皺著眉，一臉為難，心裡便有了幾分猜測。「十堂嫂，這兒有我們，妳先回去歇著吧，這靈堂……還是莫要進了。」

祈稷媳婦驚訝地回頭，看到九月的目光落在她的肚子上，不由雙頰通紅。

「九月，妳幹麼要說這個？」等祈稷媳婦出去以後，祈喜湊到九月身邊小聲問。「三嬸剛剛還在外面那樣說妳，要是被她知道妳讓十堂嫂不進靈堂，她估計又要大呼小叫了。」

「十堂嫂怕是有娃娃了。」九月想了想，還是把猜測告訴了祈喜。「這樣可受累不得，而且這裡的煙和氣味對娃娃可不大好。」

「啊？」祈喜驚訝得睜大眼睛。

「我只是猜測，妳別嚷嚷，要是被人知道沒這回事，又起波瀾。」九月感激祈稷之前相護，便想投桃報李。「八姊，妳去尋尋十堂哥，記得私下問，別弄錯惹了笑話。」

「我知道了。」祈喜一下子站起來，比起九月的淡然，她便顯得緊張許多，邊走邊嘀咕。「曾聽老人們說過，有身孕的人不能見過身的人，不知道十堂嫂有沒有和奶奶正面碰到。」

祈喜匆匆而去，又匆匆回來，私下告訴九月，十堂嫂果然有了，這會兒祈稷已經帶她回去休息了，而且奶奶大殮時，十堂嫂自知身體有異，已經避開了。

九月只是點頭，孕婦與死人不能碰面之事，是沒有任何科學根據的，可無論是她前世的職業，還是今世魂穿重生，她對這些玄而又玄的事還是有些忌諱的。

九月不說話，祈喜也有些拘謹，姊妹兩人並排跪在蒲墊上，摺著元寶、燒著紙錢、顧著香火，倒也清靜。

祈家其他人似乎也知道靈堂有人守著，一直不曾出現。

到了下半夜，祈喜有些犯睏了，九月卻了無睡意，其一是靈堂的香火不能斷，其二則是因為她乍然換了陌生環境，睡不著罷了。她便讓祈喜去尋個地方眯一會兒，自己守著火盆摺元寶。

回到祈家的第一夜，勉強算平靜地過去了。

第四章

次日一大早，門外便響起震耳欲聾的哭聲，接著便奔進來兩個中年婦人。

祈喜私下拉了拉九月，說這兩人都是姑姑。

兩個姑姑只顧著哭，跟著進來的人倒是多看了九月幾眼，接著便都跪到靈前痛哭去了。

這一大片哭聲，九月聽著只覺得頭有些抽疼，便趁著人不注意，拿了自己的包袱走出去，祈喜緊跟在後面。

「八姊，天都亮了，我回那邊收拾收拾，妳也去歇歇吧，我晚上再過來守靈。」九月懶得在這兒看人臉色，便想著先回小屋休息。

「妳都一晚上沒睡了……」祈喜下意識想反對，可一抬眼，便看到九月神情間的堅定，後面的話怎麼也說不出口。

「快回去歇歇吧。」九月對她淺淺一笑，揮了揮手，揹著包袱便往外走。

一出院門，迎面便遇到祈豐年。

五十多歲的祈豐年，頭髮與鬍鬚都已花白，偶爾一抬眼間，目光銳利，隱約有種戾氣，此時他手裡還拿著把鋤頭，褲子挽到膝下，鞋上還沾了不少泥，看起來不像是剛剛起來的。

祈豐年抬頭看了看九月，停下腳步，卻也沒有說話。

九月也看了看他，面前這個男人就是她這一世的父親，十五年前她見過，沒想到十五年過去了，他蒼老了這麼多。

想了想，九月退後一步，側身讓到一旁。

祈豐年目光閃了閃，沈著臉進了院子。

九月撇了撇嘴，很淡然地走出去，剛剛跨出院子，便聽到他對祈喜說道：「她去哪兒？」

「爹，九月不聽勸，非回那小屋，說是要收拾收拾，晚上再過來守靈。」祈喜有些嘆息。「爹，能不能讓九月回家住？我們家這麼多屋子就我們倆，反正空著也是空著。」

後面祈豐年說了什麼，九月沒有聽到，她已經下了坡，早起的人已經往這邊來了，一大早的，還是別影響心情了。

憑著記憶，九月快步來到昨夜來過的那間小屋。

這會兒天已大亮，屋裡屋外的情形一目瞭然。

這一片以前應該是片田地，這兩間屋子想來是用來照看地裡的東西宿夜用的，屋子建在土壟下，往上不遠便是一片竹林。

倒塌了一角的那間以前應該是用來放東西的，裡面放著一些腐朽的凳子和木具，茅草也比另一間破敗得厲害。

九月扔掉棍子，撩開草簾子先進了屋，把包袱放在一邊，挽起袖子開始收拾屋子。

爛掉的稻草清到外面堆著以備以後種菜時所需，又折了竹葉一捆充當掃把，凹凸不平的地方，找了塊小石頭搓一搓、鏟一鏟便好了，屋裡草牆稀疏的地方補上稻草，破的地方就扯些藤草修補。

昨夜側倒在地上的凳子上都沾滿泥土，有些地方已經出了青苔，一張結實、一張卻是斷了一條腿，洗洗修修倒也能架床。

九月想了想，把這些都搬到小河邊，清洗起來。

正洗著，對岸傳來聲音，她立即抬起頭，看清是祈稷，才鬆了口氣，站起身打了個招呼。「十堂哥。」

「嗯。」祈稷的手上還拿著柴刀，顯然是來幫忙的，他點了點頭，大步過了獨木橋，經過九月身邊，逕自去了小屋那邊，拿著柴刀便開始清理屋前面的荒草。

九月見狀，微微一笑，又蹲回去繼續清洗，洗完凳子，她又去搬床板，只是，這木板可不像現代那些夾板那麼輕，張著手沒能搬起來，只能側豎著拖出去。

剛剛拖出一點，九月只覺得手上一輕，竟是祈稷在外面接了一把。

「要洗？」他問了一句。

「是。」九月點頭。

祈稷隨手把柴刀扔在一邊，只一個蹲起便把木板舉起來。

九月跟在後面，誰知祈稷把木板浸了大半個下去，就這樣洗涮起來。

「十堂哥，還是我來吧，那邊不是忙嗎？你先去忙吧。」

九月看著祈稷索利地洗著，有些不好意思，為了她這個初見面的堂妹，他都和他娘對上了，現在又來這邊幫忙，萬一讓他娘知道了，只怕又是一番鬧騰，她現在最見不得就是鬧騰，也懶得鬧騰。

「那邊人多，用不著我。」祈稷搖頭，把木板翻過來，看了看九月，有些彆扭地說道：「昨晚……謝謝妳啊。」

「啊？」九月驚訝地看看他。「十堂哥，說起來也是該我謝你吧，怎麼反而是謝我呢？」

「不是……是我媳婦的事。」說到媳婦，祈稷的臉上出現可疑的緋紅，還好他膚色偏黑，不至於太突兀，說完這話，倒是打開了話題。「要不是妳讓八喜來提醒，我媳婦還不好意思告訴我呢，她呀，就這點不好，膽子特小，要是換了她，大白天也不敢往這兒來。」

「十堂嫂人瞧著挺好。」九月對他媳婦不瞭解，也不好隨意說，便笑著應了一句。

這倒是讓祈稷找著了話，臉上帶著淡淡的幸福說起他媳婦如何如何。

「她叫錢來娣，隔壁村的，家裡有四個姊妹，她是大姊，只比妳小一歲，她奶奶……一樣看重孫子，所以受了不少苦，膽子也就養得小了，可心眼挺好，等以後閒了，我讓她來陪妳說說話。」

「十堂哥，還是別讓她過來了。」九月無奈地搖了搖頭。

「妳聽那些話幹麼？全是胡扯，也就那些老糊塗了的……」

祈稷說到這兒，忽地想起他自己的娘，頓時尷尬得停住了話，對九月笑了笑，低頭繼續清洗木板。

洗好後，又舉著送回屋裡，有了祈稷的幫忙，九月總算輕鬆些，斷掉的那條凳子腿也被祈稷找了一根粗粗的樹枝綁起來。

「這一片原來是瓜地，屋子也是為了守夜才搭的。改天得了空，我找我哥一起過來，把屋子重新修一修，屋子旁添個灶間，邊上那一間也整整，平時也能放點東西。」

祈稷見九月沒閒著，收拾屋子後又出來和他一起拔草，一邊介紹著這邊的情況，就像面對的是自幼長大的妹妹，而不是人人忌諱的災星。

祈老太的遺體在家停了七天，請了和尚唸了七天經文，總算風風光光地出了殯，被葬在竹林後的墳地裡。

這七天，九月晚上在祈家守靈，在那邊吃飯，白天仍回小屋收拾，倒也沒有人為難她，便是余四娘偶爾碰到了也是遠遠繞開，加上有了祈稷和祈喜相助，日子倒也不算難熬。

送完了殯，送殯的人原路返回到祈家院子，邁過火盆，眾人便三五成群地入了席。

九月獨自進了堂屋，對著堂屋上的畫像和牌位上了三炷香，出來後兩邊院子的酒席已坐得滿滿的，也沒有人主動過來喊她過去，想了想，便直接出了院子回了小屋。

從床底下刨坑裡藏著的包袱裡面拿出剪刀，九月重新藏好東西，另外又找了根棍子，爬上屋後的小陡坡，一路敲打著往竹林走去。

竹林裡沒有明顯的路徑，不過稍微拉著竹子便能攀上去，竹林裡的草倒是沒那麼長。

九月把棍子放到邊上，開始尋找竹筍，腳尖一點一點地踩過去，找到竹筍，再用剪刀一點一點地挖。

所幸，收穫還是頗好的。

揹著大大小小的筍，又揹帶了幾根竹子回到小屋，九月也沒有歇腳，去河邊尋找大石頭，一塊一塊搬回來壘在屋前收拾出來的空地中央，圍了個四四方方的坑充當簡易灶臺。周邊茅草叢生，所以柴禾也不用費神去尋了。

帶回來的竹子削成長竹籤，串起削成片片的筍，點好了火放著烤，只是沒有油鹽的筍片吃著就澀，九月勉強多吃了幾口，才在邊上弄了些泥土把火蓋滅。

「九月。」這時便聽到祈喜的喊聲，一回身，便看到祈喜提了個籃子，後面還跟著祈稻和祈稷，兩人手裡還拿了鋤頭和柴刀。

「大堂哥、十堂哥、八姊。」九月微笑著打招呼。

「九月，妳怎麼不去吃席面？」祈稻略有微詞。「跑得這麼快，我找一圈也沒看到妳。」

「讓大堂哥費心了。」九月略彎了彎腰，歉意道。

「快吃點東西吧。」祈稻指了指祈喜手裡的籃子，轉頭看看四周，朝祈稷點頭。「我們開始吧。」

九月有些驚訝，看著祈稻和祈稷兩人拿著鋤頭走到屋子左邊，指著地和屋子便商量起來。

「九月，快來吃東西。」祈喜把籃子擺在一邊，撩開上面的布，露出裡面的飯菜——一碗米飯、兩碟小菜……

九月的眼眶還是微微地紅了，接下飯菜，借著低頭的空檔掩飾自己的酸澀，安靜地吃了起來。

籃子下還放著東西，祈喜拿開那塊布，小聲道：「這是爹讓我送過來的，一小袋是米、一小袋是麵粉，那小包裡是我從家裡勻出來的鹽，還有幾把菜，都是自家的東西，妳先用著，以後我每三天給妳送一次過來。」

「八姊，別麻煩了，我自己會想辦法。」九月不知道該說什麼好，又不想和祈家有太多牽扯。

「說什麼話，一家人不住一起已經很過分了，還能讓妳自己想辦法弄吃的？」祈喜不高興地嘟著嘴，不由分說地提著籃子往屋裡走。

九月轉頭看著她，無奈地嘆息，也沒有硬氣到非要把東西退回去。

等她吃了飯，祈稻和祈稷已經去砍了幾根粗粗的竹子拖回來了。

費了一下午，兄弟姊妹四人便把框架搭起來。

四根粗粗的竹子埋入兩尺深的土裡，彼此間又用細些的竹子互相牽制，只要不是存心毀壞，隨便搖一搖是不會倒的，框架下圍了半丈高的圍欄，用帶著竹葉的竹枝擋上，尋了藤條固定好，一個簡易的灶間便有了模樣。

另外，祈稻幾人還在不遠處靠山壁的地方挖了個大坑，上面鋪了木板，蓋了個小小的棚子，一個茅廁便算成了。

「行了，明兒我們再來把灶打上。」祈稻繫好最後一根竹枝，起身抹了抹汗，看著九月說道：「九月，晚上妳一個人在這兒不怕嗎？要不要讓祈喜在這兒陪妳？」

「不用。」九月連連擺手，看了看祈喜說道：「八姊也累了，還是回家歇著吧，我一個人沒事的。」

「那，這把柴刀妳留著。」祈稷說著便把他的柴刀遞過來。

九月沒有拒絕，她確實需要防身的東西。

「九月，妳行嗎？」祈喜擔心地看著她，有心想留下，可是來之前爹又說了……

「八姊，我行的，無論如何，以後這兒都是我的家，我總不能天天讓妳來陪我吧？」九月笑著說道。

好說歹說，祈喜見她這樣堅持，只好作罷，說好明天一早再過來幫她，便跟著祈稻、祈稷一步三回頭地走了。

九月目送他們離開後，見天色還早，便拿著柴刀再次去了竹林，砍了幾根竹子回來，再砍成一截一截三尺長的，交叉插在屋子四周，圍了個簡易籬笆，砍下來的竹葉竹枝，全部鋪在門口和屋子四周。

餘下的，兩根卡在門口的草簾後面，餘下一根削得尖尖的放在床旁邊。

九月這才坐了下來，長長地吐了口氣。

今天開始，她就得住在這兒了。

這一晚，九月睡得極不踏實，每一次醒來，她都會努力睜大眼睛看看屋裡的情況，伸長耳朵傾聽外面的動靜，一手握著柴刀，另一手握著剪刀，直到再一次迷糊地昏睡過去。

　　直到最後一次醒來時，看到外面已經隱隱露出一絲亮光，九月才坐起來，摸了摸額上的冷汗，苦笑著嘆氣。「九月，妳終究還是會害怕一個人的啊……可這……只不過是剛開始……」

第五章

兩天的工夫，祈稻等人便把九月的灶臺搭了起來，兩眼土灶，中間還安了個燒水的小鐵罐，煙囪直直的超過了屋頂，灶臺前放了一張嶄新的木桌，邊上立了個架子，只要再添上鍋和碗盤，這兒便能馬上用了。

只是，想要添置東西就得有銀子，身無分文的九月開始苦惱。

「九月——」外面響起祈稻等人的聲音。

九月忙迎了出去，剛出門就看到祈稻等人又來了，每個人的手裡都搬著一樣東西，有鍋、蓋、鏟、刀、桶、碗、盆……連筷子都準備了幾雙。

連沒照過面的祈黍也來了，只是他似乎有些不大情願，是被祈稷拽著過來的。

「堂哥，你們怎麼……」九月疑惑地看著他們，心裡突然浮現一股危機感，直覺收下這些東西必會招來麻煩。

「九月，這些都是我們幾個的心意，妳也別嫌棄是我們幾家用過的，先將就著用。」祈稻溫和笑著，一邊指揮著幾個弟弟把東西往灶間擺。「還缺什麼，只管跟哥說。」

「大堂哥，我……」九月嘆氣，目光落在河對岸，直接閉上嘴。

「祈菽、祈黍、祈稷，都給我站住！」

余四娘停在木橋那一頭，雙手扠腰對著祈菽等人大吼一聲，她身後還跟著一群看熱鬧的男女老少。

「你們幾個敗家子，還不趕緊把東西給我拿回來！這天底下有你們這麼笨的人嗎？居然上趕著把自己家的東西補給別人，你們要幫她拾掇房子，我不攔著你們，可你們現在在幹什麼？拿了自己家的東西給她了，咱們家用什麼？啊？有你們這麼敗家的嗎？你們是存心要氣死我啊！」

「娘，您這是幹什麼？丟不丟人啊？」祈稷眉頭一皺，就衝著余四娘喊道。

「丟人？我丟人？」余四娘聞言，氣得整個人都顫抖起來，手指一轉就把茅頭對準九月。「好妳個祈福、好妳個九月！小小年紀就有這樣歹毒的心思，我今天算是看出來了，妳哪是什麼災星啊，分明就是狐狸精轉世，居然連自己家的哥哥也不放過！」

九月本就不是計較之人，而且自從她回來，幾位哥哥不僅沒有像外人那樣用異樣的目光看她，反而幫了她不少，所以衝著他們的面子，她也不想激怒余四娘，可沒想到，余四娘竟潑了這麼一盆污水在她頭上，饒是她再冷靜，也被激怒了。

九月怒極反笑，抬眼看了看余四娘，緩步來到木橋這一頭，淡淡問道：「三嬸，您還記得他們是您兒子？還記得他們是我的哥哥？」

「妳……妳想說什麼？」余四娘看到九月，明顯還是顧忌的。

「您也一把年紀了，吃的鹽想來也比我吃的飯多，可今兒您當著這麼多鄉親的面，說自己的兒子被他們的妹妹所惑，這傳出去，知道的倒也罷了，當個笑話聽聽就算，這不知情的，還不知該如何猜測三嬸的家教呢？」

九月淺笑著，目光掃過後面那群人，緩緩轉身對著祈稻等人說道：「幾位堂哥，我很抱歉剛回來便給你們惹了這樣的麻煩，幾位堂哥照拂妹妹的好意，我心領了，那些東西，還請幾位堂哥帶回去。」

「九月，灶上用的那些是大哥的，妳莫要理會別人的話，身為哥哥，照拂一下自家妹妹怎麼了？」祈稻黑著臉看著對面的余四娘。

「娘，您可真行！」祈菽也板著臉，看了看九月，東西也不拿，直接過了那木橋，經過余四娘時，他停下來，失望地瞪了余四娘一眼，扔下一句話，逕自走了。

祈黍跟在後面，一句話也不說，可眼睛始終不去看余四娘一下。

「九月，那些東西妳留著用，等哥有錢了，再給妳換套全新的。」祈稷氣呼呼的，可是說這些話的是他的親娘，他有氣沒地方發。

「祈稷，你個敗家子，有你這樣的嗎？」余四娘方才還暗悔自己太過嘴快，加上大兒子、二兒子離開時的模樣，她已經有些膽怯，可沒想到祈稷竟來了這麼一句，余四娘的火頓時又竄了上來，跳著就指著祈稷大罵。「你今天要是不把東西給我拿回來，你就別給我回家！」

「不回就不回，我和我媳婦出去單過去。」祈稷氣得滿臉通紅，衝著余四娘就來了一句。

「你……你個不肖子啊，我這都是造的什麼孽啊……」余四娘的臉色青一陣白一陣的，指著祈稷半天說不出話來，乾脆坐在地上拍著大腿，一把鼻涕一把眼淚地哭訴祈稷不孝，指控九月是個狐狸精。

「大堂哥、十堂哥，你們回去吧，你們的恩情，我記下了，將來必當厚報，可這些東西我收不起。」九月聽得一陣啞然，懶得和余四娘多說，轉身把東西又重新提了出來，放在祈稻和祈稷面前，語氣淡淡道：「以後也別來了，對你們不好，對我……也沒有好處。」

「她老糊塗了，妳聽她的幹麼？」祈稷多少有些抬不起頭來。

「十堂哥，我知道你是好心，只是我一向不喜歡熱鬧，我不希望以後天天被人圍觀。」九月輕笑。「其實你們不來，我也很高興了，至少我知道在這個家，還有你們關心我，我也是有家人的，這就夠了。」

「九月，這幾樣是大哥的，妳留著。」祈稻看著這個被人說成災星的妹妹，板著臉說道。

「大堂哥，幾位哥哥都送了，也被說成……要是單留你的，只怕你和大嫂以後也會有大麻煩。」九月微笑著搖頭，拒絕了祈稻的好意。

那邊，余四娘還在哭嚎，什麼話難聽便說什麼，就連後面圍觀的人聽了也忍不住對余四娘指指點點起來，她卻毫無知覺繼續著。

祈稷回頭瞧了瞧，忽地一陣煩躁，抄起自己家的東西往河邊一站，怒喝道：「夠了沒有！」

「呃……」余四娘嚇了一大跳，哭聲噎在嗓子眼，打了個嗝，愣愣地看著祈稷。

「娘，您不是說了嗎？九月是災星，剛剛那些東西她都碰過了，想來您是不敢用的，您又不願意給她用，那兒子幫您處理了可好？」祈稷此時心裡是說不出的難過失望，他看著余四娘，忽地笑問道。

「你要幹什麼？」余四娘有些害怕，顫聲問道。

「不幹什麼，您不是怕九月晦氣嗎？行，我幫您解決了。」祈稷輕描淡寫，把東西高高地往河面上一舉，眼睛看著余四娘，忽地鬆了手，「咚」的一聲，東西沈沒在河裡。

祈稷扔完東西，笑著拍了拍手。「行了，解決了。」說罷，大步過了那木橋，繞過余四娘揚長而去，邊走還好心情地朝圍觀的鄉親們揮揮手。「鄉親們，好戲散場了，該回家收衣服做飯去啦——」

祈稷三兄弟相繼離開，余四娘一時沒了發作對象，也哭嚎不下去。

正猶豫著，就看到陳翠娘帶著祈稻的媳婦從後面走過來，她想了想，連忙爬起來，湊到陳翠娘面前說道：「二嫂，妳可算來了，妳瞧瞧，這都是什麼事啊？才來幾天，就把幾個孩子給……唉，妳快去喊妳家祈稻回來吧，我家那三個都已經回去了。」

陳翠娘淡淡地看了看她，沒說話。

祈稻媳婦看了看自家婆婆，平靜地對余四娘笑了笑。「三嬸，相公送東西來這兒，是婆婆吩咐的。」

余四娘頓時噎住了，她不相信陳翠娘這麼大方，只是人家現在當面裝大方，她也沒證據說祈稻媳婦的話是假的。

祈稻則有些意外，隨即臉上流露一絲笑意。

九月在一旁看得很清楚，她知道祈稻媳婦說的不是真話，不過她們婆媳比余四娘要高明，沒在這麼多人面前落了祈稻的面子，也顯示出她們的大度。

「九月，留著吧。」祈稻大大方方地把東西拎回去。

「大堂哥，真的不用，其實我可以回落雲山把東西都取回來的。」九月看了看對岸的陳翠娘和祈稻媳婦，客氣了一下。

「改天我再去借個牛車過來陪妳去。」祈稻放好東西出來，對九月點頭。「我先回去了。」

「謝謝大堂哥。」九月不再推讓，朝陳翠娘的方向彎腰。

陳翠娘點頭，看了余四娘一眼，又轉身走了。

「三嬸，一把年紀了，有些話出口前，還是先思量思量吧。」祈稻經過余四娘身邊時，忽地停下來，鄭重地說了一句。

余四娘的臉一時紅一時白，轉頭狠狠看了看九月，在眾人的哄笑聲中狼狽離去。

目送所有人離去，九月才疲憊地轉身，回到灶臺收拾祈稻留下的東西。

被人指著鼻子罵的事，她不是沒遇到過，只是像這樣被人無緣無故罵狐狸精，卻是頭一次遇到。

但是，就算再累，生活卻還是要繼續。

九月收起心頭的鬱悶和落寞，看天色還不算晚，給自己做了一碗麵條充當晚飯，便收拾東西，在屋子四周做了簡單的布置，接著出村趕往落雲山。

天色微微暗下時，九月已經到了落雲山下，看到半山腰那片土黃色的牆，心情頓時飛揚起來，走路也快了許多，恨不能長上翅膀馬上回到那間小木屋裡。

生活多年，山中的捷徑熟記於心，九月腳步輕快地來到生活了十五年的小屋，只是剛剛站到門口，她便愣住了。

屋裡有人！

她疑惑地在門口靜聽了聽，放輕腳步走上前去，正當她想伸手推門的時候，門開了，她整個人被一股拉力扯了進去，一旋身，她已被人制住，頸間被擱上一個冰涼的東西。

一把鋒利的劍！

「你……你是誰？」九月心跳如擂鼓，克制著心底的恐懼，可話裡的顫音卻洩漏了她的害怕。

「妳又是誰？」耳邊撲來熱氣，低沈帶著磁性的聲音輕輕響起。

「這兒是我家。」九月儘量讓自己平靜下來。

「妳家？」男子疑惑地問。「那為何我在這兒住了三天也沒見有人回來？」

「我下山去了。」九月這會兒靜下心，倒是感覺他沒有殺意，說話也自然了些。「不信你可以去落雲廟問問，我在這兒住了十五年，住持他們都認識我。」

男子沈默了一會兒，緩緩移開劍，同時也鬆開她。「抱歉，進來時一屋子灰塵，我還以為是沒人住的屋子。」

「沒……沒關係。」九月不敢妄動，眼睛餘光一直盯著那劍，直到確定他的劍還了鞘，才鬆了口氣，快速退到一邊轉身看他，一抬眼，便撞入一雙深泓般的眸中，無來由的，她的心再次狂跳了幾下。

黑暗中瞧不見男子的容貌，只感覺到他個子很高，她站在他面前，只到他的下巴處。

「如此，不打擾了。」男子說罷，沒等九月開口，便開了門消失在黑夜中。

九月愣愣地看著那人出去還不忘帶上的門，眼中滿是疑惑。

因為有這麼一個人在這兒住過，九月這一晚睡得有些警醒，天微微亮，她便起來了。

把這兩床被褥連同底下的草蓆一起捲好，尋了草繩捆得緊緊的，又尋了個籃子，把擀麵棍、碗盆筷子之類的東西裝了一籃子，又去翻找出拓印冥紙的幾塊木板模子和外婆留下的朱砂、染料，都包作一包裝了另一籃。

廚房裡還有少許外婆曬的菜乾，各種各樣攏在一起足足有一大包，也塞在籃子裡。

一切妥當，九月空手去了落雲廟。

住持還在做早課，九月看了看也不好打擾，便轉身和打雜的小沙彌說了一聲，讓他轉告住持，她那小屋裡的東西她收走一部分了，其餘的改天再來收拾。

小沙彌也是認得九月的，所以一口應下沒有絲毫推託。

回轉的路上，九月走一段歇一會兒，足足花了來時三倍的工夫才到了大祈村，在村口，她遇到了祈豐年。

看到她這個樣子，祈豐年皺了皺眉，看了她一眼便轉身走了。

九月疑惑地挑了挑眉，繼續往小屋的方向走，好不容易才走到了東頭的分岔口，便聽到祈喜的喊聲。

「九月。」祈喜從後面匆匆跑過來。

九月一回頭，便看到祈豐年遠遠站在院子門口看向這邊，興許是察覺到九月在看他，下一刻他便消失在院子門口。

「九月，妳去哪兒了？怎麼拿這麼多東西？」祈喜到了九月身邊，伸手把兩個籃子都接過去，掂了掂，驚訝道：「還挺沈的，妳這是回落雲山了吧？怎麼也不喊我一聲？我好幫妳一起拿東西。」

「昨天去的，也沒多少東西。」九月笑笑，沒有拒絕祈喜的幫助，再加上她確實也沒力氣再提東西。

祈喜一手挽了一個籃子，走在九月前頭，邊走邊說道：「方才爹來喊我，我還以為妳出什麼事呢。」

「他……怎麼跟妳說的？」九月驚訝地問。

第六章

「他說妳在外面，讓我來幫忙。」祈喜回頭衝九月燦爛一笑。「其實爹還是挺關心妳的，昨晚我還看他收拾了一木盆的東西，都是平常能用到的，一人份，雖然沒說是不是給妳的，可我一眼就猜出來了，只是他有心結，才會這樣對妳的。」

「心結？什麼心結？」九月順口問道。

「我知道得不多，也是聽長輩們說的。」祈喜搖頭，放緩了腳步。

「爹以前在鎮上衙門當劊子手，我們家所有的房子田地都是爹掙來的，可爹最後那次，據說砍了一家被冤枉的犯人，沒幾天兩個姊姊就沒了，再接著就是娘沒了，妳又……爹便以為妳是冤魂轉世來……當然了，這只是別人胡說的，妳也別放在心上。」

原來如此。九月默默聽著，也沒不高興。

「這些話也就是長輩們才信，哥哥們都和我一樣，不相信妳是災星冤魂，九月，妳不是對不對？」祈喜見九月不說話，便努力想要表達善意。

「自然不是。」九月笑笑。

有了祈喜的幫忙，很快便回到家，屋子四周扔的樹葉還好好地在原位，顯然這一夜並沒有人光顧這兒。

「九月，妳吃飯了沒？」祈喜已經走到灶間，把籃子放到木桌上，便要動手幫忙。

「沒，一早就回來了。」九月應了一句，推開屋門，把背上的被褥放到床上，順勢解了草繩，把被褥鋪好，多餘的那床被褥沒地方放，便堆在床裡邊。

屋裡總算像樣了些。

「那我做麵疙瘩給妳吃吧？」祈喜問了一聲。

「好的。」九月坐在床邊歇腳，一邊挽起袖子察看手臂，手臂上已經青紫了一圈，她不由再次嘆氣。

沒一會兒，祈喜便做好麵疙瘩，端了過來。

九月嚐了嚐，味道倒是和她自己做的清湯麵差不多，她這會兒也確實餓了，當下三口兩口便吃光了。

「我去收拾，妳去打點水洗洗先歇歇吧，我在這兒守著。」九月吃東西的時候，祈喜去外面撿了捆長些的草稈子，一刻不停地把草稈紮成掃帚，這會兒看九月吃完，她馬上過來把碗接過去。

九月點點頭，這洗澡還真的是個問題，來到這兒以後，她就沒好好地洗過一次了，趁著祈喜這會兒在，抓緊機會。

「灶裡應該有熱水。」祈喜做事很俐落，說話間已經到了灶間，把碗放在灶臺上，順手拿了個木盆過來，倒了些水洗淨，拿了九月做的竹勺子舀熱水，又用水試了試溫度。「還熱的，就是少了些，等我回去，我讓爹給妳箍個浴桶來。」

「還是不麻煩了。」想到祈豐年的表情，九月搖了搖頭。

「爹箍的桶可結實呢，就是他平時不輕易動手。」祈喜說到這兒，有些小小的怨言，與許是這幾天和九月混得熟了，她也沒像初時那樣膽怯，話題也多了起來。「他老喝酒，常常一喝醉一天，勸他也不聽。」

九月沒有接話。

祈喜見九月端了水過去，也不再多說什麼，迅速洗了剛剛的碗筷，便搬了塊石頭，抱了一捆草坐在九月的屋門前守著，一邊挑選著長些的、有韌性的草稈出來，一點一點繫著，掃地的、掃蜘蛛網的、刷鍋的，各種各樣都要準備些，她能為九月做的，也就是這些小事情了。

等九月洗完澡出來，便看到祈喜身旁放了好幾樣東西，她不由愣了一下，忽然福至心靈，眼中大亮——竹製品！

有了奮鬥的目標，九月立即忙碌起來……

祈喜自那天來過之後，每天收拾完家裡便過來陪九月做些力所能及的事，看到九月居然還會編籮筐之類的東西，驚訝之餘，她來得更加勤快。

在祈喜的幫忙下，僅僅半個月的工夫，九月的小屋已經煥然一新。

外面的水坑也徹底收拾了一番，除了拓寬些許，雜草也全清了，九月還找了石頭把周邊壘了一圈，上方搭了個小小的竹棚子，上面用竹筒當管子接引著水流。

九月早上起來頭一件事，就是翻一翻外面的地，清一清土裡的草根，只等著有了銀子就去買種子種上。

屋門也換上了九月費勁弄起來的竹門。

屋裡也多了許多竹子編的東西，像裝衣服的櫃子，像能收納東西又能當桌椅的大小竹几簍子，還有小小的圓圓的帶蓋的針線籮子、收納小物件用的收納盒子。

祈喜就極喜歡九月編的針線簍子，臉紅了三天，才不好意思地開口要了一個。

而廚房裡，也多了個竹編的碗櫃，還有裝米、麵、各種乾菜的簍子，九月喜歡把這些都加上蓋子，蓋好後還可以疊在一起。

這一日，祈喜收拾完家裡的事情，提了些米麵又過來了。

九月坐在院子裡拿著柴刀削篾絲，工具有些不稱手，卻也聊勝於無，抬頭看到祈喜過來，她手上不停，開口問道：「八姊，鎮上的集市是什麼時候？」

「三六九大集，後日就是呢。」祈喜進門抱了個竹編凳子出來，坐在九月身邊幫忙整理篾絲，粗的細的都要分類出來，九月用的時候才方便拿。「要去集上了嗎？後天我和爹說一聲，陪妳一起去吧。」

「不用了，我自己去就是了。」九月下意識搖頭。

「這麼多東西，妳一個人怎麼拿？」祈喜卻堅持。「妳還沒去過鎮上吧？一個人去萬一走岔了怎麼辦？」

九月想了想，點頭。

「一會兒我回家問問爹，這大籮小筐的是個什麼價，我們總得有個數嘛。」祈喜回頭瞧了瞧，倒是顯出幾分興奮來。

「也行。」九月沒有拒絕，之前她還想著到了鎮上再打聽打聽，不過要是祈豐年真知道價，她倒是不排斥。「一會兒帶幾個回去問吧。」

「好。」祈喜點頭。

姊妹兩人有一搭沒一搭地聊著天編著東西曬著太陽，日子倒也安寧。

祈喜回家的時候按著九月說的，每一樣都帶了一個回去。

「這大的，爹說值十文錢；這扁的五文；這幾個帶蓋子的簍子，爹說編得精緻，可以賣得高些，十二文最低；這針線簍子也值個十文；還有這些小的，兩文到五文都可以。」

「爹還說，讓我們別去菜市口擺，那兒要收三文錢呢，還有也不能離街太偏了，鎮上有些浪蕩子總是在那兒欺負人，我們兩個女孩子會吃虧。」

第二天，祈喜便把帶回去的東西又一個一個擺到九月面前。

九月靜靜聽著。

「九月，明兒我們什麼時候出門？趕集的都很早，最好卯時前能到鎮上，這樣才能挑個好位置。」祈喜帶著一絲雀躍看著九月問。

「那就早些吧。」九月點頭，看了看不遠處的獨木橋。「明早妳來了就別過河了，在那邊喊一聲就行。」

祈喜回頭瞧瞧那獨木橋，又看了看九月，兩眼彎彎地笑了。

當夜，九月就把所有要拿去賣的東西收拾起來。

大簍套著小簍，大筐裝著小筐，用藤蔓繫得緊緊的，分作兩擔。又找了一根粗些的竹棍出來充當扁擔，試過以後確定這竹棍完全能承受得住，她才收拾東西回屋歇下。

前世今生，九月還是頭一次趕集擺攤做買賣，又是期待又是忐忑。

一晚上輾轉反側，聽到村裡遠遠的傳來雞啼聲，九月便起來了，梳洗好便去做早飯、乾糧，等她剛剛準備妥當，就聽到祈喜在外面的喊聲。

「來了。」九月朝外面應了一聲，鍋裡倒了些水，又把灶臺的火熄得乾淨，才帶著乾糧，揹上裝了清水的竹筒出去。

「九月，可以走了嗎？」祈喜已經挑著燈籠走到這邊，她手裡也拿著一個小布包，一看到九月便說：「爹讓我蒸了幾個白饅頭，一會兒路上吃。」

九月點點頭，把手裡的乾糧和水也交給祈喜，進屋把東西挑出來，又在門口四周布置了一下。

祈喜見九月關門，遞給她一樣東西，卻是一把鎖。「爹讓我拿來的，這兒雖然很少有人來，不過防一下沒壞處。」

九月點頭，接了鎖。

只這鎖門的光景，祈喜已經把吃的放在簍裡，搶著擔子挑上了肩。

「八姊，我來吧。」九月忙說道。

「不用，還是我來吧。」祈喜笑了笑，把燈籠遞給九月，挑著擔子還掂了掂。「我比妳好些，平常也挑些東西搬些重的，可妳不一樣，那雙手一看就不像是幹粗活的。」

九月看了看自己的手，不好意思地笑了笑。

「走啦。」祈喜逕自走在前面，很輕巧地便過了那獨木橋，邊走邊招呼道：「從這兒到鎮上得小半個時辰呢，我們得快些，別到時候找不到位置。」

九月也不多說，快步跟上去，姊妹兩人並肩往村外走去。

「八喜。」出了村口，橫道裡出來一個人驚喜喊道。

九月回頭望了一眼，只見一個穿著勁裝布衣的青年快步走過來，他的裝扮和村裡年輕人不同，倒有些像是跑江湖的俠客，只不過手裡少了把刀劍。

「宏哥。」祈喜也停下腳步，一回頭便笑著喊了一聲。「你什麼時候回來的？」

「昨晚回來的，今天還得去一趟鎮上。」青年已經到了她們面前，劍眉虎目，皮膚黝黑，倒是個俊朗端正的兒郎，看到九月，他不由愣了愣，不過沒說什麼，只對九月微笑地點頭，轉向祈喜伸出手。「妳們這是去鎮上趕集吧？來，東西給我。」

「謝謝宏哥。」祈喜居然也不客氣，把擔子放下來，一邊從簍裡拿出乾糧，從裡面摸出一個饅頭遞過去。「宏哥，你吃早飯了沒？這是我做的饅頭，你嚐嚐。」

九月看看祈喜又看看這青年，收起驚訝，安靜地跟在後面。

青年沒有拒絕祈喜遞過去的饅頭，單手扶了擔，拿著饅頭邊走邊吃，還問起祈喜的近況，對祈老太的過世表示遺憾之餘，還關心了祈喜的身體狀況。

當然，他也沒有把跟在後面的九月忽略了。

「八喜，這就是妳妹妹？」

青年顯然是聽說過九月的，不過他的語氣只是純粹好奇，並沒有一絲試探，這讓九月對他的第一印象又好了幾分。

「對呢，她叫祈福，不過她不叫九福，叫九月。」祈喜解釋，把手裡的饅頭遞了一個給九月，一邊羞怯地看了看水宏，語帶驕傲道：「九月，這是水宏哥，水宏哥在槐鎮的鏢局當鏢師呢。」

「你好。」九月笑了笑，沒打算攀談。

水宏看出她不願多說，打過招呼後便沒再找她說話，一路挑著擔一邊和祈喜輕聲說著話，言談間流露著某種親近和關心。

很快的，便到了鎮上。

水宏直接把她們送到擺攤的地方，這會兒已經來了不少趕集的人，尋了一圈，也沒找到合適的位置，只好退而求其次，尋了一個巷口邊角，把東西放下來。

「就在這兒吧。」水宏四下看了看，左邊是位賣雞蛋的老人、右邊是賣鞋底的中年婦人，前後也沒有什麼亂七八糟的人，他才放心了些，幫著把棍子卸了下來，對祈喜說道：「我去辦點事，晌午便能回去了，一會兒我還到這兒找妳們一起回去吧。」

「那我……我們等你。」祈喜高興地點頭，險些脫口說出「我等你」，還好及時改了口。

「好，妳們當心點。」水宏笑著看了看兩人，轉身走了。

「八姊，人都走遠了。」九月調侃地看了看祈喜。

祈喜一下子羞紅了臉，啐了她一口，彎腰去整理東西。

九月好心情地笑了笑，沒有多說什麼，蹲身去忙。

她編的幾個針線簍子都挺別致的，一擺出來便吸引附近擺攤的幾個婦人。

第七章

這些竹編做得精緻，又頗實用，半個時辰下來，九月的小布袋裡便多了五十文錢，大小物件也賣出一半。

「九月，來，喝點水。」祈喜沒能幫上大忙，有些不好意思，見九月一直說話，適時把竹筒遞過來。

「好。」九月笑著點頭，接過竹筒喝了幾口。

祈喜也拿了另一個陪在邊上慢慢喝著，一邊等著顧客再過來。

只是，接下去的兩個時辰，生意便有些淡了，餘下的都是常見的籮筐和扁簍，來了幾個問的，看過後便搖著頭走了，顯然是不中意，反倒是來了兩個一路收錢的人，祈喜遠遠瞧見，暗中扯了扯九月的衣袖，告訴她這就是收擺攤銀子的。

「姑娘，把這些大的收攏收攏，少交些。」方才那個買針線簍子的婦人輕聲提醒一句。

九月看了看自己面前，又看了看四周，果然這些人都在暗暗收攏自己的東西，她沒有猶豫，把面前這幾個大的籮筐都疊起來，空間頓時縮小兩倍不止。

很快，那兩人便到了九月面前，睨了她倆一眼。「頭一次來？」

「是。」祈喜早縮到九月身後去了，九月打量兩人一眼，客氣問道：「兩位是這邊的管事吧？不知道我該交幾文錢？」

「喲，這姑娘識相。」兩人互相看了一眼，語氣雖然不正經，可也沒有為難九月和祈喜。

「瞧妳這位置還挺大的，不過姑娘長得俊，那就少些，三文錢吧。」

「多謝。」九月道了謝，在腰間摸了半天，才摸出三文錢雙手遞過去。「以後還請多多關照。」

「關照，一定關照，下次早些來，菜市口人多的地方給妳們留個位置。」兩人笑嘻嘻地說了一番才離去。

只是，其他人交的卻都是一文錢。

祈喜看到了，拉著九月的衣袖嘀咕道：「九月，妳怎麼給那麼多？」

「姑娘，妳可真大方，妳這點頂多兩文就夠了，他們這是欺妳們面生。」婦人見那兩人走得遠了，才回頭對九月說，一臉替她們可惜的樣子。

「多一事不如少一事。」九月淡淡一笑。

交完那三文錢，兩人又在原地擺了近半個時辰的攤子，這半個時辰卻是無人問津，一旁已經陸續有人收了攤子。

九月瞧了瞧，也不想再等下去，今天這一趟來，已經頗有收穫了，於是和祈喜兩人準備收拾東西。

「九月，宏哥剛才說會回這兒找我們，妳看，我們還是再等等吧。」祈喜有些心不在焉，頻頻看向街那邊。

九月卻想收了東西去鎮上看看，捎些東西回去，只是又不忍心讓祈喜失望，便點了點頭，收了東西在一旁尋了個地方坐下來，祈喜才高興地走到她身邊坐下，一邊拿出乾糧分給九月。

九月做的這餅雖然涼了，細嚼慢嚥卻也頗有滋味。

又等了半個時辰，倒是把餘下的簍筐賣了出去，可水宏卻始終不見人影。

九月抬頭瞧了瞧天色，已是晌午了。

「九月，要不，我在這兒等，妳先到附近轉轉？」祈喜自然看出九月有想去逛逛的意思，想了想便提議道。

「不了，還是一起吧。」九月搖頭，不是說這一帶有浪蕩子嗎？讓祈喜一個人在這兒，她也不放心。

「那……啊，來了。」祈喜正咬著唇糾結，忽地眼睛一亮，站起來迎了幾步。

九月側頭去看，果然水宏正急步往這邊趕。

「宏哥，你總算回來了，九月的東西都賣完了呢。」祈喜上前招呼道，滿滿的歡喜。

「不好意思，有事耽擱了。」水宏歉意地朝九月點頭。「現在就回去嗎？」

「九月，還要買什麼東西嗎？」祈喜回頭看向九月，隱隱有些期盼。

九月瞭然地看了看水宏，有些猶豫。

「九月，怎麼了？」祈喜有些忐忑。

「沒事，我想去買些菜種子，屋子外的地也翻過了，想種些東西。」九月也確實想買東西，想了想便說道。

至於祈喜和水宏兩人的事，她想，她也沒那個資格去管。

「宏哥，你知道哪兒有賣嗎？」祈喜眼底的笑意幾乎掩飾不住，轉頭看向水宏時，一臉嬌羞。

水宏的目光在祈喜臉上多停留了幾眼，放柔聲音說道：「菜市口有個雜貨鋪，那兒應該有。」

於是，三人又往那邊去。

街道兩邊，燈籠鋪、布莊、米鋪、陶鋪、小飯鋪……都是中規中矩的小鋪子，也沒有特別之處。

拐角的小攤子也多，這一路過來，吆喝聲此起彼伏，吸引不少來來往往的行人，大多數都是布衣。

很快的，三人就來到水宏說的雜貨鋪前。

這雜貨鋪也確實是雜，小到針線、大到家具，堆放得滿滿的。

鋪子裡坐著一個上了年紀的男人和一個小夥計，兩人正一左一右坐在櫃檯後面打磕睡。

「掌櫃的，買東西了。」水宏上前拍了拍櫃檯。

「噯噯噯，我們這兒什麼都有，你們要什麼？」掌櫃的和小夥計嚇一跳，同時抬頭回道。

「掌櫃的，你這兒有什麼樣的菜種子？」九月忍俊不禁，微笑著問。

「有有有，春有豌豆、芹菜、萵苣、薺菜、油菜、菠菜、韭菜；夏有絲瓜、苦瓜、冬瓜、黃瓜、莧菜；秋有冬瓜、芸豆、扁豆、白菜；冬有白菜、蘿蔔、芹菜、菠菜、芥菜、茼苣，姑娘要哪季的？」掌櫃的一張嘴便信口拈來。

九月不由聽樂了。「掌櫃的，自然是買當季的。」

「當季……哦哦哦，現在要入冬了。」掌櫃的連連點頭，繞到小夥計那邊，低頭翻找起來，很快便取了幾個小紙包出來。「眼見要寒冬了，姑娘要種的話，還是種白菜和芥菜妥當些。」

「那就這兩樣吧。」九月其實對這些也是一知半解，便點了點頭，讓掌櫃的兩樣都包了一些，花了六文錢。

這邊剛買好，九月一轉身就看到祈喜在那邊看絹花，這會兒正掐著兩朵比對，時不時側頭去看水宏，問上幾句，水宏也有問有答，明顯是郎有情妹有意。

九月猶豫了一下，正想著要不要過去打斷他們，便見雜貨鋪門口進來兩個人，她下意識抬頭細看，沒想到居然是余四娘和祈稷媳婦。

余四娘一進門便看到九月，腳步在門口停了停，伸手把祈稷媳婦往自己身後拉了拉。看到她這動作，九月微扯了扯嘴角，轉身來到祈喜身邊，隔開她和水宏。「八姊，三嬸來了。」

祈喜驚訝地看了看她，回頭一瞧果然是余四娘，忙放下絹花，怯怯行禮。「三嬸、十堂嫂。」

「八喜啊。」余四娘眼珠子直轉，也不知道想到什麼，讓祈稷媳婦等在門外，自己拍拍衣襬走過來，手裡還挽著一個包裹，走到面前時，她才裝作剛剛看到水宏般驚呼道：「喲，這不是水大鏢頭嗎？怎麼今天這麼巧，也在這兒買東西？」

「祈三嬸。」水宏淡淡點頭。「我到鎮上辦點事，剛好遇上八喜她們姊妹，正打算一起回村。」

「哦，打算一起回村啊。」余四娘上上下下打量著水宏，笑得有些古怪。「八喜，看中什麼了？」

「沒、沒看中什麼。」祈喜也是怕極了這位嬸嬸的嘴，看她這樣打量水宏，心裡一陣膽怯，拉著九月要離開。「三嬸您忙，我們先回去了。」

「我說老孫啊，你膽子也真大，這個人你也敢放進來？」余四娘卻懶懶地瞟了九月一眼，對著掌櫃涼涼說道：「你就不怕你這鋪子沾了晦氣關門大吉嗎？」

「祈三嬸，可沒妳這樣說話的啊，我今兒已經夠晦了，開門到現在也就做了十幾文的生意，妳少給我烏鴉嘴。」掌櫃的皺了皺眉。

「那是因為你放了不該放的人進門啊，能有十幾文生意，很不錯了。」余四娘又瞥了九月一眼。

「啥？」掌櫃的一愣，看了看九月三人，沒明白余四娘的話。

「你忘記了，十五年前……」余四娘把手中的包裹往櫃檯上一放，手往上面一托，張口便要點破九月的身分。

「三嬸，您記性真好。」九月突然笑道。

「哼，我這人啊有個毛病，該記得的記不住，不該記的偏偏記得很清楚，想忘都忘不了。」余四娘扯了扯嘴角，睨著九月。「只要看到妳，就提醒我一些不該記的東西，妳說，我該怎麼辦好呢？」

「三嬸，您要是不想看到我就想起不該記的東西，那您完全可以繞著走，不必勉強的。」九月微笑道，說出的話卻還是帶了火氣。

同是祈家人，這樣鬧對余四娘自己又有什麼好處？

「妳個沒規沒矩的死丫頭，居然敢……」余四娘頓時垮下臉，張口便要教訓。

「三嬸，妳記性這麼好，想必還記得那天十堂哥說的話吧？」九月依然淺笑看著余四娘。「還是說三嬸看不到我，所以記不起來一些事了？要不這樣吧，反正我也是天天閒著，以後每天我便到三嬸那兒早晚請安好不好？」

「不必了。」余四娘回得飛快，生怕九月真的早晚去她家似的。

「唉，真是可惜了。」九月嘆了口氣，很惋惜道：「說起來也是怪了，我初見到三嬸就覺得三嬸人很可親，可惜三嬸不給我機會好好親近。」

「誰稀罕看到妳，妳離我家遠一點！」余四娘惱火極了，沒想到這死丫頭嘴巴這麼厲害，掐著她怕災星的事威脅她。

「原來三嬸不願意看到我啊。」九月很「失落」地看著余四娘，無奈地垂了頭。「既然這樣，那我只好走了。」

「走走走，早點兒走。」余四娘趕蒼蠅似的揮著手。

「喔，對了，三嬸，您說話的時候慢些，別咬了舌頭。」九月還真的走了，只是走出三步又回來，好心提醒道：「當然了，要是說了不該說的話，真咬了舌頭，也沒關係，我懂些藥理，我會天天去看您的。」

說罷，才對祈喜招了招手走出去，經過祈稷媳婦身邊還對她笑了笑。

回家的路上，水宏頻頻對九月側目，不僅九月注意到了，便是祈喜也很奇怪。「宏哥，怎麼了？」

「沒事。」水宏不好意思地笑笑，又看了看九月，直言道：「只是沒想到九月小小年紀這麼能說。」

「不是的，九月平時話很少，實在是被我三嬸惹急了。」祈喜一聽，忙替九月辯解起來。

「祈三嬸確實挺喜歡念叨。」水宏想了想，不由輕笑。「妳們以後遇到她，還是避開些吧，免得吃虧。」

「我們曉得的。」祈喜受到關心，喜孜孜地笑了起來，接著又說起九月的好。「宏哥，你都不知道，我家九月可能幹了，她會畫畫呢，我奶奶的畫像就是她畫的，就跟真人一樣，今天賣的那些也是她編的，還有……」

九月緩步跟在後面，看著與平日不同的祈喜，啞然失笑，不想上前打擾他們。然而看著並肩緩行細語的祈喜和水宏，她情不自禁想起前世的那一段唯一，神情頓時黯然……

「九月，快點。」祈喜這才察覺到九月沒有跟上，停下來轉頭招呼道。

「來了。」九月應了一聲，心情一鬆，這輩子，她要為自己而活。

很快便回到大祈村村口，祈喜依依不捨地和水宏道別，一步三回頭的拉著九月回家。

「八姊，妳喜歡他？」來到無人的地方，九月忽地問道。

「啊？」祈喜嚇了一跳，一張臉頓時紅透，她慌亂地看了看四周，湊近九月說道：「九月，別亂說，我沒有……」

「喜歡就說唄，妳也十六歲了，自己的親事也該上上心了，我瞧著他人也不錯。」不知為什麼，九月很自然地說出了這番話。

「我……」祈喜紅著臉，沒再否認，只是低頭絞著衣帶。「爹不管這個的……」

「他不管，還有大姊。」九月無聲地嘆氣，提醒道：「八姊，今天三嬸看到我們和水宏一起在鋪子裡，妳要當心她那張嘴，妳若有心，便去與大姊說說，敲定了這事，若無意，以後還是避開些為好。」

第八章

「可是，這讓我怎麼說啊……」祈喜分明是認同九月這番話的，但她終究是個小姑娘，讓她主動去說這些，難免開不了口。

「要麼，妳跟宏哥透個口風，讓他來提親。」九月想了想，要是水宏也願意，這個方法是最妥當的。

「我……他……」祈喜的臉紅得能滴出血來，頭更低了。

「需要我幫妳去說嗎？」九月也知道讓個小姑娘去說提親的事有多不合規矩，但看祈喜這樣為難，便想著或許她可以去和大姊談談？

「不不不。」祈喜連連搖頭，急急說道。「讓我再想想……再想想。」

「行，需要幫忙的時候就告訴我一聲。」九月點點頭，從腰間勻出二十文錢塞到祈喜手裡。「這些是妳的。」

「九月，這明明是妳辛苦賺來的，我哪能收，妳快放起來。」祈喜還沒回過神，手裡便多了這麼多銅錢，不由吃了一驚，手忙腳亂的便要還回來。

「要不是妳幫忙，我也賺不了這麼多。」九月避開。「收起來吧，這是我們一起賺的，妳要不收，以後我也不會讓妳幫忙了。」

「這……」祈喜猶豫了一下。

「快回去補個眠吧，我也有些乏了，回去睡覺。」九月揮了揮手，轉身往岔路走，扔下還在發呆的祈喜。

祈喜眼睜睜看著九月離開，好一會兒才收回目光看向手上的銅錢，想起九月剛剛說的話，不自覺漾起嬌羞的笑，把銅錢捧在胸口緩步回家。

九月不急不慢地順著小路回到家，剛到門口，她便停住了。

她故意堆放在屋子四周的樹枝雖然沒有被踩踏過的痕跡，門上的鎖也好好鎖著，只是地被人翻過了，灶臺後堆柴的地方也高了許多，順著路來到蓄水的水坑邊，上面的棚子也密了許多，前面空著的一方也掛上了草簾子——

有人來過！

九月回到土地邊上，細細查看著被翻過的土，翻得挺深，而且很細緻、很鬆軟，裡面乾乾淨淨的再找不出一根草，這樣的手筆，肯定不會是個和她差不多的新手能做到的。

不過，無論是年長的祈稻，還是最小的祈稷，他們可都是長年在田地裡忙活的能手了，也看不出到底是誰。

接著她來到土地中央，忽地聞到絲絲酒氣，她蹲下去，循著那酒氣找到一處潮濕，伸手搓了些土放在手心裡，湊到鼻子前嗅了嗅，是酒。

細看了一圈，她發現這個神秘人士做的都是好事，得到便宜的人也是她，便拋開糾結，把手裡的土扔回去，起身拍了拍手，轉身回屋。

藏好預算外的錢，又做了些麵條填飽肚子，九月便拿著種子出去全種了下去，再覆土澆水。

累了一整天，洗了個熱水澡，又舒舒服服地泡了腳，把洗完的衣服拿到隔壁雜物間晾好，天色已有些昏暗了，九月這才鎖門睡下。

這一躺下便睡了過去，也不知過了多久，她迷迷糊糊地醒過來，習慣性地瞄了屋子一眼，突然，整個人清醒過來。

隔壁有人！

九月屏住呼吸，背上一陣一陣的發涼，可為了下半夜能睡個安生覺，她不得不硬著頭皮進去一看究竟。

她小心翼翼穿好衣服，摸到門後面放著的棍子，一手拿著剪刀，另一手抄著棍子開門出去，一步一步接近隔壁的屋門。

那邊因為裡面堆放的都是雜物，她一向不會上鎖，這會兒推開也是輕而易舉。

門開了，她邁步進去，可就在這時，她瞥到左邊衣服晾著的地方有道影子，她頓時心頭狂跳，手中的棍子下意識地揮了出去。

然而剛揮到一半，她只覺手腕一麻，棍子便落在地上，緊接著手便被反剪到身後，她還來不及反應，背後便貼上一個人，而那人的手則繞到前面掐住她的脖子。

這一下可不只是心頭狂跳那麼簡單了，簡直可用魂飛魄散來形容她的心情。

「別喊！」正冒冷汗之際，身後的人低低開了口。

這聲音……九月的魂魄似乎就這樣莫名其妙歸了位。

是那天在落雲山遇到的男人！

九月略略側了頭，卻意外碰觸到一個涼涼軟軟的東西，觸電般的感覺瞬間襲擊，她愣住了，而身後的男人也是一僵。

好一會兒，她才回過神來，她貼到的居然是他的唇……

她第一個反應就是後退，可她整個人被箝制在他懷裡，這一退反倒讓他們貼得更緊。

「姑娘，只要妳不喊，我就放開妳。」男人有些歉意，語氣也緩了緩。

「怎麼又是你？」九月無奈地嘆氣。

「嗯？」男人也聽出她的聲音，話中滿滿的驚訝。「妳怎麼在這兒？」

「這也是我家，我不在這兒在哪兒？」九月無語地翻了翻白眼，整個人也鬆懈下來。

「這也是妳家？」男人似乎很疑惑，卻沒有鬆開她的意思，手依然掐在她的頸項，方才九月那一退，兩人幾乎貼在一起。

溫熱的感覺從背後源源不斷傳來，隱約間，她聞到一股淡淡的清香中，夾雜了一絲血腥氣味。

九月回過神，這時她才感覺到背上有些黏黏的，不由動了一下，側頭問道：「你受傷了？」

九月的問話似乎提醒了男人，他的手總算鬆開了，就在他想要退開的時候，眼前一陣昏暗，整個人便往九月身上栽過去。

「喂！」九月嚇了一跳，反手抱住他，只是他整個人癱倒在她身上，以她的力量根本扶不住他，踉蹌了幾步，才堪堪站住。「喂，你怎麼了？別這個時候暈啊！」

可是，人已經暈了過去，哪裡還能醒過來選個好時機再暈呢？

九月被迫緊緊抱住人，手上傳來的黏乎感告訴她，這人的後背也受了傷，為了不加重這人的傷勢，她只好費力地抱著他慢慢蹲下，蹲到最後，還是一起跌坐下去。

「喂，給點反應啊。」九月不客氣地拍了拍他的臉。

但他卻沒有動靜，幸好觸手還是有些溫度的，胸口也是熱的，耳後的脈息也能摸到，鼻端的呼吸雖弱，卻也證實這人還活著。

九月這才鬆了口氣，匆匆回到自己那屋，拿了火摺子和小油燈再返回這邊。

黑黑的天空接連傳來幾聲悶悶的轟隆聲，還沒等她進屋，豆大的雨滴便落在她身上。

九月閃身進屋，什麼也沒有多想，點上小油燈坐到那人身邊開始檢查傷勢。

前胸有淺淺的兩寸長傷口，腹上也有一條三寸長的傷，還有大腿上也是血肉模糊，上面黏著一些細細的粉末，想來已經上過藥了。

她記得這人的背後也是一手黏乎，應該還有傷，當下便使力把他側翻過來，只見一道傷口從他的左肩直直延伸至右臂上，身上的衣服早已被血浸透。

九月看到那長長的傷口時，饒是見識過更慘的意外事故死者，此時手也忍不住抖了抖。

不過，她馬上便鎮定下來，伸手去翻他的懷裡。

很快便摸到幾個小瓶子，湊到燈下看了看，上面分別寫著金瘡、清毒、跌打，她毫不猶豫地挑了金瘡藥出來，但很快就皺緊了眉。

傷太多、藥太少！

九月皺眉緊盯著他的傷好一會兒，猛的轉身回那邊的屋子，翻出她的針線簍子，又打了一桶水匆匆回來。

這一來一回，她身上的衣服也被淋了個透，但這會兒什麼也顧不上，衝到那人身邊，就著燭光開始動手。

清理、縫針、灑藥、包紮，等她把他身上的傷全處理過後，又跑去角落捧了些乾稻草過來，抱起他的腿把稻草墊了一層，再跑去隔壁拿了被子給他蓋上。

做完這些，她整個人幾乎累癱在地。

「不行……」九月癱坐片刻，打量了一下屋子裡的環境，又掙扎著爬起來。

染了血的衣服和稻草凌亂堆在一邊，桶裡的水已經染得通紅，鼻息間濃濃的血腥味。

趁著現在大雨傾盆，她必須銷毀這些東西！

這一晚雷雨未斷，九月怕離開後一切前功盡棄，便守在男人身邊，果然到了後半夜，男人的體溫不可避免的升高起來，她只好想盡一切辦法先給他降溫。

其實她能做的，也就是拿著浸了涼水的布帕反覆擦著他的身體，再不斷換著他額上的濕帕子，至於連續劇裡那種裸身為他降溫的事，她是打死也不會幹的。

終於，天際放亮時，男人的體溫終於稍稍降了下去，呼吸也平穩下來。

他濃黑的劍眉緊緊皺著，修長的雙目緊緊閉上，鼻上冒著細密的汗水，沒有血色的薄唇倔強抵著……

九月的目光在他臉上多停留了一會兒，吹滅那燃了過半的油燈起身出去。

屋外的雨還在淅淅瀝瀝下著。

救下這樣危險的人，到底對不對？九月疲憊地站在門口伸展腰肢，長長地呼出一口氣，這麼多年來頭一次思緒紛亂。

「九月！」祈喜撐著油傘出現在河對岸，高聲喊道。

九月嚇了一跳，趕緊反手關上身後的門，走出幾步看向祈喜。

「九月，妳沒事吧？」雨中的她瞧著有些單薄。

「我沒事。」九月有些好奇祈喜怎麼不過來，便往前走了幾步，才發現因為河水暴漲，那根獨木橋早不知去向。

「妳沒事就好，這木頭可能被水沖走了，妳當心些，別出來了，我先回去，等雨停了再來看妳。」祈喜的聲音在雨聲干擾下時高時低。

「趕緊回去吧，我知道怎麼做。」九月聽到木頭被沖走，忽地輕鬆許多，暗自撫著胸口慶幸。

祈喜回去後，九月匆匆跑進灶間，燒水熬粥熬薑湯。

她對草藥不懂，也不敢輕易跑到山上找草藥給他用，所以只能用最笨的辦法為他祛寒。

那男人的高燒雖然退了些許，意識卻沒有恢復，薑湯都順著他的嘴角流下來。

九月只好找了一截細竹插到他嘴裡，隔著這細竹一口一口給他渡下去。

中午的時候，如法炮製餵了一碗米湯，又用那碗酒給男人擦拭一下身體，她才有空瞇了一會兒，緩解一下疲憊感。

但，放任這男人在屋裡終究不是辦法。

醒來後的九月再次忙起來。

連拖帶拉的把那男人移到旁邊，然後細細地銷毀屋裡的血跡，那些屬於他的東西都收到一處，沾了血的稻草和他的破衣服全貢獻給了灶膛，滲了血的土也被她鏟起來扔進河裡。

接著，她冒著小雨拖了不少竹子回來，再把自己的床移出來，騰出房裡僅容一人橫躺的空餘，開始紮竹牆。

這樣做雖然冒險，但這兒不是落雲山，除此之外她沒有別的辦法。

所幸雨一直持續下著，隱隱還有加大的趨勢，素來不喜歡下雨天的九月沒有比這時更喜歡大雨了，雨這麼大、河水這麼急，她就有更多時間善後。

又是一晚上不眠不休，總算，把這一面牆給搞定了。

八根手腕粗的竹子作支撐，相連的部分用交叉的竹片作牆，左邊的位置留了個門，高度相仿的櫃子一擋。

原來的床也調到原本櫃子的地方，屋裡重新一布置，已經完全看不出破綻。

九月揉了揉痠軟的手臂，撐著站起身，現在就剩下把那男人藏進去了。

男人的燒已經退了，身上的傷也沒有滲血。九月半懸的心又鬆了一些，俯身去拉他的手臂，想把他完全側過來。

可誰知道，就在她使力去拉的時候，她手臂一緊，整個天旋地轉，下一刻她已仰躺在地上，而那男人壓在她上面，不僅如此，他的手再次掐住她的脖子。

「喂……」九月只覺一陣窒息，累極的她連掙扎都沒力氣，只好搶在他鐵鉗似的手再收緊之前，痛苦地擠出一句話。「你……就是這樣……對待你的救……命恩人……嗎？」

第九章

「妳是誰？」昏暗中，男人的眼眸逐漸清明，掐著她脖子的手也漸漸鬆開來，但兩人仍保持著曖昧的姿勢，他盯著九月低沈問道。

「咳咳……」九月乍然得了空氣，輕鬆些許的同時又是一陣急劇咳嗽，等到咳嗽稍停，呼吸也舒服些，她才憤恨地瞪著上方的男人。「喂，你這人怎麼回事？之前兩次也就算了，這次可是我救了你，你居然恩將仇報！」

「我……」男人愣了愣，看著嬌柔的容顏，總算想起她是誰，略低了低頭，看到自己赤著的身上綁著布條，便明白她說的都是真的，不由心生歉意，正要道歉，單撐著的手臂忽地一軟，剛剛抬起的頭也磕了下去。

「嗯……」九月一聲悶哼，她又被吃豆腐了！

這人一定是故意的！她不由氣得雙頰通紅，掙扎著便要推開他。

手貼上他溫熱的胸膛，手底下傳來的厚實描繪出他的好身材，九月莫名其妙地縮了手。

男人貼上她的唇時，整個人也是一震，可沒等他及時退開，胸前便貼上一雙柔軟的手，他的心跳竟然加快了，鼻間傳來的馨香也順勢滲入他的心底，讓他不由自主一陣悸動。

他這一悸動不要緊，九月的臉頓時紅透，前世有過一段短暫婚姻的她自然知道這是怎麼回事。

想到前世那段短暫的婚姻生活，自然也就想到了前夫的那副嘴臉，九月心裡一陣厭煩，下意識伸手一推，推到那男人的傷口上。

「抱歉……」男人的聲音隱忍著痛苦，費力撐起身子坐到一邊，氣息還有些不穩，黑暗掩飾了他的狼狽。

九月立即坐起來，遠遠退到一邊。「看你的傷，想來是遇到仇家了，現在雨太大，一時半會兒還沒有人過來尋，不過不保證雨停了以後會不會有人尋過來，你不能這樣在這兒。」

「多謝姑娘相救，等雨停了我就走，不會連累姑娘。」男人沈默了一小會兒，他還以為這位姑娘是個熱心人，沒想到她的心腸也這樣冷硬，一開口便是趕人，再開口時聲音便淡了許多。「請教姑娘芳名，來日必報大恩。」

「你行嗎？」九月皺了皺眉，這麼重的傷出去，可別死在她家附近了，她這麼想著也就這樣說了出來。

男人的聲音更冷了。「放心，不會拖累姑娘的。」

「那最好。」九月點點頭，彎腰收起被子，又抱起一捆稻草，對那男人說了一句。「走吧。」

男人冷冷地看著面前的女子，稍稍一頓，他勉強站起來，撿起他的劍，轉身就往外面走。

九月跟在後面，看到他竟要往雨中走去，忙喊了一句。「喂，你不要命了？」

「妳放心，我縱然熬不過去，也不會死在這附近拖累姑娘妳。」男人停下腳步，回頭瞧了瞧九月，語氣中滿是嘲諷。

九月一愣，心底燃起一絲火氣。「早知道你這般不珍惜性命，我還費那麼多勁幹麼？真該一開始就把你扔進那河裡任水沖走，我還省心省力了。」

說罷，逕自抱著被子和稻草推開隔壁的屋門，腳踏了進去，又有些不忍心地回頭。「這邊。」

男人沈默著，身子已經淋了一半，就在九月以為他堅持要走的時候，他才動了腳步往九月這邊走過來。

九月進了屋，等那男人跟進來，才用腳把門關上，逕自來到床邊，把被子放到上面，稻草放進裡面，又取了一條乾布帕扔過去。「屋子小，也沒地方藏你，只好臨時做了這道竹牆，在你能自由行動之前，你先將就著吧。」

男人看了看那屋子，目光落在那道牆上，竹片還是新鮮的，顯然是新趕製出來的。

「先坐會兒吧。」

九月見他不說話，也不等他回應，端了一個竹凳往桌邊推了推，便去了灶間。

灶上還熱著米湯和熱水，想了想，又現做了一碗麵，端到這邊，把東西往那男人面前一放，也不管他要不要吃，就去找餘下的竹片，另點了一盞小油燈進了後面的隔間。

隔間雖小，她再編一個簡單的竹墊子，上面鋪上稻草，再加上那床被子，想來也足夠了。

九月一邊想著這些亂七八糟的瑣事，一邊不停歇地編著墊子。

男人也不客氣，用方才擦水的布帕稍稍洗漱一下，把九月端來的麵和米湯都吃了個乾淨，坐了一會兒也沒見九月出來，他便站起來，走到那扇小門邊，探頭看了一下。

昏黃的燈光，九月跪坐在編了一半的竹墊子上，雙手翻飛編著竹子，黝黑的青絲編成辮子側垂在左肩，此時低了頭，露出白皙的秀頸。

男人的眸幽深了些許，臉上有些臊，穩了穩心緒，他輕聲開口。「妳叫什麼名字？」

九月正編得專注，身後猛地響起聲音，頓時嚇了她一大跳，手一抖便扎在竹尖上，她忙低頭含住指尖上的血絲，轉頭怒瞪著他，含糊道：「你這人走路怎麼沒聲的啊？想嚇死誰啊？」

男人不由輕笑，整張臉頓時柔了幾分。

九月抿了抿唇，看了他一眼便回轉過來，繼續手上的活兒。「問別人姓名前，不該先自報家門嗎？」

「遊春。」男人乾脆走進來，胸前的傷之前被九月一推，已滲出些許血絲，便是背上的布條也隱隱見了血色，他卻跟沒事人似的，盤腿坐在九月身後的地上。

遊春？還春遊呢！

九月險些噴笑出來，忍了笑，也盤腿坐下來，揉了揉有些麻的小腿，繼續編竹墊子，邊回答道：「我姓祈，叫祈福，不過他們都叫我九月。」

「我上次在落雲廟後遇到的是不是妳？」遊春的目光在九月身上轉了一圈，看似隨意地問道：「那時妳說那兒是妳家，可妳為什麼又會在這兒？」

「我為什麼不能在這兒？」

九月好笑地抬頭，看在他名字挺逗的分上，說話也恢復了平日的淡然。「誰規定一個人只能有一處房子的？」

「說得是，是我想得偏差了。」遊春一愣，也覺得自己鑽了牛角尖，想他這些年置下的房子又何止一處？

「那兒是我和外婆的家，我在那兒住了十五年，只不過外婆走了，祈家又想讓我回來，我就回來嘍。」九月隨意解釋了一番，她也想知道他為什麼誰家不挑，偏兩次挑中她家呢？「倒是你，為什麼老在我家出現？」

「上一次我以為那兒沒人住，這一次只是意外。」遊春想了想也覺得好笑，僅有的兩次借宿農家，兩次都遇到她。

「喔。」九月點點頭，沒有追問他為什麼會這麼慘，每個人總有每個人的故事，而有些故事，是不能輕易告訴別人的，她的故事就是一個例子。

「九月姑娘。」遊春靜默一會兒，看著她安安靜靜編竹墊的樣子，忍不住開口說道：「之前的事……我會負責的。」

「負責？」九月聽到遊春的話，不由愣了愣，一轉念間她明白了。

古人最講究的便是男女大防，被人摸一下小手、看一眼身子都只能嫁給那人，更別提她和遊春之間了，便是有十個九月也該嫁完了。

他提負責，倒也算識趣了，只不過有著現代靈魂的九月不看重這些，她雖然也想當個平平凡凡的小村姑，入境隨俗，可面對終身大事，她也有自己的想法。前世已經經歷一次失敗，這一生，她不想再因為任何理由委屈自己，更別說是這樣的理由了。

想到這兒，九月停下手中的活兒，側過身看著遊春微笑地問道：「遊公子，你打算怎麼對我負責？帶我回去當個丫鬟還是當個妾？還是置個外室？」

「姑娘何出此言？」遊春皺了皺眉。「我願負責，自然不會委屈姑娘，待我此間事了，必以三媒六聘迎姑娘為妻。」

「遊公子，你不會是覺得我救了你，而你又無以回報，便想以身相許吧？」九月驚訝地看著他，笑道：「若你真這麼想，還是算了吧。我救你，只是不想我自己的屋子裡出人命而已；現在留你，也是不想引來你的仇家給自己添麻煩，你不必放在心上。」

「九月姑娘的救命之恩，我日後自會厚報，與我想娶姑娘的事並無關聯，我只是覺得……」遊春再次想起之前那番悸動，不由臉一紅，避開九月的目光，有些彆扭道：「雖說我是無心之舉，可……畢竟對姑娘清譽有礙，我既做了，自是要對姑娘負責……」

「打住。」九月抬起一隻手打斷遊春的話，看著他淡淡笑道：「遊公子，你也說了，那是意外，一個意外你就娶我為妻，那你以後若再出現這樣的意外，難道還得負責一個接一個的迎回來？以後的後院得有多大才夠？」

「姑娘慎言，遊某並非浮誇之輩，豈會如妳所言見一個就……」遊春頓時黑了臉。

「我就是打個比方，又沒說你什麼。」九月見他臉色一下子沈下來，也知自己說得有些過了，便轉了話鋒。「遊公子好意，我心領了，我九月雖然只是一個村姑，卻也有自己的志氣，姻緣不是施捨也不是將就，我也沒有那個雅量能容忍別的女人與自己共事一夫，遊公子的妻位還是留給合適的人吧。」

「我……」遊春開口想要辯解，可一看到九月已經轉身繼續忙活，後面的話只好打住。

九月沒有留意到遊春的臉色，她只想快點把這竹墊子完成，方才這一停，濃濃的倦意便湧上來，眼皮子只差沒沈下來了，她得趕緊把餘下的做完，然後就去睡覺。

至於他所說的這些，她壓根兒沒往心上放，她和他不過是萍水相逢，談這些未免離譜了。

「九月姑娘。」坐了一會兒，遊春又覺得自己不該沈默，忍不住再次開口。

「好了，早些休息吧。」九月終於把竹墊子收尾，又瞧了瞧牆，之前祈稻等人幫她修得極好，這麼大的雨也沒有漏水，便放心地過去抱了稻草，均勻地鋪上去，說話間又到外面把被褥拿過來。

遊春看了看那被褥，沒說話。

「我已經有兩天兩夜沒合眼了，你身上也有傷，有什麼要說的，等休息夠了再說，好嗎？」九月見他一個大男人吞吞吐吐、猶猶豫豫的，不由嘆氣。「早些養好傷早些離開，對我來說，就是最好的。」

不待遊春回答，九月過去收起碗筷和那桶水，到灶間簡單地收拾一下，再用涼水淨面淨身，又去隔壁把餘下帶血的東西清理出來，該燒的燒、該扔的扔，檢查過沒有遺漏，才拿起一個空木桶過來，鎖好門，把木桶送到隔間裡。

「外面雨還大得很，晚上要是內急，就用這個將就一下吧。」

九月說得很自然，可遊春聽了，看向九月的目光頓時古怪起來。一個看起來不過十五、六歲的小姑娘，與他這樣一個年輕男子共處一室，還把內急說得這麼自然，到底是她太過坦蕩還是他想法太齷齪？她就不怕他對她做點什麼嗎？

睏極了的九月根本不知道自己一句再自然不過的話已經引起遊春的各種遐想，此時她站著都想睡了，往床上一歪，便昏天暗地地睡了過去。

也不知道過了多久，隱隱約約耳邊傳來「啪啪」幾聲拍打聲，她整個人一驚，猛地睜開眼睛便坐了起來，看了看屋裡，空蕩蕩的，沒人。

第十章

「外面有人喊妳。」遊春早就被外面的喊聲驚醒了，他安靜地等了一會兒也沒見九月起來，只好拍了拍兩人之間的竹牆。

「啊？」九月剛剛醒來，還沒回過神，聽到他的聲音又嚇了一跳，迷糊了一下才想起來是怎麼回事，不由撫著胸口深吸幾口氣。

「九月。」外面傳來祈喜的聲音。

「別出聲。」九月聽清了，對竹牆另一頭說道，才跳下床，匆匆把櫃子推到門洞前，又檢查了一下屋子，確定沒有遺漏，才轉身開門。

外面的雨正漸漸收斂，祈喜撐了傘在對岸，正有些為難地看著河面。

河水已經退下不少，只是沒有那獨木橋，丈餘寬的河面就成了難跨越的鴻溝。

九月戴上斗笠，踩著泥濘來到河邊，離得近了，才發現祈喜的臉色有些憔悴，眼睛還紅紅的微腫著，她吃驚地問道：「八姊，出什麼事了？」

「沒事……」祈喜忙低了頭，聲音也有些啞。「九月，妳別著急，等雨停了，我找人幫妳重新搭橋。」

「八姊，是不是家裡出事了？」九月還在看祈喜的眼睛，她來這兒的日子雖短，可大半工夫都是與祈喜待在一起，祈喜雖然膽怯靦覥，卻不是多愁善感的姑娘，今天分明不對勁。

「真沒事。」祈喜連連搖頭，眼睛卻更紅了。「九月，我先回去了，妳這兒吃的可夠？要是不夠，我一會兒回去找個木桶給妳推過去？」

「不用了，夠的。」九月擺了擺手，看著祈喜離開的背影站了一會兒，她覺得祈喜一定是遇到什麼事。

不過這會兒也過不去，她也幫不了什麼忙。

九月轉身回屋，把隔間裡的那個木桶拿到茅廁清理乾淨，又到灶間淨了手燒水做飯。這段日子，她也沒好好地做過一頓飯，今天也算是正式開伙了。燜了米飯，用乾菜、竹筍做了兩菜一湯，用扁簍托著端到那邊屋裡。

九月推開那櫃子，站在門口輕聲一喊。「吃飯了。」

「嗯。」遊春早就醒了，只是他的衣服早被九月剪的剪、燒的燒，這會兒也只能赤著上身，還有他身上的傷，帶的藥都沒有適用的，此時也火辣辣疼著，饒是他受得住，也不敢掉以輕心亂動彈了。

九月也沒進去看，坐到桌旁盛好飯正準備吃，她忽地想起他的傷還不宜動彈，嘆了口氣，還是放下碗，端了熱水進去，很自然地擰了帕子遞過去。

「不好意思，忘記你的傷了。」

「九月姑娘，我的那些藥……」遊春點頭，接過布帕，一邊看著九月問道。

「我收起來了，一會兒拿給你。」九月才想起自己把人家的藥全收了。「金瘡藥已經用完，等雨停了，我再去鎮上買一些，不過效果只怕沒你用的好。」

「不用了。」遊春忙搖頭。「妳也看到了，我的傷都是刀傷，那些人找不著我，必定會去附近的醫館、藥鋪蹲守，妳要是去了，怕是會連累妳。」

「那怎麼辦？」九月想想也對，一場大雨把附近的線索沖沒了，可遊春畢竟受了這麼重的傷，守住醫館、藥鋪也是沒辦法中的辦法。

「還得勞姑娘受累一趟，去山上採些草藥。」遊春有些歉意地看著九月。

「我不會藥理。」

「可有紙筆？我畫給妳看。」遊春心裡已經有了決定，說話也不自覺放柔。

「喔。」九月點點頭，去外面把飯菜都端進來，又去取了放紙和筆墨的收納盒子。

遊春已經洗漱完畢，看到那精緻的盒子，不由拿起來多看幾眼。

「先吃飯吧，一會兒再畫。」九月餓了，可東西就這麼一點兒，自己先吃又不好意思，等他畫完再吃，飯菜估計也涼了，便搬了一條凳子當桌子，又幫著盛飯遞過去。

遊春看到她自然的動作，目光停在她臉上。

「你不會是嫌我家菜不好吃吧？」九月抬眼看了看他，淺笑著問。「我搬到這兒也不過半月有餘，前七天又在為家中老人守靈，這兒……什麼都沒能置辦起來。」

「自然不是。」遊春回過神，雙手接過那碗飯，手指不可避免地碰到九月的手，他不著痕跡地收回，微微垂目看著手上的飯，有所感觸道：「我只是想起了我母親……十五年來，這是頭一次……有人幫我盛飯。」

九月有些尷尬，不接這話茬兒。

遊春說罷，自己臉上也是一熱，自覺這話說得失禮，見九月低頭吃飯，當下也不好意思再說下去，拿起筷子專心吃飯，沒一會兒，兩人便把所有飯菜解決了。

九月收起碗盤去灶間清洗，遊春則拿起紙筆開始畫草藥的形狀。那天在後山，他見過一種能用的，當時慌亂間，他還扯了一把搗過腿上的傷止血。

等九月收拾完回來，他已經畫好了，簡單幾筆，卻展現了草藥的模樣。

九月忍不住瞟了遊春一眼，眸中流露微訝。

「這種草藥，那天我從後山過來的時候，偶爾看過，妳不妨在路邊和岩縫裡多找找，連葉子帶根一起帶回來。」遊春放下筆，把兩張紙遞到她手裡。「另外一張是三七，妳到緩坡處瞧瞧可有這種，要是有，也帶回來，沒有就算了。」

「知道了。」九月點點頭，拿著兩張紙認真看著，她的記憶力相當不錯，沒必要帶著這兩張紙按圖索驥。

「要是在山上遇到陌生人，千萬當心些。」遊春想了想，又叮囑道。

「你是從後山過來的？」九月合上紙，默默回憶一下兩種草藥的樣子，確定記住了，才把紙還給他。

「嗯，那邊是墳山。」遊春補充一句，表示自己沒有說謊，看到她把紙放回來，目光中流露出一絲欣賞。

「我這兒平日除了我姊姊外鮮少有人來，這幾日獨木橋也被水沖走了，更不會有人過來，不過你也不能大意了。」九月沒有追問下去，只是提了提這兒的情況，好讓他心裡有個底。

「妳把櫃子推回去吧，我知道怎麼做。」遊春帶著笑意，起身跟在她後面，看著她揹上竹簍，尋了柴刀別在腰上，又戴了斗笠，比起那些花枝招展的大家閨秀，她毫不遜色。

「你不冷嗎？」忽地，九月轉身瞄了他除了布條再沒有遮蔽的上身，淡淡地問了一句。

遊春頓時啞然，直到看著關上的門擋去她的身影，才低頭瞧了瞧身上，無奈地搖頭輕笑。

被大雨沖刷過的竹林散發著泥土和竹子混合的清香，偶爾間碰到竹稈，頭上便傳來窸窸窣窣的聲音，緊接著便是一頭細雨傾下。

如果腳下踩的是鋪上鵝卵石的林間小道，倒頗有幾分江南的味道，可這會兒，遍地只剩狼狽。

泥濘小路又滑又爛，只是幾步，腳上的布鞋便裹滿泥，很快的，襪子上便傳來一片冰冷濕膩。

九月戴著斗笠，揹著背簍走走停停，背簍裡已經放了幾支瘦瘦的冬筍和幾株小草。

按著遊春說的，那兩種草藥一種長在路邊或岩石縫裡，另一種應該是在緩坡處，這兒瞧著是沒有緩坡的，那麼只能先找路邊和岩石縫了。

很快的，她便到了竹林邊緣，一片空曠的山谷出現在面前。

這片空地一眼就能看盡，整個形狀有些像大葫蘆，四周都是竹林，高高的竹子遮住大半的亮光，此時縱然是大白天，也顯得陰暗，再加上空地上密密麻麻的「土饅頭」(注)，氣氛顯得越發陰森。

九月倒是不怕這些，她在邊緣略站了站，掃視一下環境，便選了個方向走過去。目光所及之處，墓碑上有名字的倒都是祈家人，而沒有名字的自然是祈某氏了。只是瞟了幾眼，九月便在左邊發現一條小路，瞧著倒是有人經常走的，順著小路沒一會兒，她便找著了幾株畫上的草藥，還發現了幾種能吃的野菜，她便全蒐羅到簍子裡。

就在這時，右邊方向傳來幾聲動靜，接著便是樹枝被踩斷的聲音。

九月警惕起來，側身緊貼到石壁邊，忐忑地留意著那邊的動靜。

那邊，似乎有東西在掙扎。

九月咬了咬牙，小心翼翼地原路返回，直到聽不到那邊的動靜，才鬆了口氣，看著這些土饅頭也順眼起來，經過時，還雙手合十對著墳包遙遙拜了拜，口中唸唸有詞。

「祈家的祖宗們，我是祈家的女兒祈福，今天出來挖點野菜採些草藥，從這兒借道，祖宗們多多包涵，莫怪莫怪。」

說罷，她托了托背上的竹簍，快步橫穿過墳地，來到右邊的竹林，就在她正要進竹林時，忽然發現邊上有座孤墳的墓碑倒了。

出於對亡者的尊重，九月走上前，將倒地的墓碑扶起來，只見上面寫著幾個字——周氏之墓。

沒有墓銘、沒有立碑人、沒有生辰，也沒有卒日。

九月用柴刀在原來立碑的地方挖了個小坑，把墓碑豎起來，填回土，把原來就有的石頭壓住墓碑根部，豎好後，見墳上長滿雜草，順手清了一遍，又幫著攏了攏土，才退回到墓碑前，對著那墳鞠了三個躬。

這一耽擱，雨又有些大了。

九月扶了扶斗笠快走幾步，繼續尋找東西。

就在她挖到東西要往竹簍裡放的時候，一團灰影迎面竄過來，撞在她的竹簍上。

九月嚇了一大跳，連連退了三步，一腳踩在她挖過的土坑裡，還好她手快，及時攀住一旁的竹子，才堪堪穩住身子。

這時她也看清那團灰影是隻兔子，還是隻受傷昏迷的兔子。

「傳說中的守株待兔？」九月驚訝地看著那兔子，從坑裡抽出腳扭了扭，確定沒有受傷，便上前一把抓住兔子的耳朵揪起來，只見那兔子的背腹各刺進一枝竹箭，只是箭刺得不深，這兔子才會逃竄，不過這會兒卻是死得不能再死了。

這樣的箭法應該不是傷了遊春的那些人……九月微鬆了口氣，抬頭瞧向四周。

「兔子……是我的。」後面傳來一聲倔強卻又帶著些許疑惑的聲音。

九月回頭，只見一個衣衫襤褸的少年拿著彈弓站在那兒看著她。

「那是我的。」接收到她的目光，少年又重複一遍，語氣從猶豫到堅持，就好像怕九月貪了他的兔子般。

注：土饅頭，即墳墓，以饅頭的形狀比喻墳墓。

九月看了看手上的兔子，又看了看他，淡淡一笑，遞了過去。

少年沒料到她會這麼爽快，竟愣住了。

「怎麼?不要了?」九月又舉了舉。「你不要的話，那我拿走了。」

「這是我的。」少年還真信了，一伸手便把兔子搶過去，一邊還退後幾步，警惕地看著九月。

九月不由扯了扯嘴角，沒理會少年的目光，彎腰拿起自己的東西，逕自去尋找草藥，等她回過神來，才發現自己站在通往村裡的小路上，從這兒，便能看到她住的小屋。

只瞟了一眼，只見她的院子裡有個人正彎腰整理菜園子。

那是……祈豐年?!

九月皺了皺眉，略一沈吟，立即轉身從原路返回。

過來的時候她沒怎麼注意路邊的情況，這會兒倒是看清楚了，這條路連通了村子和墳地，然後從墳地那邊穿過竹林就能到她的小屋。

沒一會兒，九月走出竹林。

祈豐年已經把菜園子收拾一遍，邊上的竹籬笆也被他加強固定了，這會兒他正要往水坑那邊走，一抬頭便看到九月，不由愣了愣，臉色有些不自在。

九月只是靜靜地看著祈豐年。

毫無疑問，之前的地也是祈豐年翻的，地裡殘留的酒應該就是他腰間掛著的小葫蘆裡灑出來的。

祈豐年看了她幾眼，邁步往水坑邊繼續走，沒有和九月說話的意思。

九月也很乾脆地往小屋走去，把東西放在灶間，舀了一勺清水就著水勺喝了幾口，便開了屋門進去。

屋裡的櫃子已經被遊春主動拉上了，九月滿意地笑了笑，上前敲了敲竹牆輕聲說道：「我回來了。」

「外面有人。」遊春低低地應了一句。

「那是我爹。」九月回了一句。「他還沒走，那些藥要怎麼弄？」

「拿過來我瞧瞧。」遊春的聲音更低。

「好。」九月很乾脆地應下，去灶間把野菜都拿出來放在案板上，提著餘下的草藥進了屋子，略略推開櫃子，連簍子一起塞進去。

遊春在裡面接過去，裡面有小油燈，倒也不影響視線，沒一會兒便把東西遞出來。「沒有三七。」

九月瞭然地接過來，準備把那些都清出來。

「上面的葉子搗一搗可以外敷、下面的根莖可以切片煎熬，一次一小塊就好，一天兩次。」遊春對這些倒是熟悉。

「喔。」九月記下。

「辛苦妳了。」遊春的聲音裡含著濃濃的歉意。

「沒什麼。」九月客氣了一句，把櫃子拉回原位，便走到桌邊，打算先把這些東西處理一下。

這時屋門口暗了暗，祈豐年竟出現在門口，他抬手在竹門上敲了敲，淡淡地說道：「出來一下。」

九月一愣，起身走了出去，正要開口，祈豐年往外走了幾步，背對著她說道：「八喜以後不會來這兒了，妳沒事不要找她。」

第十一章

這是祈豐年頭一次開口和她說話，說的卻是這樣的話。

九月的心不可避免地不舒服起來，沒有問祈喜遇到什麼事，只是淡漠地看著祈豐年。

「知道了。」

「好自為之。」祈豐年點了點頭，快步離開。

「謝謝您幫我整理院子，這些事以後我自己會做，不必麻煩了。」九月看著他頭也不回地離開，平靜的心竟生出一絲火氣，衝著他的背影揚聲說了一句。

祈豐年腳步頓了頓，接著飛快地進了竹林。

九月也拿了藥草清洗準備，心情已不似之前的鬆快。

「妳沒事吧？」遊春來到九月身邊，目光在她臉上轉了轉，顯然剛才的對話，他都聽見了。

「我能有什麼事？」九月搖頭，準備午飯和遊春的藥。

今天新採了野菜，中午自然是用這些野菜將就了，燜好了飯，又炒又拌的弄了三道菜，端到屋裡。

吃飯時，想到祈喜可能出事，九月的臉上流露出一絲擔憂。

「八喜是誰？」遊春一直若有所思地盯著九月，吃完了飯，他突然問道。

「我八姊。」九月隨口應了一句，收拾桌上的空碗盤。

「就是那個來找妳的？」遊春又問。

「嗯。」九月點頭，端著東西往外走。「藥應該好了，我去端。」

遊春沒說話，只是看著她走出去，沒一會兒，她端著個扁簍，提了一個木桶走進來，順勢用腳踢上門。

扁簍上，除了一碗熱騰騰的藥湯，還有搗好的草藥糊、一小碗酒，酒裡還泡著一塊布帕，木桶裡則是熱騰騰的水。

九月直接擺到桌上，從她剛剛坐的凳子裡面取出針線簍子，拿出裡面的剪刀就站到他背後，開始拆布條。

「能說說妳的故事嗎？」遊春坐著任由她擺布，只是略低下頭看著她的手時不時從背後繞到前面又縮回去，因為站得近，他不可避免又聞到她身上淡淡的馨香，不知不覺的，他的聲音也放柔許多。

「我哪有什麼故事，倒是你，還沒告訴我你為什麼老在我家出現。」九月隨口應道，目光細細地檢查著他的傷。

他的藥還算好，在這麼糟糕的狀況下，傷口居然沒有發炎，除了幾處小紅腫，大部分已經癒合，甚至開始結痂。

「後背的傷恢復得還好，等過幾天這幾處紅腫也消去，就能拆線了，這幾天你別大動，免得傷口再裂開就不好辦了。」

「拆線？」遊春有些不明白什麼意思。

「嗯，傷口太長，我只能用線縫起來，別動。」遊春聽她一說，便側了身想看後面，九月一手按在遊春的肩上，臉上帶著嚴肅。「都說了要小心。」

「好。」遊春身子一僵，只覺得她手觸及的地方不可抑制地燙了起來。

九月卻沒感覺到不對，此時此刻，遊春和她前世的那些客戶們沒區別……咳咳，傷口沒區別。

「我是來找人的。」肩上的溫暖一消失，遊春心裡有些小小的失落，沈默了一會兒，為了忽略心裡的這點異樣，他開口說道。

「哦。」九月應了一句，拿了搗爛的草藥給他敷上。

遊春停了停，沒等到她開口問，過了好一會兒才繼續說道：「我可不是妳以為的公子哥兒，真正的好日子也就十歲以前，後來我的家人被冤殺，一家幾十口人，只有我和老管家兩個人逃出來，東躲西藏、顛沛流離，沒想到老管家卻染上風寒，沒有銀子醫治，就這麼去了，我把自己賣到雜耍班子，得了銀子葬了老管家，從此四年，我包攬雜耍班所有雜活，做飯、洗衣、劈柴的事，我都沒少幹。」

九月安靜地聽著，原來他過得也不容易。

「我一心想要為家人報仇，這些年沒少下工夫，居然也被我練出火候，班主見我是塊料子，便收我當徒弟，七年前班主過世，我被推出來當了新班主，為了活命，我們四處奔波，從碼頭苦力一直做到現在……倒也置下些家業，我才騰出手來尋找線索，想為我爹娘平冤。」

遊春把這十五年生涯說得輕描淡寫，可九月知道，其中艱辛定不是他表現得這樣平淡，看他一身的傷就知道了。

「這十五年我一直想為我家人洗刷冤情，直到不久前，總算知道有個人或許可以為我作證，只是那人回了祖籍，卻沒有詳細住址。」

「你要找的人在這一帶？」

「嗯。」遊春點點頭。

這會兒，九月已經處理好他背上的傷，來到他面前。

看到她近在咫尺的臉，遊春的目光頓了頓，不知不覺便說下去。「據說他是當初行刑的劊子手，最後接觸到我爹的人就是他，我想找他問問我爹臨刑前可說了什麼。」

「一個劊子手能知道什麼？」九月的手頓了頓，莫名想到了祈豐年。

「我也知道機會渺茫，可就算是一絲希望，我也不想放過。」遊春嘆了口氣，有些黯然。「沒想到我一時急切，在落雲山露了行蹤，被仇家截殺，寡不敵眾……要不是姑娘妳，我這條命真就交代在這兒了。」

「我說了，我只是不想讓我家裡有死人。」九月撇了撇嘴，這會兒她更不願意提祈豐年曾是個劊子手了，再怎麼說祈豐年也是她爹，還有祈喜，如果因為這件事被遊春的那些仇家得了風聲，祈家只怕也是滅頂之災。

彎著腰有些累，九月乾脆蹲下去，這會兒也就只有他腹部的刀傷還沒處理了，之前摔了一次，還好傷口沒有裂開，只是情況也沒有別處的好，這與他時不時起來還是有些關係的。

「妳可知道這附近有沒有做過劊子手的人？」遊春懷著一絲期待問道。

「我是棺生女，一出生就被我外婆抱到落雲山隱居，要不是我外婆過世，我奶奶病危讓我回來，這會兒我還在山上，所以你說的事，我並不清楚。」九月借著低頭洗帕子的空檔已經有了對策，再抬頭，她微微笑道。

「棺生女？」遊春疑惑地問，目光在她身上流連。

「怕嗎？」九月挑了挑眉，淺笑著看他。「他們都說我是災星，都怕離我太近沾了晦氣，你要是怕，現在就可以走了。」

「不過是無稽之談。」遊春不由失笑。「妳信？」

「我信不信無關緊要。」九月低下頭繼續最後的包紮，有些自嘲地笑道：「關鍵是別人信，棺生女是災星冤魂轉世，剋父剋母剋夫剋全家，所以你之前說要負責的話，還是別再提了，沒必要為了一個不存在的恩情就把性命搭上。」

看著她平靜中甚至帶著些許笑意的神情，遊春的目光卻變得深邃，她說得輕鬆，可他能想像到，一個從出生便背負災星之名的小姑娘，這些年過得有多不易。

一個不想惹禍上門、一個憐其不易，有關劊子手的話題就此打住。

接下來幾日，九月除了去挖草藥、照顧遊春之外，便去砍竹子躲在屋子裡編各種東西，有了之前的經驗，她這次編的東西便小巧許多。

這日一早，天還沒亮，九月早早起來做好早飯和遊春的中飯，端到屋裡。「我今天得去集上，還得去一趟落雲山，這些你先將就著吃吧，我儘量早些回來。」

「好。」遊春也沒多問，只是有些擔心地看了看外面的天色。「現在就走嗎？天還沒亮呢。」

「得早些去才能占個好位置，早些賣完還能早些回來。」九月拿了竹棍過來，把東西都繫上，又調了調高低位置。

「賣東西？」遊春愣了一下，伸手摸了摸腰間，不由苦笑，他出門時一貫帶著隨從，這銀子還真沒有隨身攜帶的習慣，沒想到這次卻遇到勁敵，與隨從們失散不說，還把自己弄成這樣。

「對呀，我得走了，你自己小心點。」九月調好了擔子的高低，挑起來試了試，見挑著還順手，便不再放下，轉頭叮囑幾句，便帶上柴刀，鎖門上路了。

前面的獨木橋被沖走，她一直沒去管，祈喜那天說要找人過來重新弄一個，可那天之後卻沒再出現。

前面過不去，就只能從墳地那邊走，可這會兒天還矇矇亮，饒是九月再大膽，走到那邊時，看著一個接一個的墳包，心裡還是有些驚怕，不由自主便加快了腳步。

所幸，這條路並不算太長，沒一會兒，便轉了出去。

不知道祈喜怎麼樣了？經過祈家大院外的坡地時，九月抬頭瞧了瞧。

各家各戶的門還緊緊閉著，村子深處，幾聲雞鳴此起彼落傳了出來，夾雜著幾聲不知名的鳥叫聲，倒是給這平靜的村莊添了幾分祥和。

九月沒有多停留。

到了鎮上，仍找了上次的地方擺上攤子，九月這才摸出一張餅吃起來。

也許是因為有了上次的經驗，不到兩個時辰，所有東西便都賣了出去。

拿著新得的一百六十八文錢，九月走進街頭一家不起眼的布莊。

一番討價還價，九月順利帶著給遊春買的布疋出來，順著街去找米鋪子，之前吃的米都是祈喜送來的，可總不能老等著別人家的米下鍋。

米、麵、肉、蔬菜……各種需要的東西置辦下來，九月手上的錢也只剩下十八文，於是她挑著擔子往租牛車的地方走去，一會兒還要去落雲山搬東西，有牛車的話就不用十趟八趟的跑。

租牛車的地方在鎮東頭的樹下，沒一會兒，九月便遠遠看到了，只是她還沒靠近，便聽到一旁有人說道：「聽說了沒呀？水家那小子居然想娶祈屠子的八囡，那小子夠膽大的。」

「可不是嘛，換了以前還好，祈屠子家那個九囡沒回來，可現在她回來了，誰知道那落雲廟的住持說的是真是假？萬一她的晦氣還在，那八囡天天和她一塊兒，保不準就沾了晦氣呢！誰家還敢再娶她啊？」另一個聲音低低接話。

聽到有人說到水宏和祈喜，九月的腳步頓時一緩，她轉頭瞧了瞧，只見不遠處並肩走著三個中年婦人，手上都提了籃子，籃子上方蓋了布，也不知道是來賣東西還是買東西的。

「可不是，所以水家老嫂子不同意呀，萬一娶回來個小災星，那可不糟了？」

「妳們聽說了沒？之前呀，有人看到祈屠子那八囡、九囡和水家小子去鎮上了，妳們說，這祈屠子家的兩囡……」

三個中年婦人說得興起，根本沒注意到她們口中的大災星就在這裡。

九月這會兒已經明白過來了，一時之間，心頭悶悶的喘不過氣來。

這十五年來，有外婆的關愛，落雲廟的和尚們也都是和善之輩，沒有人會在她面前提什麼災星不災星，也沒有人嫌棄過她，而她呢，除了不能離開落雲山之外，這十五年的日子一直都是平靜充實的。

直到今天，她才算是第一次認識到「災星」兩字的威力到底有多大。

頓時，九月沒了去落雲山搬東西的興致，也不願和這些人擠一輛牛車，便轉身走回家。

祈喜的事，比起余四娘當面說難聽的話還讓她難受。

路上遇到幾個相識的大祈村村民，看到她的時候，那幾個村民不是加快腳步便是故意落後。九月不由扯了扯嘴角，也不和他們打招呼，無視他們的指指點點，逕自低頭趕路。

經過祈家大院那個坡下時，九月抬頭打量一番，大門開著，余四娘幾個婦人坐在院子裡幹農活閒聊，瞧她們時不時笑得前俯後仰的，顯然聊得挺歡。

九月只瞧了一眼便順著彎道從小路回去，遠遠的，她觀察自己的小院一下，倒是沒瞧見祈豐年的蹤影。

看到清清靜靜的小院，九月心頭的悶意越發濃了幾分，開了鎖，她有些懨懨地把東西放在門邊，聽到動靜的遊春推開櫃子走出來。「回來了？」

「嗯。」九月看了他一眼，反手關上門。

遊春敏銳地察覺到她不對勁，不由得打量著她。「遇到不開心的事了？」

「沒什麼。」九月淡淡應了一句，蹲在地上把東西都解下來，布疋放到桌上、米麵放進簍子裡，灶間那邊還有沒吃完的，這些便不用拿出去了，把要處理的都拎在手上，她又準備開門出去。

「能和我說說嗎？」遊春越發確定她遇到了事，伸手按住門框，低頭看著她。

「沒什麼可說的。」九月看了看他。「今天的藥還沒喝吧？我去熬藥。」

「九兒。」遊春皺了皺眉，手擱在門上文風不動。

九月愣了愣，抬頭瞧向他。

「是不是遇到什麼人說了不好聽的話？」遊春也不知自己到底為什麼這樣堅持，只是方才那一聲脫口而出的「九兒」讓他感覺極好，不想再改口了。

「說這些有用嗎？」九月淡淡說道。「還有，別叫我九兒，我早就說了你不必負什麼責，這樣的稱呼不合適。」

遊春卻沒把她這話聽進去，只是盯著她，想知道她遇到什麼事。「有些事說出來會好受些。」

「遊公子，我的事，你沒必要知道得太清楚。」祈喜的事，還有遊春這會兒的堅持，讓她心裡突生出一股無名火，她看著遊春，近乎尖銳地道：「讓開，就算你不想喝藥，我也有我的事要做。」

第十二章

遊春靜靜地看著她，目光深黝如墨。

九月也倔強地回視著他。

不知過了多久，遊春敗下陣來，緩緩收回手，一言不發地轉身進了隔間。

看到他這樣，九月心底冒出一絲悔意，不過很快便拋開，提著東西去了灶間。

熟練地點上灶火，小灶熬藥、大灶熬油，看著在鍋裡煎煮的肥肉，心裡那點悶氣也找到了發洩點，慢慢消散而去。

無論如何，她都不能離祈喜太近了，她之前太低估「災星」這個名頭，以為沒有發生晦氣的事就好，誰知祈喜竟是頭一個中招的人。

做好飯，心裡有了決定的九月也恢復平靜，沒事人似的端了飯菜和藥湯到屋裡，敲了敲竹牆。「吃飯了。」

遊春倒是出來了，淨手、吃飯，卻沒有說一句話，臉色也是淡淡的。

九月也不去管他，吃了飯自顧自地收拾東西、整理屋子，之前那個木桶給遊春當了便桶使用，她便順手用竹子和稻草編了個蓋子配上放回隔間裡，又去燒水到隔壁屋子洗澡，再到河邊洗衣服晾到隔壁屋，一番忙碌下來，天色已暗下，接著又去做飯燒水給遊春送去。

事情單調而繁瑣，她卻做得順手。

遊春雖然不說話，不過她送過去什麼，他一律接下，除了臉色淡漠些、兩人也不搭話之外，其他一如往常。

總算，所有的事情都忙完了，九月才坐下來，看著那幾疋棉布，突然間，她很想很想外婆……

半夜，遊春一覺醒來，外間昏黃的燈光從縫隙透進來，他不由微訝，想了想便坐起來，門口的櫃子沒有推上，很容易便看到燈光下的九月還坐在桌子前畫著什麼。

那般專注，卻又那般讓人心憐……

遊春靜靜地看了一會兒，心頭存留的那點火氣也無來由地消散了，想了想，他起身走出去。

九月沒注意，她此時滿心滿眼都是外婆慈祥的笑容，低頭用筆畫下她對外婆一點一滴的思念。

遊春只瞄了一眼，便驚訝地看向九月，見她頭也沒抬，乾脆也不吭聲，目光掃到硯中的墨將罄，便逕自坐到一旁，拿起墨熟稔地磨起來。

九月原本想畫的是外婆的畫像，可一提筆卻不由自主畫成現在這樣——春暖花開時，落雲山青山如黛，外婆面帶微笑坐在門口為她縫製春衫，不遠處是青翠菜園……

雖然用的都是墨，下筆不多，卻畫出那時的溫馨。

落下最後一筆，九月一抬頭，才發現遊春坐在一旁，不由一驚。「怎麼起來了？不冷嗎？」

「不冷。」嚴冬未至，遊春又是練武之人，對這點冷還是不在意的，低頭看了看自己，微微搖了搖頭，目光落在她的畫上。「這位是？」

「我外婆，要不是她，十五年前我就不在這個世上了。」九月此時說話已恢復平日的溫和。

「我娘在我出生前就死了，而一天後，九月九正子時，我卻降生在棺柩中，祈家人覺得我是災星冤魂轉世，原想一把火送走我娘和我，是外婆救了我，為了保我一命，她答應他們的條件，帶我避居落雲廟，十五年一直相依為命守在那棟小木屋裡……」

九月看著畫中的外婆，腦海裡浮現的都是外婆的一言一行，往事也不自覺說了出來。

遊春的目光也移到九月臉上，流露出一絲他自己也沒察覺的柔情。

「我還以為，等我及笄後，就能帶著外婆離開落雲山，找一處淨地，讓外婆好好享清福，可誰知，我及笄的第二天，外婆卻走了……」

九月的視線有些模糊，外婆走後一直到現在，她沒掉過一滴眼淚，她以為這是因為她前世看慣了生死才會如此，可現在她才知道，她只是不相信外婆已經不在罷了。

「或許災星之說是真的，所謂的化劫……就是讓我唯一的親人全部承受……」

遊春聽到這兒不由皺眉，手一伸便覆上她冰冷的手，帶著一絲堅決，低低地說道：「九兒，那只是巧合，妳莫要想多了。」

「不管是不是巧合，外婆都已經不在了，現在……八姊也被我連累了。」九月的脆弱也只是一瞬間，這會兒她已經恢復冷靜，目光也清明許多，只是她還是沒發現她的手已經被他握住。

「妳今天去集上遇到她了？」遊春有些明白了，怪不得她今天回來後這麼不高興。

「沒，只是知道她出了事，水家反對她和水宏的親事……只因為八姊和我走得近，他們怕被連累。」九月幽幽地說道。「也許我真是災星，來到這兒後，就八姊對我最好，走得最近，卻第一個被我牽連了。」

「有我們近嗎？」遊春卻突然輕笑道。

九月一抬頭，才發現不知何時，他竟已近在咫尺，手被他緊緊握住，呼吸間彼此相融，剎那間，她似乎陷入一潭深淵。

「妳若是災星，怎麼能救下我？不要再說自己是災星，災也好福也好，妳就是妳。」遊春認真地看著她，低聲說道。

妳就是妳……九月有些失神地看著遊春，這一刻，她突然覺得這個男人真的不錯……

「九兒，跟我離開這兒吧，我會好好待妳。」遊春的嘴一開一合，突然間，他這句話鑽進她的耳裡。

九月一個激靈站了起來，生生嚥下險些脫口的「願意」，手撫著心口微閉上眼暗暗調息，努力想要忽略手上臉上那滾燙的氣息。

她居然差點在遊春面前迷失心防，點頭同意他的話。

看到受驚的她，遊春片刻失落，但還是柔聲說道：「九兒，我說的都是真心的，妳能不能……好好考慮考慮？」

「很晚了，去休息吧。」九月心裡亂作一團，她不年輕了，前世也有過那樣不堪回首的一段，可為什麼這會兒還不記取教訓，還要犯花癡？

帶著一絲逃避心理，九月低頭繞過遊春，來到桌邊手忙腳亂地收拾東西。

清晨，九月睜開眼睛的時候，幾縷陽光從門縫透進來。

她迷迷糊糊地揉了揉眼睛，猛的驚醒過來，居然天都大亮了，她忙掀開被子坐起來。

這時門被推開了，九月嚇了一跳，下意識拉過被子，伸手擋住眼睛。

「醒了？」門口站著的人居然是遊春。

他手裡還端著木盆，順手便關上門走向桌邊。

九月眼部的不適這時才緩過來，趿上鞋，她好奇地走過去，只見木盆上放著一盤炒蛋、一盤炒白菜、一罐子米粥。

「你做的？」九月幾乎是用怪異的目光看著遊春了，古人不都講究君子遠庖廚嗎？他看起來可不像是會下廚的人。

「很驚訝嗎？」遊春瞅了她一眼，淡淡地笑著。

「不是很驚訝，是非常非常驚訝！」九月看看那兩盤菜的賣相，瞧著竟比她做的要略好一些。

「嚐嚐味道如何。」遊春遞了筷子過來。

「你先吃，我還沒洗漱呢。」九月很自然地接過，正要開動，才想起自己外衣沒穿，牙未刷臉未洗，一副邋遢樣，忙放下筷子站起來，快步到了床邊，拿起外衣穿上，只是，拿外褲的時候有些小小的不自在。

不過，一想到自己都穿著單衣、單褲在他前面晃了，這會兒要是讓他避讓，未免太矯情，便坐在床邊略略側到另一邊穿上褲子，背著他收拾利索，然後很淡然地走出去。

遊春坐在那兒慢悠悠地盛粥，似乎對這一幕恍然未見，只是在她走出門後才抬眼瞧了瞧，露出一絲笑意。

九月去了趟茅房，到灶間舀了熱水洗漱一番，用手直接梳了梳髮，編成麻花辮子，便回到屋子裡。

現在她相信遊春確實會廚藝了，灶間雖有使用過的痕跡，卻不是新手能折騰出來的那種，而是收拾得非常乾淨，這可不是一個十指不沾陽春水的公子哥兒能做到的。

「怎麼不先吃？」九月見遊春拿著杯子小口小口地喝水，面前的筷子還是好好地放著，隨口問了一句。

「一起。」遊春放下杯子，拿起筷子卻先挾了炒蛋到她碗裡。

九月有些不習慣，難免又想到前世，自然而然便流露出一絲傷悲和孤寂。

坐在對面的遊春自然注意到了，看了看九月，笑道：「怎麼了？怕我做的菜很難吃，不敢動筷了？」

「不是。」九月搖了搖頭，低頭端起碗拿起筷子。「只是……有些不習慣，自從十歲以後，就沒有人為我挾過菜了……」

這是指前世的十歲，小時候是因為父母忙得顧不上她，後來則是忌諱她的職業；而今生，靈魂已三十多歲的她打小就獨立，很多時候外婆都不把她當孩子看，現在想想，居然還真的沒和外婆親暱互動過……

「那妳多吃點。」遊春一怔，心底泛起心疼，又挾了白菜過去。

「謝謝。」九月點頭，嚐了一口，心情也調整過來。「比我做的好吃多了，你不會是吃不慣我做的，才想自己下廚吧？」

「妳謙虛了，妳做的菜也很不錯啊，只是今早起來的時候，看妳還睡著，就不忍打擾妳。」遊春失笑地搖了搖頭，實話實說。「我這些天在妳這兒，讓妳受累了，做個早飯，也是我的一份心意嘛。」

「你有心了。」九月笑笑。「只是有一點還是得注意，我這兒雖然鮮少有人來，不過站在外面的小路上就能看到院子裡的情形，你出去的時候還是小心些，別讓人瞧見了。我呢，反正讓人說慣了，怎麼著也不打緊，倒是你，傷還沒好，最好還是當心些。」

「放心吧，我們習武之人，辨風聽音乃是基本，沒人我才出去的。」遊春解釋了一句。

「習武之人，我能理解成你是江湖中人嗎？」九月有些好奇，不知道他們和金庸大師筆下的俠客有什麼區別？

「江湖？」遊春輕笑，搖了搖頭。「我可是正經的生意人，妳說的什麼江湖，不知指的哪一處？」

「我聽人說的，所以才好奇那江湖中人是不是高來高去、走路都用輕功飛的。」九月也笑。

遊春不由失笑地搖頭。

飯後，九月收拾完畢後，就幫著遊春量身裁衣。遊春陪在一邊幫著她削竹絲，一邊閒聊著各自遇過的趣事，倒也頗有幾分溫馨。

不知不覺間，昨夜的那點尷尬也在這餐早飯中消逝，兩人之間也比之前親近。

一連三日，九月都在趕製遊春的衣服，當然，這已經不是原來那一件了，縫的也從外袍轉為內裡的單衣、單褲之類。

遊春也沒閒著，包了所有削篾絲的活兒，這會兒，九月的屋裡已經擱了好幾捆粗細不一的篾絲了。

「來試試。」九月很滿意地抖了抖手裡的長袍，拿著衣服走到正在整理篾絲的遊春身邊。

此時的他，身上穿的是她做的長褲長袍，腰間繫著三指寬的腰帶，掩去了那些傷之後，他竟把這些布衣穿出雍容閒雅的氣度。

聽到她的話，遊春放下篾絲，轉過身來，乖乖地伸出手。

衣服自然是剛剛好的。

九月正幫著調整衣領的時候，遊春忽然頓了頓，抬手瞧了瞧。

「怎麼了？」九月轉到他前面，看了看他的手指，才發現自己忘記把針剪下來了，只是這會兒去找剪刀，一時竟找不到，乾脆拉起那衣襟上的針線，踮起腳尖咬斷線頭。

咬完線頭後，九月踩到箢絲，腳踝微扭，她下意識攀住遊春，而她的腰間同時也多了一雙鐵臂。

「當心些。」遊春的聲音低沈而又帶著磁性。

九月一抬頭，才發現自己的手貼在他胸膛上，整個人依在他懷裡，無來由的，臉上一紅。

「是不是扭到腳了？」遊春倒沒有乘人之危，直接摟著把她放到一邊的凳子上，自己也坐到一旁，才慢慢彎腰抬起她的腿，他身上的傷雖然無礙，卻也不能動作過大。

「沒事。」九月忙推開他的手，自己扭了扭腳，表示真的無礙。「你的傷差不多都結痂了，趁著今兒也不冷，我幫你把線拆了吧。」

「好。」遊春點了點頭。

第十三章

「這幾天還是別動彈了，多休息，免得傷口裂開。」

「嗯。」遊春手托在桌上，嘴角帶著淡淡微笑，聽著九月絮絮叨叨的叮囑。

「後面傷口恢復得還不錯，只是這兒……」九月很自然地把手貼上他的腰後。

此時，她似乎又回到當年那個工作時的祈月春，只是她一時忘了現在是什麼時代、什麼場合，這樣的接觸又會給人什麼樣的感覺，她只想告訴他情況。

「你這幾天動來動去的，這邊還有些小紅腫，得小心了。」

腰後傳來的柔軟觸感讓遊春整個人一僵，好一會兒才點頭應了一句。「好。」

九月也沒在意，拆完後面的線，順勢用熱布帕替他抹了後背，這些純粹是下意識行為，她沒覺得什麼，自然也就忽略了遊春的反應。

接著便是前面的線，清理完畢，又用烈酒搽了傷口，敷上草藥，重新纏上布帕，九月做得很專注，沒注意到遊春一直動也不動地端坐著，目光隨著她打轉。

「欸。」九月做完這些便站到一旁，收拾一下用過的布帕。「別發愣了，趕緊把衣服穿上，還有腿上的傷沒拆呢。」

遊春這時才似回神般，俊臉微紅，默不作聲地穿好衣服。

「快點啊。」九月收拾完，一轉身便看到遊春坐在那兒，不由奇怪地看了看他，催了一句。

「什麼？」遊春沒在狀態中，見她催促，一臉迷茫。

「這兒的傷還沒拆呢。」九月指了指他的大腿。

「我自己來吧。」遊春竟忸怩起來，起身拿了她手上的剪刀，連同那些熱水、酒一起端往隔間，腳步竟有些倉促。

九月看著他進門，微微一笑，搖了搖頭，接著把東西全收拾好，逕自去做飯。

午飯也就是兩道素菜加上米飯，遊春倒也不挑食，她做什麼他便吃什麼，只是今天他有些奇怪，自己都沒怎麼吃，卻一直給她挾菜。

「怎麼了？不合口味？」九月停下來，奇怪地看了他一眼。

「不是。」遊春這才停手，意識到盤子裡的菜已經堆了一半到她碗裡，把她的碗堆得跟小山似的，再次臉上一紅，竟端上自己的碗，把她碗裡的菜又撥回了一半。

九月疑惑地打量著他，看了看他的腿，猜測道：「傷口沒處理好嗎？」

「不是。」遊春又搖了搖頭。

九月的眉頭鎖了鎖，又鬆開，算了，他想說的時候自然會說，便繼續吃飯。

這時，遊春卻又猶豫著開了口。「九兒……」

「有什麼需要我做的，直接說，幹麼忸忸怩怩的跟個小姑娘似的。」九月輕笑，放下碗筷，做出聆聽狀。

「之前和妳說的，妳……」遊春臉上又出現可疑紅色，面對九月清澈的眸，他竟失了底氣。「妳……考慮過了嗎？」

「考慮？」九月一愣，困擾地眨了眨眼。

「祈九月，給老娘出來！」就在九月察覺到自己臉上也隱隱發燙的時候，外面響起一陣河東獅吼。

遊春皺了皺眉，正要說話，九月卻笑了笑。「你先進去吧，我出去看看。」

「來了不少人，妳當心點。」遊春有些擔心，不過他也知道自己要是被人發現，不但幫不了她，還會給她帶來無窮的麻煩，所以說罷便站起來，收拾自己的碗筷，順便還把屋裡不應該出現的東西都帶進隔間，並拉上櫃子。

九月微微一笑，對他的細心很有好感，不過她沒有多想，走到門邊拉開竹門。

河對岸，站了十幾個來勢洶洶的人，為首的卻是個不認識的老婦人，而不遠處通往墳山的小路上卻擠滿看熱鬧的人。

九月來到河邊，溫和一笑。「這位大娘，妳找我嗎？」

「祈九月，賠老娘的兒子來！」老婦人看到九月出來，喊得撕心裂肺，雙手連連拍著大腿，虧她一大把年紀了，整個人居然騰空蹦了幾蹦，看得九月也忍不住替她捏了把汗。

「大娘，妳是不是找錯人了？」九月納悶地皺了皺眉。

「祈九月，妳別以為裝傻充愣，老娘今天就會放過妳，要不是妳這個災星、要不是妳家那個狐媚子，我兒子怎麼可能不回家？怎麼可能接那趟差使？怎麼可能會出事……哇哇——我的兒呀，我可憐的兒呀，你才十六啊！你要是有事娘可怎麼辦啊……」

老婦人前一刻還跳著腳對九月破口大罵，罵到後面，卻直接往地上一坐，拍著地抹著淚嚎了起來。

「大娘，縣太爺坐堂，尚且還要問個清楚明白，妳這樣不由分說地上來便罵，請問妳是哪一位？妳那兒子又是誰？」九月斂了笑意，皺眉望著那老太太。「我回大祈村日子尚淺，認識的人屈指可數，我很確信我並沒有見過妳，更不用說妳的什麼兒子了。」

「我呸！要不是妳這個災星，那個孤媚子怎麼可能勾了我兒子？我兒子怎麼可能和我們吵架？不吵架他怎麼可能去接什麼差使？不接差使怎麼可能遇上土匪？不遇上土匪怎麼可能出事啊……啊！我的兒啊——」

不得不說，這老婦人的嘴皮子相當俐落，一句話居然給她掰扯得這樣長，還環環相扣，只是說到底，還是沒說她是誰、她兒子又是誰。

九月看著唱作俱佳的老女人，無奈了，直接看向她身邊的那些人。

跟著來的有一半是中年婦人、兩個老頭子還有中年男子，這會兒，幾個中年人正交頭接耳地說著什麼，時不時瞟著九月。

九月掃了一眼，確定自己不認得他們。「請問你們誰能告訴我一下，這大娘是誰？她兒子又是誰？」

「小姑娘，妳敢說妳不認識水宏？」聽到她的問話，那邊走出一個三角眼的漢子，笑嘻嘻地看著九月，上上下下地打量著她。

九月鎖緊了眉，這人的目光讓她很不喜，不過她還是要弄清楚到底是怎麼回事。「水大哥怎麼了？」

「誰是妳大哥！」老婦人聽到這話，頓時爬起來怒罵道：「妳個小蹄子，生下來是個災星也就算了，還跟著妳那狐媚外婆一塊兒擱了十五年，誰知道妳們祖孫倆這十五年媚了多少男人，妳們在外面媚也就算了，為什麼要回大祈村來禍害我兒……」

「閉嘴！」九月初時只是無奈，可這會兒聽到這老婦人口口聲聲辱沒她最敬重的外婆，不由怒從心生，大喝一聲，面如寒霜。

老婦人沒想到這樣斯文的小姑娘居然會這麼大聲喝話，不由愣了愣。

眾人也是一片寂靜，不約而同看向九月。

九月是真被氣到了，水宏不過與她一面之緣，要不是祈喜，她甚至都不知道誰是水宏，可是偏偏就是這一點，人家出了事，他們就把這筆帳算到她頭上。

九月氣得呼息也有些急喘，發育極好的胸脯也不斷起伏著，引來那三角眼漢子不時地瞥視。她沒有察覺，捏了捏拳頭，看著那老婦人高聲說道：「水家大娘，看在妳一把年紀的分上，我尊妳一聲大娘，可是這不代表妳能倚老賣老，胡說八道！」

老婦人氣得嘴巴直哆嗦，也忘了要嚎天喊地，衝著九月就想繼續罵。

「人在做，天在看，妳說我外婆為人不正，妳可有證據？妳敢對天起誓妳能證明我外婆是妳說的那種人?!」

無論是前世還是今生，九月頭一次這樣厲聲喝道，說罷，她怒極反笑，掃了他們一眼。

「想來，你們也知道我外婆是什麼人吧？她是師婆，溝通陰陽對她來說可是最拿手的，水家大娘，需不需要我外婆親自與妳對質？問一下她到底媚了誰家的男人?!」

眾人一聽，忍不住打了個哆嗦，不約而同退後半步。

那老婦人也驚疑起來，縮了縮脖子看了看四周。

「水家大娘，人人都說我是災星、人人都躲我不及，妳這會兒口口聲聲說是我害了水大哥，那好，我想向妳確認一下，妳真的希望你們水家與我扯上關係嗎？」

九月喊完剛剛那番話，心頭的怒氣也略有些平息，這時又恢復一貫的文雅有禮，只是，她這會兒的笑卻帶著一絲譏諷。

眾人看了反而有些惴惴不安起來。

老婦人怎麼可能巴望著和她扯上關係？她巴不得離得遠遠的，瘋了才會想和一個災星扯上關係！瞪著九月看了好一會兒，她手微顫地指著九月，卻什麼也沒說，突然轉身就走。

身邊的十幾個人有些納悶，只是他們也是推不開她的情面才來的，她要走，他們自然也不留。

九月冷眼看著他們腳步匆匆地離開，心裡一陣難過。

外婆守了一輩子，清清白白的，如今卻被她給連累了，可是她除了反擊幾句虛幻無力的話，卻什麼也做不了。

她不由暗暗嘆氣，目光有些茫然，接下去的路，她要怎麼走才合適？

可看在別人眼裡，就好像她在注視著那老婦人般，頓時竊竊私語起來。

就在這時，人群那頭傳來一陣譁然，接著，那老婦人竟大哭起來。

九月瞧了瞧，不感興趣，可正當她想躲回屋清靜的時候，有個人大步往這邊走過來，她隨意瞥了一眼，便停住目光，竟是老婦人口中出事的水宏。

「九月姑娘，家母得罪之處，我願代為道歉，還請九月姑娘看在我的面子上，別與她計較。」水宏手臂上確實有傷，不過人還是挺精神的，此時站在對岸，雙手抱拳，很鄭重地彎腰行禮。

九月不閃不躲地受了他這一禮。「水大哥，這不是計較不計較的問題，我與我外婆行得正坐得直，從來都是清清白白為人，我雖是棺生女，可這不代表我和外婆就注定低人一等，也不代表我們能任人侮辱的，令堂的話太過分了。」

「此事和周師婆有什麼關係？」水宏納悶地看看九月，又回頭看了看跟著來的那些人。三角眼漢子猶豫了一下，走到水宏身邊嘀嘀咕咕地說了一番。

水宏臉上頓時一陣紅一陣白，目光直直掃向自己的娘，可是到底是自己的娘，又這麼多人在，他做兒子的能怎麼辦？

老婦人被水宏一瞧，不由縮了縮脖子，囁嚅說道：「我說的也不是胡亂捏造的，村裡老一輩人誰不知道她出去大半年回來，就揣了三個月的女娃娃……」

「娘！」水宏疾聲喝止。「妳好好的扯這些幹什麼?!」

也不怪九月會氣成這樣，這要換了他是九月，非得和人拚命不可。

吼完自家的娘，水宏轉過來，越發歉意地行禮。「九月姑娘，此事確實是我娘糊塗了，需要我們怎麼道歉，妳開口，我一力承擔。」

「跟你沒關係。」九月還是有些顧念祈喜和水宏的關係，沒把帳算在他頭上，只是她不打算就這樣放過他娘，頭一偏，她看向水宏娘。「誰說的話，誰出來道歉。」

「九月姑娘。」水宏有些為難，好歹是他的娘啊，可是一瞧九月這架勢，他也知道這事含糊不過去，更何況錯的確實是他娘。

「怎麼？」九月只是靜靜看著他。「水大哥，我敬重你沒錯，可這不代表，你的家人就能隨意侮辱我外婆，這件事今兒不道歉，沒關係，我有的是工夫等，只是到時候，就不是單單道歉能了的了。」

也不怪九月撂這番話，她也看出來了，水宏娘不是個省油的，要是今天就這樣輕易放過了，只怕接下去有關她和她外婆的各種謠言還會更盛。

三人成虎，真到了那地步，她和她外婆的名聲便全毀了，她不想讓外婆過世後還承受這些不公平，更何況還會牽連祈喜。

「妳個小蹄子……」水宏娘眼一瞪又要開罵。

「娘！」水宏皺了眉，轉身看著他娘，無力至極。

九月緊抿著唇，冷冷地盯著水宏娘看。

第十四章

水宏娘也不知道是被九月盯得心裡發毛，還是被水宏看得心虛，臉色變了幾變之後，才勉強哼道：「道歉就道歉，我倒要看看這小蹄……她能不能受得住。」

「水家嬸子，妳最好能拿出誠意好好道歉，不然的話，我可閒著呢，我不介意天天領著我們家九月上妳家坐坐！」

就在這時，祈稷撥開那幾個人從後面大踏步走過來，嘴上還叼著根稻草，有些吊兒郎當地停在水宏面前，瞪著水宏好一會兒，冷哼了一聲，便來到河邊，朝九月笑。

「九月，妳想做什麼只管做，出了事，哥給妳擔著。」

「多謝十堂哥。」九月冰涼的心底滲入一絲暖意。

「嬸子，請唄。」祈稷退到一邊，也不正眼瞧人，只用眼角餘光勾著水宏，似乎對他很不滿。

水宏卻是苦笑，避開祈稷的目光。

水宏娘這會兒真的沒法子，兒子不幫她，還冒出個祈稷來，要知道祈家除了祈屠子，也就這個祈稷最橫了。

這可是個連親娘都不給面子的主兒！

「等著。」九月看了看水宏娘，拋下一句話轉身進屋，從牆上取下之前那張畫，大步回到外面，把畫高高舉向對岸。「對著我外婆的面，把話說清楚。」

看到畫像上栩栩如生的周師婆，水宏娘又想起九月的話，突然背脊發涼，雙腿不由自主一軟，便要跪下去。

水宏手快，及時拉住他娘。「娘，這頭我替妳磕，只是以後妳別再亂說話了，行嗎？」

水宏娘又看了看那畫像，縮了縮頭，連連點頭，那畫中人竟這樣的真，那雙眼睛此時就跟盯著她似的，難道周師婆真的顯靈了？

水宏娘越看心裡越是發毛，之前的氣勢蕩然無存。

水宏朝著那畫像跪下去，結結實實地磕了三個響頭，直起身時，額上紅紅的一塊，果然是下了力氣的。磕完後，他抱拳朗聲說道：「周師婆，家母年邁，一時糊塗，辱沒師婆清白，小子在此代母請罪，師婆在天有靈，還請多多恕罪，有怪罪的，還請饒過家母，小子一力承擔。」

說罷，又是三個結結實實的響頭。

他已做到如此，九月也不再揪著不放，且不說水宏的姿態已經擺足，就以他和祈喜之間的事，她也不能再得理不饒人，當下收起畫像，淡淡道：「水大哥是真漢子，此事就此揭過，希望不會再有下次。」

「多謝九月姑娘大量，告辭。」水宏從從容容站起來，對九月點頭，扶著他娘離開，順便帶走那些來助陣卻沒有發揮作用的人。

水家人一走，湊熱鬧的村民們也撤退，不過，也不缺一些留下來打量九月的。

「看什麼看？都閒得慌啊！要不要我家九月請你們留下喝杯茶？啊？」祈稷眼一瞪，衝著他們就吼了一聲，那些人似乎也挺忌憚他，紛紛退走。

「阿稷，你們還好吧？」這時祈稻匆匆趕來，頭上滿是汗，褲腳還挽著，手裡拿著鋤頭，似乎是剛剛從地裡回來，他身後遠遠跟著祈菽、祈黍。

「沒事了。」祈稷回頭瞧了瞧九月，笑了笑。「九月，這事就這樣吧，都是一個村住著，抬頭不見低頭見，鬧大了都不好。」

「多謝十堂哥。」九月輕笑。

這個十堂哥，剛剛在外人面前那樣有氣魄地為她撐腰，眼下沒了外人倒是反過來勸她息事，顯然不是他表現出來那麼魯莽的人。

「九月，水家孀子就那樣，妳別跟她一般見識，莫生氣啊。」祈稻抬起胳膊抹了抹汗，寬慰了九月幾句，目光一掃河面，不由歉意道：「瞧我，這幾天忙的，八喜之前和我說過這兒的橋沒了，我都給忙忘記了，明兒我有空，去砍些木柴把這兒的橋修上。」

「大堂哥，不用了，這樣……挺好的。」九月搖頭，這樣確實挺好的，那些人不敢走墳地那邊的路，這兒又斷了，她也清靜。

「大堂哥，就這樣吧，等哪天九月願意修，我們再修不遲。」祈稻還要說什麼，便被祈稷攔下了。

祈菽和祈黍兩人沒說話，只是看了看九月，確定她沒事後，便站在邊上聽著他們說話。末了，祈稷對九月揮了揮手。「還有事，先走了。」

「欸。」九月點點頭，看著他們消失在路那頭，臉上的笑意才盡數斂去，她看看手中的畫卷，心裡一陣一陣的難過。

「九月。」祈喜的聲音從身後響起。

九月回過神，一轉身就看到消瘦了不止一圈的祈喜。

祈喜不知何時從後面繞過來，手裡提著一個籃子、兩口布袋子，都滿滿地裝著東西。

她忙招呼道：「八姊，妳怎麼來了？」

「我來給妳送點東西。」祈喜有些強顏歡笑，看了看九月，轉身進了灶間，把東西都放進去。

「以後別送了，我自己能賺錢買的。」九月跟過去，卻遠遠站著，不知道該說什麼才好，經過今天這一鬧，祈喜和水宏只怕更不可能了，想到這兒，九月不由內疚，要不是她勸祈喜主動也不會鬧出這些事來。「八姊，對不起。」

「說什麼傻話呢？」祈喜卻靦覥地笑了，一如那日去落雲山初見時的笑，可細看下卻又有些不同。「這事不怨妳，反而還是我連累了妳。」

九月有些驚訝，她也想弄清楚事情的前因後果，便走過去，把畫卷放在長桌上，幫著一起把東西擺好。

「村子裡的人表面上客客氣氣，也怕爹的名聲，可私底下他們沒一個不喊他祈屠子，水大娘不同意這親事，也不全是因為妳，她嫌棄的是爹的名聲，怕我過了門，帶去我們家的業障。」

祈喜嘆了口氣，語氣倒是平靜。

「而且我聽人說，宏哥鏢局裡有位鏢頭的女兒……對宏哥有意，水大娘也中意……只是宏哥不願意，為了這事，他和家裡人鬧僵了，賭氣接了一趟差使，路上遇到土匪，護鏢的人死了大半。」

「所以她以為水大哥也出了事，便把這晦氣算在我們頭上了？」九月明白了。

「嗯，聽到消息的時候，我也差點嚇沒了半條命，剛才聽說水大娘來這兒鬧，我剛出來就遇到宏哥了。」祈喜臉有些紅。「他就是手上受了點傷，沒別的事，他說他會處理這兒的事，便讓我回去了，我在家待不住，就拿了些東西來找妳。」

「剛才妳都看到了？」九月看著祈喜的臉，暗暗不安，這兩人分明沒有斷啊。

「看到了。」祈喜想起之前水宏娘的污言穢語，有些不快，怎麼說那也是她的外婆，雖然沒見過，可就憑外婆一手養大九月，她就佩服，比起奶奶，外婆好太多太多了。

「八姊，妳也看到了，以他娘對我們家的態度，你們的事只怕更難了。」九月不忍祈喜再陷下去，便坦言道。「也怪我，不知道水家的情況就亂出主意，現在看來，這水家實非良配，這親事不成，對妳也是個好事。」

「九月，妳為什麼……要這樣說？」祈喜一愣，喃喃說道。「宏哥待我很好啊，從小他就護著我……」

「八姊，雖說成親是兩個人的事，可事實上並非如此，好兒郎志在四方，身為男人，他不可能整日留在家裡陪妳，總要出去做事，而妳是兒媳婦，給公婆侍湯倒水、照顧家裡那是理所應當的，可以說和公婆相處只怕比和他相處的時候還要多些。公婆看不慣妳，隨便使個小手段，妳的日子怕是要難了，我這說的還是尋常人家的理，而你們的情況……可想而知。」九月就事論事。

「可是……」祈喜的臉色頓時黯了下來。

「八姊，妳這麼漂亮，又不缺胳膊少腿的，家裡家外的事又不是拿不起來，何苦單盼著那根草？這天底下三條腿的蝦蟆難尋，兩條腿的夫婿還怕找不到嗎？他們家錯過妳，那是他家的損失。」九月心裡嘆了口氣，面上卻帶著幾分笑意拍了拍祈喜的肩。「好好過自己的日子，總有一天，妳能找到一個比他好百倍千倍的夫婿，到時候讓他們後悔去。」

祈喜看著九月慧黠的笑容，忍不住輕笑出來，心頭也稍稍舒緩了些。「九月，我不是妳，妳會畫畫又識字，還懂這麼多事，我……」

「八姊，身為女人，想要別人看得起妳，最重要的是妳得看得起自己，妳哪裡都不差，別這樣看輕自己了。」

祈喜點了點頭，也不知道有沒有聽明白，她看了看九月手邊的畫卷，好奇地拿起來。

「這是外婆？」

「是。」九月點頭，因為她的出生，外婆帶著她避世住在落雲山，那時祈喜才一歲，自然是不認得外婆的。

祈喜的手撫了撫畫上的周師婆，帶著些許羨慕。「九月，妳能不能再畫一張外婆的畫像給我？」

「嗯？」九月一愣，隨即點頭。「好。」

「小一些就好，不用太大，紙貴著呢。」祈喜的笑又多了一分歡喜，目光一轉，瞥到灶臺上的藥罐，忙問道：「九月，妳生病了？」

九月聞言，看了看灶上的那個藥罐子，今早熬了藥，連藥渣都沒倒，竟給忘了，不過她也不慌張，從善如流地應道：「可能是前幾天下雨，有些著涼了，就挖了些草藥回來，已經沒什麼大礙了。」

祈喜看了看她，倒沒有再說什麼，只是幫著九月把灶間收拾一番，看到鍋裡的飯時，她又問道：「九月，妳還沒吃飯？」

「啊？被他們一鬧，都忘記了。」九月這才想起剛剛才吃了一半的飯。

「方才是誰勸我來著？」祈喜打趣地看著九月。

「別忙了，我至少也吃一些了。」九月伸手重新蓋上鍋蓋。

只是，祈喜還沒有要走的意思，九月也不好意思趕人，沒法子，只好走一步看一步。

回到屋裡，祈喜又驚訝地看著那竹牆問道：「呀，這兒怎麼多了一道竹牆？」

「喔，草屋總有些髒，這樣看著乾淨些。」對於這個，九月早有藉口，便一言帶過。

「真的乾淨多了。」祈喜走到竹牆邊，伸手摸了摸，反倒讓九月一陣擔心，不過想想遊春也不是不小心的人，便略定了定神，笑看著祈喜在那邊轉來轉去。「九月，不如我這幾天過來幫妳，把這三面牆也弄成這樣，還有地上、頂上，妳住在這兒也舒服。」

這怎麼行？

九月想也不想就搖頭。「八姊，不用了，這些我有空再弄吧，這眼看就要入冬了，我得多備些冬糧不是？」

「也是喔。」祈喜已經退到櫃子前，一轉身又提了意見。「九月，這櫃子這樣放著不大好吧，那邊不是還空著，怎麼不推過去？」說罷，便要伸手推。

九月忙喊道：「八姊，別管那個了，幫我把這畫掛上。」

總算把祈喜的注意力轉移過來，九月乾脆指使起祈喜。「幫我扶一下。」其實踩著竹凳壓根兒就不用人扶。

祈喜不疑有他，過來扶住九月，看著把畫卷掛起來，順口說道：「九月，妳一個人住這兒怕不怕？要妳回家去住妳又不願意，要不我搬過來陪妳吧？兩個人總能膽子大些。」

九月聽到這話，不由腳下晃了晃，祈喜嚇了一跳，忙抱住她的腿，一邊喊道：「妳當心點，別摔下來。」

九月跳下來，站穩之後才看著祈喜，正色說道：「八姊，妳該回去了。」

「怎麼了？」祈喜一愣，不明白九月為什麼突然趕她。

「妳忘記今天的事了？」九月沒辦法，只好又提這些不高興的事，她真怕這個心思單純的八姊一熱心真留下來，到時候遊春怎麼辦？「雖然有些話我們沒必要去理，可說的人多了，總要有所顧忌。我倒沒什麼，只是我不希望還有人像今天這樣，扯出外婆來侮辱一通。還有妳，外婆的往事，我們無法置喙，我們也不能重新選擇父親，我更沒辦法回到過去讓自己不降生在棺材裡，有我們這樣的家人，妳……總之以後我這兒，妳還是別多走動了。」

「九月，妳怎麼好好的說這些？」祈喜看著九月的目光有些悲傷。

「我說的都是事實。」九月雙手扶住她的雙肩，溫和說道：「我們以後的路還長著，要想過好日子、清靜日子，就不能不顧忌這些，妳總不想我這兒被人一天鬧一回吧？」

「九月，我知道今天的事是我連累妳，我……」祈喜忙道歉。

「妳想多了，不多走動，不代表我們就不是姊妹，再說了，住一起也未必就是姊妹情深，我們只是尋一個最好的相處方式罷了。」九月笑著打斷祈喜的話。「之前十五年不曾見，我們還不是一見如故？」

「那好吧。」祈喜才欣然點頭。

「快回去吧，不然又該有人來警告我離妳遠一些了。」九月半開玩笑半惆悵地說道。

「爹找妳說什麼了？」祈喜竟一下子猜中了，接著又幫祈豐年說了幾句好話。「他其實……不是那個意思，就是……反正他的意思應該和妳說的差不多。」

第十五章

看著祈喜走過那條小路消失在轉彎處，九月才鬆了口氣。

屋裡，遊春已推開櫃子，雙手環胸輕倚在櫃子旁笑看著她。

「看什麼？」九月撇了撇嘴，來到桌邊，看了看完全冷了的飯菜，回頭瞧瞧遊春。「還吃不？要不，我拿去熱熱。」

「不了。」遊春從屋裡拿出碗筷，居然也是沒怎麼動筷，走到桌邊坐下，九月正在收拾，他卻突然伸手握住九月的手。

「你幹麼？」九月一愣，抬頭看他。

「九兒，跟我走吧。」遊春的聲音很輕，表情卻是一本正經的，凝望九月的目光流露濃濃的渴求。「跟我離開這兒，我雖然不能許妳榮華富貴，可保妳一輩子衣食無憂卻不是難事。」

九月有一瞬恍惚，隨即便笑了，在他對面坐下，平靜地迎視著他的目光，淺笑著問道：「你這是在報恩？還是求親？」

遊春的臉微微一紅，不過還是直視著她坦然說道：「自然是求親，我可以給妳想要的，沒有紛擾，也不會有任何一個人非議妳一句，妳也不必這樣辛苦。」

「金絲雀？」九月點了點頭，湊近一些，笑盈盈看著他問。「還是金屋藏嬌？養一輩子……十年、二十年還是三十年？待年老色衰時又該如何？」

「妳……」遊春的手漸漸鬆開，目光也漸漸變冷，想他一番真心，滿心憐惜，卻被她說得這般不堪，她當他見誰都會輕許這種諾言嗎？

「遊公子，九月不過是山野女子，又有著不祥的名聲，實不是公子良配，公子不必因為那些無心之舉便拿妻位報答，九月無福，承受不起。」九月斂了眸，看著自己的手，心裡微微失落，卻強迫自己說著違心的話。

她已經輸了前世，這輩子，她再也輸不起……

想到這兒，九月緩緩起身，收拾桌上的東西走了出去。

遊春胸膛起伏得有些急，他瞇著眼掩去怒火，看了空空的門口好一會兒，才咬了咬牙，猛的轉身進了隔間。

這個女人，太不識好歹！

他的怒意，九月感覺到了，當晚做好了菜，把中午的飯重新炒了炒，便單獨勻出一份送到隔間。

遊春盤腿坐在那兒閉目打坐，對九月進來的聲音充耳不聞。

「吃飯了。」九月把飯菜連同托盤擱到他前面的凳子上，看了看他，便退了出來。

今天發生的事，讓九月沒了胃口，所以她也沒給自己留菜，出去後打了水洗了澡，又到河邊摸黑洗了衣服晾到隔壁，才回到屋裡，鎖了門，坐到桌邊拿出文房四寶，慢慢磨墨。

她沒有立即為祈喜作畫，而是鋪開宣紙，在紙上用小楷慢慢默寫著《心經》的經文。

在落雲山時，外婆便經常接了寺裡的經書回來讓她抄寫，其中《心經》和《金剛經》便是她經常抄寫的，後來每當她心情不好的時候，便會默寫幾篇《心經》，讓心靜下來，這已經成了她平復心情的良藥。

幾篇下來，之前的煩躁已經忘得差不多了，她才換了張紙，重添了墨開始畫外婆的畫像。

祈喜話中的意思似乎是祈豐年對外婆有些不滿，所以這畫不能太大。

九月便把原來的宣紙橫過來摺了三摺，拿刀裁下，又把紙摺了幾摺，就好像連環畫似的，一張連著一張。

外婆做飯時、洗衣時、生氣時、高興時、製符時、製香燭時……各種各樣的外婆，活靈活現地浮現在她腦海裡，通過她的筆端，留在一張張紙上。

此時的她，專注，心無旁騖，甚至忘了夜已深，忘了屋裡還有一個盛怒中的遊春。

遊春此時也沒有入眠，他在九月走出隔間時就睜開眼睛，只是看著那飯菜，一時之間也是了無食慾，只好放鬆下來，單膝支著手肘看著那飯菜發呆，所思所想的都是他和九月相識後這段日子的點滴……

「該死……」許久許久，遊春懊惱地捶了一下凳子，扶著凳子站起來，但一想到她叮囑的不宜大動作影響傷口，就放輕動作，走了出去。

只見九月俯在桌上睡著了，肘下壓著一張白紙，而她的前面則放著兩張紙，上面畫滿了她外婆的身影。

遊春的心不自禁地軟下來，嘆了口氣走到她身邊，略微彎腰抱起她，雖然腹部和後背的傷有些疼，他卻只是微皺了皺眉，抱著她往床邊走。

九月似乎感覺到溫暖，竟在他胸前蹭了蹭，雙手摟住他的脖子，臉也埋在他頸項間。

遊春頓時整個人僵硬地站在原地，好一會兒，才苦笑著再次邁開腿，到了床邊，小心翼翼地把她放下去。

直到成功放下她後，替她蓋好被子，他才順勢坐在床邊，低頭打量著她。

睡夢中，她似乎睡得有些不安穩，眉心緊緊皺著。

遊春撫著她的臉頰，大拇指揉平她的眉心，低頭落下一吻。「總有一天……我會讓妳心甘情願跟我走……」

九月一覺醒來，已是午後，看著茅草屋頂，她還有些沒有清醒，昨晚她居然夢到遊春了，對她那樣溫柔。

她覺得有些丟臉，昨天才對人家說了那一番冠冕堂皇的話，結果呢？一轉身居然就夢到他了，還……

遊春似乎感應到她的想法，從隔間走出來，四目相對，彼此卻又飛快移開。

一個是故意板著臉，一個卻是因為心虛。

這樣的日子一晃就是三天。

九月沒有催促遊春離開，遊春也絕口不提之前的事，反正，各做各的事。

可到了第三天晚上，兩人吃過飯，九月坐在屋裡就著燭光編簍，遊春忽然從隔間出來，拿著寶劍往外走，連一句話也沒有留。

九月的心猛地一下空了，耳朵不由自主地支愣了好一會兒，直到外面再也沒有動靜，她黯然地嘆了口氣。

走吧走吧，反正她注定是一個人的，早走晚走都是走……

然而就在這時，外面傳來一陣窸窸窣窣的聲音。

九月愣了一下，飛快地把簍子放到一旁站起來，只是放得急了，手指被篾絲扎了一下，她顧不得看，撿起地上的柴刀來到門邊，一抬頭，便看到遊春揹著十幾根竹子回來了。

看到她手裡的柴刀，遊春愣了一下，嘴角微微上揚。「這麼緊張？」

「什麼緊張……」九月心裡還是鬆了口氣，沒好氣地應了一句，把柴刀往牆邊一扔，轉身往裡走，一邊抬手去看剛剛扎到的小傷口，細細的篾絲扎進一點點，卻也足夠她疼的了。

九月捏著手指，找出縫衣針。

只是，傷在左手中指尖上，她一手拿針，傷處便只能用左手大拇指和無名指去夾，無可奈何，也只能這樣挑刺了。

遊春把十幾根長長的竹子扛進來，關上門，便看到九月背著他站在桌邊做著什麼，他奇怪地走了幾步，待看清她在幹什麼，隨手把寶劍往她床上一放，便到了她身邊，伸出手。

「我看看。」

「不用。」九月避開，不想麻煩他。

遊春修長的鳳眼一瞇，直接張開手把她攏在懷裡，左手已經貼著她的胳膊握住她的手，右手也緊緊鎖住她的細腰。

「你做什麼？」九月一驚，下意識就要掙扎。

遊春更乾脆，腳一勾便勾來一張凳子，自己坐到凳子上，順勢便把她摟在腿上，雙手也禁錮住九月的手。

九月的臉一下子紅透了。

之前兩人的親近只能說是無心之舉，可現在這樣，分明就是他故意的，這比之前更加危險，而她，沈寂了這麼些年的身體竟也變得異樣敏感，被這麼一禁錮，整個人從頭到腳的毛孔都似開了般，給她一種如臨大敵的感覺。

「別動！」遊春被她一扭，不由倒吸了口氣，身子也是一僵，某處不由自主有了變化。

九月自然感覺到了，瞬間不敢動彈，只好僵直身子縮在他懷裡。

「再動的話，後果自負，嗯？」遊春很滿意她這會兒的反應，下巴擱在她肩上，湊在她耳邊低低說道，他的喉結不由自主地滑動了一下，不過他沒再有過分的舉動，只是靜靜地抱了她一會兒，才重新調整她的身子，方便查看她手上的傷。

他下手比九月自己動手可要索利得多，沒一會兒便把刺挑出來，放下針，遊春直接拉著她的手指含在嘴裡吮了一下。

溫熱的感覺如電流般從指尖直竄入她的心底，九月不由自主輕顫了一下，腦海中一片空白。

前世時，因為工作，她的手一直保護得很好，可是保護得再好，也沒有人敢毫無顧忌地和她握手，便是前夫也不曾碰過她的手，每每出門，他都是直接摟她的肩或腰，卻不曾觸及她的手。

那時的記憶從一片空白中翻騰出來，九月有一剎那的恍惚，有些分不清現在是前世還是今生，只覺得眼前這個男人，他沒有嫌棄她的手，甚至還……

遊春卻沒有察覺九月心裡的波濤洶湧，他看見九月僵住了，滿面通紅，只當她是害羞，也不去說破，事實上他的臉也有些熱，甚至身上也隱隱發燙，只是他一直調息，控制著自己才沒有失態。

他想讓她當他的妻，自然不能輕薄了她。

「好了。」遊春熟練地從針線盒下挑了一塊小布條出來，在她的手指上纏了纏打了個結，微笑著握住她的手。

九月這時才回過神，愣愣地看了看手指，喃喃說道：「謝謝。」

「妳呀，也不當心點。」遊春用一種寵溺的語氣低語道，臉上帶著溫柔的笑，摟著她的腰站起來。「過來幫忙。」

「幫什麼忙？」九月一時半會兒還沒從臉紅中緩過來，反應也慢了好幾拍。

「知道大戲法裡面那種能把人變不見的櫃子嗎？」遊春一手貼在她腰上，一手牽著她走到櫃子前。「這櫃子推來推去太麻煩，也太惹人注意，所以我想改成隔間裡也裝上一半的櫃子，這樣從外面打開門來看，只看到櫃子，卻不知道櫃子後另有玄機。萬一哪天有人撞進來，也不會知道妳這兒還藏了個男人。」

說到最後，遊春的語氣已近似戲謔。

九月卻似聽到了重點，眼前一亮，傻傻地看著他問道：「你不走了？」

「妳就這麼盼著我走？」遊春瞇了瞇眼，有些危險地湊近問道。

九月下意識搖了搖頭，隨即才反應過來他們此時的站姿有些曖昧，忙抽出手退離幾步。

「等我傷好了，自然會走。」遊春看到她搖頭，心裡滿意，面上卻不顯，反而顯得有些不高興地說道。

只是，傷什麼時候能好，就得看她什麼時候願意跟他走了。

第十六章

花了兩天的工夫，櫃子做成了。

其實說穿了也簡單，就是在櫃子後面再開一道門，這邊人進去，就能從那邊出去，一般人不去研究個徹底是不可能知道這裡面的玄機的。

九月進進出出試了好幾次，見果然管用，她也高興。

她的櫃子只是竹子做的，每天推來推去的，她還真怕有一天會塌了，現在好了，在裡面加個橫檔，再做些衣架把衣服掛上去，誰能知道？

「瞧不出來你還有這手藝。」九月讚賞地看著遊春。

自那夜之後，兩人也沒有過分親近的舉動，可彼此之間卻變得更加契合了。

九月也不再排斥這種感覺，她的心牆似乎在他為她吮吸傷口時悄然崩塌。

而遊春，也怕自己一個控制不住就走火，他不想委屈了她，也不想嚇著她，打算一切慢慢來。

「我會的還多著呢，以後妳慢慢就會知道了。」遊春很受用地接下她的目光，一點兒也不謙虛地應道。

「好吧，能者多勞，幫我做些東西。」九月立即把做橫檔和衣架的任務扔給他，走到桌邊，把樣子畫出來。

遊春一看便明白了，兩人說說笑笑幹活了小半天，便做成十幾個衣架。把横檔固定上去，衣架穿上衣服掛上去，還真有些衣櫃的樣子。

「如何？還滿意不？」遊春手撐在竹櫃上，側頭看九月。

「嗯，不錯，等明兒我去集上多買些菜犒勞犒勞你。」九月迎視著，一笑一顰間，流露著她自己也未察覺的神采。

「明兒我陪妳一起去。」遊春卻突然說道。

「啊？」九月愣住了，他出去？合適嗎？

「明早天不亮我們就去，大不了回來的時候，我等天黑了再回來唄。」遊春知道她的顧慮，笑咪咪地解釋著。

「可是，你到鎮上安全嗎？」九月搖了搖頭，她擔心的又不是這個。

「沒事，到時候戴個斗笠，我就是一介村夫，誰認得出來？」遊春沒在意，反倒開起玩笑。

「那先說好，到時候要是有什麼不對，你別管我，自己先走。」九月猶豫了一下，點了點頭，她也有些期待和遊春一起走在街上，而不是像現在這樣，他只能藏在她的竹牆後面。

「一切小心為上。」

「知道啦。」遊春伸手揉了揉她的髮。「不早了，早些歇息。」

說是早些歇息，但等兩人輪流去洗了澡，九月又洗了衣服晾好，也是一個時辰之後的事了。

一夜無話，第二天一早九月就自然醒了過來，外面天還黑著，也不知道是什麼時辰，只遠遠聽著村子裡傳來一、兩聲雞啼，才知道時辰不早了。

「起了。」九月睜開眼，先伸手敲了敲竹壁，臉上帶著笑。

緊接著，裡面傳來遊春的回叩聲以及他低低的笑。「這麼早。」

「嗯，早些去占個好位置。」九月邊說，邊坐起來穿衣服。

沒一會兒，兩人都起來了，一起做好早飯帶著，九月便要去挑擔子，被遊春搶了先。

「妳拿著這些。」遊春穿著她做的衣褲，頭上戴了斗笠，這會兒又挑了擔子，還真有些村夫的樣子。

「你的傷。」九月捧著竹筒和兩人的早飯，瞪著他看。

「這點東西，不妨事。」遊春搖了搖頭，示意她鎖上門快些走。

九月見他堅持，只好順從地鎖了門，又拖了些竹枝過來鋪了鋪，兩人從墳地那邊繞過去。

直到出了村口，九月才緩下緊張的心情，她還真有些擔心有人突然冒出來發現遊春，那樣他就藏不住了。

遊春看到她的反應，只是微微一笑，並不意外。

「累嗎？給我挑吧。」九月還是擔心他的傷，心裡盤算著這次一定要去買雞呀魚的給他燉湯喝。

心境上的轉變，讓她不知不覺事事以遊春為先。

「不累。」遊春哪會讓她挑，直接搖了搖頭，還不懷好意地瞅了她一眼，低語道：「這麼一點哪有妳重。」

「喂！」九月橫了他一眼，臉上又是一熱，最近她臉紅的頻率越來越高了。

「子端。」遊春卻突然冒出一句。

九月眨了眨眼，納悶地看著他。

「我原來的名字。」遊春睨了她一眼。

「子端？」九月恍然。「怎麼寫？」

「手拿過來。」遊春直接伸手，在九月手心上寫了兩個字。「記住了，除了妳，沒別的人知道了。」

「你的手下也不知道？」九月看了他一眼，心頭閃過一絲憐惜。

「嗯。」遊春卻點了點頭。

「給。」九月記下，把手上的乾糧分了一半遞過去。

兩人一邊走一邊聊，倒也不無聊。

很快便到了集上，尋了個地方把東西放下來，天才剛剛亮起來。

「我去附近看看。」遊春也不好一直待在九月身邊，幫她擺好東西後，便輕聲說了一句。

「嗯，小心些。」九月點頭，悄聲說了一句。

遊春才邁出腳步，巧的是，九月身邊的位置正是上次那個賣鞋底的婦人，她見狀不由羨慕道：「妹子，妳男人對妳真好，還送妳來集上。」

一句話，頓時讓九月鬧了個大紅臉，又不好解釋她和遊春的關係，只好尷尬地笑笑。

倒是遊春，大大方方地轉過頭對那婦人微微一笑，看了九月一眼緩步走開。

「妹子，成親沒多久吧？」那婦人卻湊過來，一副過來人的架勢。

九月無奈，她平日圖方便，都直接把頭髮編成麻花辮，所以婦人也瞧不出她是姑娘家還是小婦人，這才惹了誤會。

「妹子，我沒猜錯吧？」那婦人見九月不搭話，以為她是不好意思，又仗著之前一起賣過東西，又湊近些笑道：「我一看準沒錯，這男人啊，剛成親的時候，巴不得一天到晚黏著妳，可等日子長了，這新鮮勁一過，妳就是想讓他黏著妳，他都不願意。瞧瞧我家的就是這樣，我天不亮出來，他就只管自己睡著，唉，老了，就被嫌棄了。」

婦人自說自話，九月不由滿頭黑線，又不好搭腔，只好笑而不語。

所幸，沒一會兒便來了幾個顧客，才算解了九月的圍。

這一次擺攤，生意明顯不如之前兩次。

一開始的幾個客人走後，接連兩個時辰，九月的攤前冷冷清清，反倒是收攤位費的那幾個人過來聊了幾句，只拿走兩個針線簍子當作費用，才保住剛剛賣的十八文錢。

生意清淡，九月倒是不在意，她只擔心遊春的安危。

她左顧右盼的樣子，再次引來婦人的笑語。「妹子，妳放心，妳男人一定是逛得忘記時辰了，鎮上市集又大，可能過會兒就回來了。」

九月聞言，只好朝婦人笑著點頭，沒說什麼，不過目光落在婦人前面擺的鞋子時，她忽地想起了遊春的鞋，他穿著深藍色暗紋錦靴，雖然被褲子擋去靴筒，可是明顯與他的衣服不搭，這破綻……

「大嫂，這鞋子怎麼賣？」九月湊到婦人身邊，蹲下去拿起一雙黑面皂底的布鞋，鞋底納得厚實，針腳也緊密，充分顯示這婦人的針線功底扎實。

「十五文。」婦人笑意更濃，打量九月一番。「妹子，知道妳家男人穿多大的鞋不？」

九月頓時無語，她哪知道他穿多大的，此刻又不好多說什麼，便在心裡默默想著遊春的鞋，估摸著買了一雙。

「呀，小姑娘是妳啊？」這時，一位老者來到九月攤子前面，看到她就驚喜喊道。

「孫掌櫃？」九月隱約認出是雜貨鋪的那位掌櫃，忙笑著回禮。

「小姑娘，這些都是妳的？」孫掌櫃見她站在竹編攤子裡，便有些明白，笑著問道。

「是。」九月點點頭。

「太好了。」孫掌櫃似乎挺高興，蹲身去看那些東西，沒一會兒便站起來，揮手招呼九月道：「小姑娘，快把這些都收了，跟我回鋪子。」

「啊？」九月驚訝地看著他，不明白是什麼意思。

「這些東西我全要了。」孫掌櫃逕自開始收拾東西，一邊說道：「不瞞小姑娘，我們東家表小姐看中這些，這幾天我一直在找，都沒能找著，沒想到竟然是小姑娘妳做的，早知道我就找孩子他嬸去問了。」

九月知道他口中所指的就是余四娘，不過這會兒，她不想關心余四娘會怎麼想，她只擔心遊春回來找不到她，她再次看了看兩邊的街頭，有些為難。

「妹子只管去吧，等妳家男人來了，我跟他說，讓他去鋪子裡找妳。」一旁的婦人自告奮勇接了話。

「是是是，讓他到孫記雜貨鋪來尋就是了。」孫掌櫃忙把鋪子地址告訴那婦人，這邊不停手地整理好九月的東西，甚至還拿起竹棍準備挑擔子。

「孫掌櫃，還是我來吧。」九月見狀，只好從善如流。

「我來我來。」孫掌櫃顯得極熱情，挑著東西走在前面引著九月往他的鋪子走，一路上頻頻打聽編這些東西的人是誰，九月一一耐心回答。

很快便到了雜貨鋪，孫掌櫃挑著的東西被夥計接進去，放在櫃檯前的空地，孫掌櫃才虛抹了一把汗，笑容滿面地轉向九月道：「小姑娘，這些東西怎麼賣？我們全收了。」不論她出多少，也不可能有表小姐給的銀子多，他樂得大方一番。

「一百九十文。」九月報了個數。

「成，二娃，取兩百文來。」孫掌櫃一口應下，轉頭對那夥計說道。

九月越發驚訝。

「孫掌櫃，你確定要收這些？」九月還有些不相信。

「當然確定。」孫掌櫃眼睛一瞪，接過夥計拿來的錢往她面前一放。「喏，銀貨兩訖，下次還有，我們全收。」

「孫掌櫃，我能問一下你是怎麼知道這東西的？」九月看了看那些錢，皺了皺眉沒有伸手。

「是這樣的，我們東家……喔，我說的是這鋪子的東家，他妻弟家的大小姐這幾天來作客，看到一個丫鬟的針線簍子很別致，就尋到我這鋪子裡，我找了幾天也沒找著，直到今天才知道竟然是小姑娘妳編的。」孫掌櫃說著說著便偏離主題，嘮叨起他這幾日的辛苦。

九月只是含笑聽著，心知孫掌櫃這是故意的，顯然他是想買下這些東西拿去做順水人情，於是便收起錢道了謝，又在鋪子裡挑了幾樣要買的瑣碎東西。

孫掌櫃倒是客氣，給了個優惠價。

遊春仍沒有尋來，九月越發不安，要走又怕他來了遇不上，留下卻又快晌午了，東西還有沒買，過了晌午再買，集市也散得差不多了。

無奈之下，九月只好在鋪子裡轉悠起來。

孫掌櫃讓夥計把她的大簍子騰出來，也不去打擾九月，只是笑咪咪地站在櫃檯內一個一個看著買到的東西，想挑個最精緻的拿去拍拍東家的馬屁，說不定這來年的房租便能保持不變了。

九月偶爾看到孫掌櫃的樣子，不由失笑，暗暗搖了搖頭，繼續看著鋪子裡的東西。

又過了半個時辰，九月在鋪子的角落發現一包滿是灰塵的香料，兩大塊布滿蠟蟲的底蠟。

她拿出那包香料打開翻了翻，不由有些驚喜，這些香料中居然有一大包是碾碎的沉香粉，而其他的倒是尋常香料，外婆製線香的時候便用過，而那底蠟，都是蠟農們熬剩下賣不出手留著自家用的東西，卻不知怎的竟賣給了雜貨鋪。

孫掌櫃見她要買這些，有些驚訝，不過也沒問什麼，只要了七十文錢就賣給九月。

九月當即付了錢，眼見晌午將至，自己還有不少事，只好拜託孫掌櫃。「孫掌櫃，麻煩你一件事，一會兒要是有人來找我，就說我去買東西了，買完直接回家。」

「好，只要人來，一定把話帶到。」孫掌櫃笑呵呵地送她出門，又囑咐了一番，讓她下次直接把東西送過來。

九月把東西放到扁簍裡，挑了擔告辭離開。

她沒有瞎逛，直接去了集市裡先買了各種食材米麵、一罈酒，再去買一些生活零用，最後手裡還剩下五十文，路過布莊的時候，她乾脆進去買了些柔軟的細棉布，準備做兩套貼身衣物——不只是她自己的，還有遊春的。

在街上一直沒看到遊春的身影，九月有些擔心，不過她並沒有亂逛尋找——只要他沒事，肯定會回去，思及此，便挑了東西往家走。

很快便回到大祈村村口，這會兒正是晌午，田間有不少村民揮汗幹活，路上也有不少大姑娘、小媳婦提著籃子送飯。

看到九月，眾人紛紛側目，然後遠遠避開。

第十七章

「九月。」剛拐上小路，便聽到祈喜的喊聲。

九月停下來，轉頭一看，只見祈喜陪著一位小沙彌走下來，她不由驚訝得睜大眼睛。

「靜能小師父，你怎麼在這兒？」

「九月施主，是住持讓我來報信，希望施主有勞回一趟落雲山。」來的正是落雲廟掃大殿的小沙彌，這會兒在山下，他也正兒八經地喚九月施主，而不是九月姊姊。

「出什麼事了嗎？」九月奇怪地問，要不是有事，住持根本不會讓人來找她。

「是這樣的，前兩天廟裡來了位老施主，好像要住在山上，住持便讓我找妳，可能是因為房子的事吧。」小沙彌不清楚事情，說得也是含含糊糊。

九月愣了愣，隨即笑著問道：「現在就去嗎？」

「那倒不用，住持只說讓妳儘快去一趟。」小沙彌搖頭。

「我知道了，有勞靜能小師父跑這一趟。」九月謝過，送走小沙彌。

「九月，妳不會還要回去吧？」祈喜都聽到了，她有些擔心地看著九月。

「明天去看看，外婆用過的東西還有不少在那兒，我想搬回來。」九月笑了笑。

知道九月第二天要去落雲山搬東西，祈喜自告奮勇幫她去找牛車，約好明天卯時出發，姊妹倆便在路口道別回家。

回到家，遊春果然還沒回來。

九月也只好暫時安下心，自己做了點麵條吃了，把買來的各種東西安頓好，見日頭還早，便到菜園裡鋤了鋤菜，施了肥，又澆上水。

這時竹林那邊傳來窸窣聲，九月立即驚喜地轉身，來的卻不是遊春，而是那天跟在水宏娘身邊的三角眼漢子。

一種不好的感覺頓時竄上來。

「九月……呃……」三角眼漢子腳步有些歪斜，臉紅紅的，看著九月的目光帶點迷離，開口喊了一句便打了個嗝，顯然是喝了不少酒，打完嗝，他還嘿嘿笑了兩聲，歪著腳步往九月這邊走過來。「一個人……呃……怕不怕？哥來陪陪……呃……妳……」

九月嫌惡地皺起眉，看了眼這人臉上的皺紋，逕自把桶裡面兌過水的水肥都潑到菜圃上，然後提著空桶，拿著勺子走過去，離他五步遠的地方，她停了下來，淡淡地開口。「大叔，這兒不是你該來的地方，不想沾晦氣的話，就趕緊離開吧。」

「晦氣？嘿嘿，他們怕晦氣，那更好，白白便宜我趙老山了。」三角眼漢子這會兒倒是不打嗝了，眼睛死死地盯著九月，一邊還不斷嚥著口水。「我這人什麼都信，就是不信邪，什麼災星？那是娘兒們才怕的東西，我今兒來就是想看看沾了災星會怎樣，嘿嘿，水靈靈的小娘兒們，做鬼也值了。」

九月聽罷，不由苦笑，難得一個外人不信她是災星，只可惜了卻是這副嘴臉，她不想糾纏下去，直接問道：「你想做什麼？直說。」

「就是想……小娘兒們，妳還不知道男人是什麼滋味吧？哥今兒高興，讓妳知道知道，嘿嘿……」趙老山說著又是踉蹌地上前兩步。

「這樣啊……」九月忍著心底的噁心，露出一抹笑，聲音甜甜說道：「可我這兒不方便啊，不如另找個地方？」

「嘿嘿，好、好！」趙老山一愣，隨即笑得更歡了，看來人家說她是狐媚子還真喊對了，這小娘兒們居然這麼識相。

「來。」九月把勺子往木桶裡一扔，從他身邊跳過去，才朝他勾了勾手指，露出一絲冷笑。

可趙老山喝得有些高，今天是在外頭聽人說起有小和尚來找祈家九囡，他便來了勁，趁著酒勁來到這兒，神志本就不清醒，被九月這樣一勾，他哪還顧得了別的，咧著嘴就跟上去。

從竹林一直到墳地，他嘴裡還一直嘟囔著「小娘兒們真知趣，一會兒好好疼妳」之類的話。

九月走在前面，已滿面寒霜。

到了墳地那邊，九月停下來，轉頭朝趙老山勾了勾手，指了指邊上一根粗竹子。「來，站這兒。」

「好好好，哥來了。」趙老山還在幻想著一會兒如何收服這水靈靈的小娘們，聽到九月的話，還真的歪著腳步衝過來，抱住那粗粗的竹子親了兩口。「咦？妳咋一下子變這麼高了呢？」

他手腳並用纏上那竹子，那醜陋模樣讓九月再也看不下去，從木桶裡拿出勺子，雙手握勺，對準他的後腦勺就是一下。

趙老三悶哼一聲歪了頭，整個人滑下來，不過他之前手腳都纏在粗竹上，這會兒也沒鬆開，就成了一種很古怪的姿勢掛在上面。

第一次打人，九月也有些緊張，不知道會不會把人打死，她小心翼翼移了過去，一手高舉勺子，一手慢慢探向趙老三的鼻端，感覺到熱氣，她才飛快縮了手，在一邊長長的嘆了口氣。

「嘿嘿，小娘兒們……」這時趙老山卻嘟囔一聲，把九月嚇得夠嗆，連連倒退幾步才停下來，不過趙老山卻抱著那粗竹直打呼。

九月看了看手裡的勺子，猶豫著要不要再補上一下，一抬頭，她看到左邊不遠處站著一個人，心頭猛的一驚，險些喊出聲來。

幸好她還算理智，強行克制住衝到喉嚨的驚叫，定睛看了過去。

那個人是上次打到兔子的少年。

九月無來由地鬆了口氣，拍了拍胸口，低低問道：「你都看到了？」

「嗯。」少年看了看她，走了過來，用腳踹了踹那趙老山，一臉厭惡。

「這人想圖謀不軌，我只是自保。」九月解釋了一句。

「我知道。」少年的裝束有些怪，像極了丐幫的弟子，長及腰間的頭髮亂蓬蓬的，額上綁著一根草編繩子當髮帶，腰間也繫著草編繩子，這會兒腰上還掛著兩隻不小的兔子，他蹲在趙老山身邊瞅了瞅。「妳回去吧，這人，哼，我處理了。」

「你……和他有仇？」九月些有忐忑。

「沒仇，有過節。」少年冷哼著。「放心，我不殺他，就是給他個教訓。」

「你打算怎麼做？」九月猶豫著。

「妳不覺得噁心，就跟著來看看。」少年把彈弓往腰裡一塞，上前拉住趙老山的雙手，把他拉起來，半揹半拖地往墳地深處走。

九月猶豫了好一會兒，最終還是咬了咬牙跟上去。

跟了一段路，出現兩棵大樹，樹下有幾塊長形石頭，少年把人拖上去，費了些勁把趙老山俯趴到上面，然後睨著九月。「妳確定要看？」

「你把他弄這兒幹什麼？」九月環顧一下四周，這兒幾乎被墳塋包圍，四周不是樹就是竹林，顯得陰森森的。

「他不是不信邪？那就讓他在這兒享受一晚。」少年露出帶著邪氣的笑。

「扔這兒？會不會生病？」九月下意識皺眉。

「妳剛才下手的時候怎麼沒想到會把人打死了？這會兒充什麼善人？」少年不屑地撇了撇嘴。「怎麼？妳是不是還想讓他天天來妳門口轉轉？」

「瞎說什麼你！」九月不悅地瞪了那少年一眼。

「這種人死不了。」少年又踹了趙老山一腳。

趙老山哼哼唧唧的，整個身子抱著石頭可疑地聳動了幾下，嘴巴還嘖嘖作響。

少年見狀，似笑非笑地看著九月。「瞧見沒有？妳還想可憐他嗎？妳知道他以前禍害了幾個姑娘嗎？要不是沒證據，他早進牢裡去了。」

九月頓時啞然，她不是不懂事的小姑娘，哪裡會看不懂剛才的情形代表什麼。

「我沒可憐他，只是覺得為這種人髒了自己的手，不值。」九月看了看少年，妥協地轉身離開。

他說得對，她心裡那絲不忍根本是多餘的，要是今天這趙老山沒有喝酒，她沒有得手，只怕這會兒求助無門的人就是她了。

走了一段路，九月回頭望了望，只見那少年飛快地抽開趙老山的褲腰帶，把他的褲子一扒隨手一扔，然後揚長而去。

九月一下子明白了那少年的意圖，怪不得他剛剛催她離開，原來這就是他教訓人的方法，想到那個彆扭的少年，她忽地有些想笑。

「九兒，什麼事這麼高興？」遊春已經回來，這會兒正隱在屋後林子裡，見九月一個人過來，他才輕聲問道。

「啊……」九月沒注意到他，不由自主驚呼出聲，喊了一半才會意過來是遊春，不由長長地吁了口氣，有些嬌嗔地看著他。「嚇死我了，你怎麼在這兒？」

「有事耽擱了，才剛回來。」遊春帶著些許笑意，解釋一下晚歸的原因，又若有所思地看了看墳地的方向。「出什麼事了？」

「來了個無賴，處理了一下。」九月不自覺放軟聲音，伸手便拉住遊春的手往家走。

「那邊有人，別讓人看到你了。」

出竹林的時候，她還擋在外面張望一番，確認河對岸沒有人，上方的小路上也沒有人，才走了出去。

遊春跟在後面，眼中滿滿笑意，他怎麼可能沒留意到周圍的情況就回來？不過見她這樣緊張，心裡也頗受用。

九月打了一盆水端進屋子裡。

遊春已經摘了斗笠坐在桌邊，瞧他的樣子似乎有些疲憊。

「你去哪兒了？可有回去那邊？」九月順手擰了帕子遞過去。「今天也不知道怎麼回事，雜貨鋪的孫掌櫃竟尋過來收了所有東西，還說以後編了東西都直接送過去，邊上那位嫂子說幫我留口信，我就去了。」

「在鎮上遇到點小意外，好不容易甩脫了才回來的。」遊春有些歉意地看著她笑了笑，用布帕抹了抹臉，擦去額上細汗，氣息有些不穩。

「意外？」九月注意到了，他除了額上滿是細汗之外，唇色也有些發白，她不由得仔細打量他一番。

在他腿上受傷的位置發現一些可疑的深色，雖說他的褲子是黑色的，可這一處卻越發明顯，她心裡一緊，伸手便摸上去，剛觸及那絲黏乎，手便被遊春握住了，她抬頭瞇眼看著遊春，卻沒有說話。

「只是一點。」遊春安撫地笑了笑，帶著些許伏低做小的意味。

「讓我看看。」九月撇嘴，直接拍開他的手，站在邊上等著，一副不給看不罷休的樣子。

「這……」遊春有些尷尬。

「去裡面。」九月抬了抬下巴，一句話戳破他的不自在。「你的傷，哪處我沒看過？」

遊春目光一凝，盯著九月看了好一會兒，笑意漸顯，他站起來，湊到她耳邊低低說了一句。「我在裡面等妳。」

呃……莫名其妙的，九月一陣心虛，臉陣陣發熱，暗暗懊惱自己的話太過直白，這下好了，他也來了一句引人遐想的話。

可這會兒遊春已經去了隔間，她有些騎虎難下，但又想查看他的傷，最終還是去準備要用的東西，再關上門打開衣櫃走進去。

饒是她有了心理準備，但一進去一抬頭，她還是有剎那的不自在。

遊春這會兒全身上下除了那些纏著的布帛，也就只剩下一條短褲，正站在那兒側身看著她，淺淺的笑意裡竟帶著一絲絲邪氣。

九月情不自禁地停下腳步。

「怎麼了？這會兒知道怕了？」遊春見狀，笑容越來越濃，他赤腳走過來，接過她手中的東西往凳子上一放，雙手一張，便把九月困在其中，居高臨下地看著她。

「不過是換個藥，有什麼好怕的。」九月拒不承認自己這會兒是真不好意思。

她沒有意識到自己對遊春的心裡變化，之前趙老山還沒把她怎麼樣，她就嫌惡成那樣，可這會兒面對遊春，她除了不好意思，心底竟還帶著絲絲期待。

「九兒，不要輕易考驗為夫的忍耐，可記住了？嗯？」遊春挑著她的下巴，額抵著額低聲囈語道。「告訴我，那個無賴是怎麼回事？」

「誰考……」九月一時之間陷在他的眼神中，忽略了他的自稱，不過很快就清醒過來，懊惱自己又犯花癡的同時，略略推開他，抽身跪坐一邊，把東西一字排開放在地上。「你當自己是鐵打的？還不坐好？」

遊春看了看低著頭明顯害羞的九月，低低笑了出來，這會兒他倒是沒有再繼續逗她，緩緩坐到她前面。

所幸他的傷不算太糟，只有腿上和腰後的傷有些滲血，其他都恢復得挺好。

「九兒，妳還沒說那無賴是怎麼回事呢？」腿上的傷處理好後，遊春趴在被褥上，一邊感覺著她手上的溫柔一邊舊話重提。

第十八章

「都說無賴了，你還揪著不放。」架不住遊春的苦纏，九月只好把事情說了一遍。

「那人在哪兒？」遊春聽罷，靜默許久才淡淡說道。

「你幹麼？」九月下意識地眉頭一挑。

「我去瞧瞧。」遊春此時的語氣淡得不能更淡，敢把主意打到他的女人身上，不想活了？

「你別去了。」九月可不願他再惹上麻煩，忙勸道：「別為那樣的人髒了自己的手，不值得。」

「放心，我不做什麼，就是看看。」遊春的目光落在被褥上的針腳，淡淡一笑。

九月沒能攔住遊春，給他敷好藥，纏上新的布條，他便穿好衣裳出去了，連帶還把她送進灶間。

遊春很快就回來了，一進灶間便看到九月在為幾尾魚手忙腳亂，心情不自覺鬆快了些，把斗笠往邊上一放，上前接手她的活兒。「我來。」

「你沒把人怎麼樣吧？」九月讓到旁邊，手上沾了魚血，讓她有些不舒服，便另打了一盆水仔仔細細地洗起來，一邊追問道。

「沒動他。」遊春一手按著魚，一手拿著刀，兩三下便把一尾魚收拾乾淨，而且刀口齊整、魚鱗也清得乾淨，哪像九月那尾好不容易洗好的，苦膽都被她弄破了，這會兒洗過還帶著隱隱的青色，遊春眼皮子也不抬一下的把那尾重新洗過。「方才路上遇到一個人，順便把消息說一下罷了，等著吧，明早這邊一定很熱鬧。」

「啊？你遇到誰了？」九月大吃一驚。

「放心吧，那人明早起來就不會記得我了。」遊春自信滿滿地說道。

「什麼呀？他沒看到你？」九月更納悶了，他是生面孔，為什麼人家見了他，第二天一早就會忘記？

「看著我。」遊春把手裡的魚放好，洗淨手傾身看著九月。

九月眨了眨眼，聽話地迎視著他。

「妳信我嗎？」遊春在說話，可九月卻忽然恍惚起來，耳邊似乎聽到他在低語，卻又聽不清他說什麼，直到「啪」的一個響指，她才猛然驚醒，只見遊春柔柔看著她笑，他的右手還停在她面前。「懂了嗎？」

「這是……催眠?!」九月更吃驚了。

「只是些小把戲。」遊春卻不以為意。

「真厲害！」九月真心讚嘆。

「九兒，我很高興。」遊春卻握住她的手，不待九月答話，便繼續說道：「知道為什麼妳會這麼快被我迷惑嗎？」

「我哪知道。」九月瞪了他一眼。

「那是因為妳心裡對我沒有一絲抗拒，只有全心全意的信任，才會這麼容易接受我的暗示。」遊春確實心情極好，一直看著她笑，目光柔得都能把人化了。

九月心裡也有著小小的疑惑，他還真說對了，不知從何時起，她對他的戒心竟消散得無影無蹤，到底是因為他為她挾菜，還是那次他沒有嫌棄她的手？

可，這些都是他的無心之舉，能說明什麼？九月心裡那絲異樣頓時被她自個兒澆熄。兩世為人，也經歷過失敗，看多了人情淡薄，為何這會兒還看不透？還要像個情竇初開的小姑娘那樣犯花癡？太不應該了……

九月忙打住思緒，抽出自己的手轉身。「不早了，你不餓嗎？」

「餓，我中午都沒吃呢。」遊春留意到九月的表情變化，剛剛她分明是羞澀的，可只一會兒便黯然下來，必是想到不好的事。他的目光閃了閃，沒有逼她，反正他已經認定她是他的妻，以後的路還長著，不愁找不到答案。「我來做吧，妳看著火就好。」

九月也不和他搶，乖乖地坐在灶後添柴加薪。

遊春瞧出她心情不好，想了想，便挑著自己曾在雜耍班裡待過的一些趣事逗她開心。

九月也有心想擺脫負面情緒，便專心聽他述說他的師兄弟們，他有個師哥對他很好，功夫平平，卻很會賺銀子；他還有個師弟天資聰穎，什麼把戲到了他手裡總能玩得很溜；他還有個小師妹，從小練就縮骨功，再小的縫都來去自如……

聽到他說小師妹，語氣中流露的寵溺讓九月撇了撇嘴，多少連續劇裡沒有大師兄和小師妹？

為此，九月不由多看了遊春幾眼。

遊春還在說他的師弟和小師妹打小如何調皮搗蛋、他師父如何頭疼，一直說到師父過世後，師弟、師妹變得如何懂事。

九月聽著，心頭難免有些酸意，不過還是很有風度地微笑聆聽，在合適的時候答上一句……

次日，九月正猶豫著要不要去看看墳地那邊的動靜時，祈喜和祈稻從那邊轉了過來，他們擔心天剛亮九月可能不敢走這一帶的路，便過來接她。

兄妹幾人快步到了坡路口，祈稷正坐在板車上，卻沒有牛影，不用問，他們沒借到牛。

九月沒有問，兄妹幾人也默契地沒有提。

祈喜還很細心地準備餅，在路上分給他們，一路無話，很快，他們便到了落雲山。

要搬東西，自然要先去向住持問好，祈稷留在山腳看著板車，祈稻和祈喜跟著九月去見住持。

這會兒已近辰時，落雲廟裡的早課已然結束，加上又是住持派人去通知九月的，所以他們很快就見到住持。

「見過大師。」祈稻等人恭敬行禮。

「阿彌陀佛。」住持笑著還禮，讓祈稻和祈喜在大殿等候，把九月帶到他的禪房，落坐後，他有些歉意道：「九月，想來妳已經知道事情的原由了？」

「是。」九月點頭。「大師，房子本就是廟裡的，能借給我們住了十五年，我們已很感激大師的恩情了，如今外婆已不在，我又回了家，這房子理當歸還。」

「說起此事，是老衲慚愧。」住持擺了擺手。「出家人本不該糾結俗事，無奈身處俗世，終避不開紅塵瑣事，當年我跟隨師父雲遊至此，見此山清水秀，便建了落雲廟，一晃眼便是六十多年，這落雲山都是無主之山，可誰知七日前來了一位老施主，竟買下此山，要不是老施主仁厚，願意供奉落雲廟，我等只怕也要易地了。」

「大師，那位老人家可有提及我外婆的墳？」九月最關心的還是這個，外婆已經入土為安，可這會兒整座山都被人買下了，他會同意自己的地盤裡有別人的墳嗎？

「這個妳不必擔心，那位老施主已經把落雲廟五丈內的地贈與廟中了，只是老施主看中那房子還算結實，圖的就是個方便。」住持解了九月的擔心。

「如此，以後還要拜託大師多多照應了。」九月才鬆了口氣，朝住持行了一禮。

「不必多禮。」住持微微一笑。

「大師，我能不能去那邊收拾一下？那些東西畢竟是我外婆用過的，我想搬回去。」九月見住持沒有別的話，便準備告辭。

「這是自然。」住持點點頭。「對了，我這兒還有一件周施主留下的遺物。」

「啊？」九月有些驚訝地看著住持。

「妳且等等。」住持點了點頭，起身進了內室，沒一會兒手上便多個小盒子出來，遞給九月。「這一份是周施主留下的，如今也是時候給妳了。」

「大師，我不明白……」九月疑惑地看著手上的東西。

「裡面還有一封信，妳看了就會明白。」住持笑笑，指了指盒子。

九月聽罷，迫不及待地打開盒子，盒子裡，最上面放著一封信，下面則是些散碎銀子和各種小銀飾、小玉飾，九月沒有去看那些東西，直接打開信。

上面的字跡果然是出自外婆之手。

信裡，細述了外婆和一位京都富家公子相遇相識相愛的故事，只是因為某種原因兩人不得不分離，這麼多年過去，當年他留下的定情信物玉扳指也成了她睹物思人的東西，倒讓她尋出些許痕跡，玉扳指上隱隱的龍紋說明他身分非同一般，所以這些年她一直藏著這東西。

九月看到這兒忙去看剛剛那個信封，裡面果然還有一個紙包，打開後除了一個微藍的玉扳指，還有幾張銀票，足有一百兩之多。

後面說的卻是九月娘的事情，她娘也是個可憐的女人，一輩子不曾享過福，祈豐年在外做事的時候，她又要帶孩子又要侍候苛刻的祈老太及一大家子人，祈豐年賺的銀子，都落在祈老太手裡，為祈家添磚加瓦、買田買地，卻不曾有一文攥在她手裡。

她這一輩子，從嫁入祈家一直到死，都在為了祈家長房能有個孫子努力，一輩子給人的印象就是大肚子，到死後還在棺材裡給祈家添了一個女兒。

說到女兒，外婆的字裡行間流露著一種恨鐵不成鋼的辛酸，對女兒不滿的同時卻又有種濃濃的心疼。那些年她沒少接濟過這個唯一的女兒，可是她暗中接濟的東西，進了祈家門根本就捣不住，無論是祈老太還是三房的余四娘，總會以種種藉口搜刮了去，添給三房的那幾個祈家孫子。
她擔心九月回到祈家以後，也會遇到同樣的對待，所以這些東西只能託給可靠的住持，她留下話，要是九月進了祈家，生活安穩，那麼這筆錢就讓住持在九月出嫁前暗中交給她當嫁妝，便不會落到祈家人手裡。
若九月沒能住進祈家，生活困頓，便讓住持把這些東西交給九月，讓九月帶著這些東西以及信物離開這兒，前往京都尋找外公。憑這玉扳指的情分，說不定會好好安頓九月。再不濟，也能在京都過安穩日子，若遇到合適的親事，也好有一份嫁妝底氣把自己嫁出去……
九月看罷，已然雙目微紅。
九月收起東西，鄭重地跪在蒲草墊上向住持行了個大禮道謝。
「快起來。」住持道了聲阿彌陀佛，扶起九月。「這些東西都是妳外婆留下的一番苦心，妳可得好生運用，莫讓人……」
「大師，我曉得，我一定會好好保存。」九月點點頭。
「如此，我也放心了。」住持寬慰地點點頭，他是看著她長大的，對她，他也有種長者的護犢之心。「妳若得空製了香燭，都送到廟裡來，這些年一直都是周施主供應香燭，一時半會兒的，也不知去何處尋另一家。」
「真的？」九月大喜。
「出家人不打誑語。」住持只是笑，捋了捋稀疏的白鬚。「有多少收多少。」
「謝謝大師。」九月道謝。

「去吧。」住持略揮了揮手，開始敲木魚唸經。

九月告辭出來，去大殿找著祈稻、祈喜，順便去了寄放她外婆牌位的偏殿上了炷香。

祈喜上次來時比較匆忙，也沒顧得及上香，今天才算正式給外婆磕了頭。

「這麼多牌位？」祈稻看著一排十幾個牌位，有些驚訝。

「嗯，這些都是平日極虔誠的老人們，他們希望去世後還能聆聽佛祖教誨，他們的家人便遵循他們的臨終遺願，把牌位寄在這兒，每年都會供給廟裡一筆香油錢作為答謝。」九月輕聲解釋了幾句，便帶著兩人出來。

「還能這樣。」祈稻回頭瞧了瞧那偏殿，不由失笑著搖了搖頭。

這時他們已經到了大殿外，掃地的小沙彌一見到他們便拿著掃帚走過來。「九月姊姊，妳來了。」

「謝謝你了。」九月笑著點頭。

「我昨兒回來就把妳的情況跟住持細說了呢，然後善信師父就說廟裡的香燭一直都是周施主供應的，以前又是妳幫著周施主一起做香燭，想來這製香燭的本事也不差，可以讓妳繼續做下去，當時住持只是點頭沒說什麼，我還以為事情沒成呢。」小沙彌高興地說了一通。

九月這才明白，原來是小沙彌去了她家看到她的情況，又有管香燭的善信師父開口，她才有這好差使，要知道，做這些總比她編竹簍要順手一些。

「九月姊姊，妳快去善信師父那兒看看，他知道妳今天要來，一早就準備了單子，寫了需要的東西呢。」小沙彌熱心道。

「好。」九月笑著點頭，又帶著祈稻和祈喜去了大殿。

大殿左邊是取籤文解籤的地方，邊上便是專門擺放香燭的攤子，這些年她沒少和外婆幫善信師父守在這兒看顧這些，善信師父也對她極好，平日沒少指點她經文上的生僻字。

見到九月，善信師父滿是皺紋的臉舒緩許多，寒暄幾句，他便遞上一張符紙，上面寫著需要的經文和符紙數量，還有香燭類型。

「好好做，不急。」善信師父一貫的言簡意賅。

「多謝大師。」九月收好紙，恭恭敬敬地鞠躬行禮，這年頭錦上添花的人不少，可像這樣雪中送炭的卻是少有，這份情她記下了。

接著，三人便去了之前住的房子收拾東西。

家裡的東西在平日用時尚不覺得什麼，可一旦搬家，便發現原來家裡還有那麼多東西。

九月和外婆住在這兒十五年，大件的家具沒幾樣，可零碎東西卻不少，尤其是周師婆那套製香製燭的東西，著實讓九月頭疼，製香的石碾、石磨、石杵雖都不大，卻也頗沈，祈稻一個人都未必搬得動。

收拾了一上午，總算把零碎東西裝簍裝箱裝了籃子，中午便在落雲廟裡用了齋飯，下午住持派了廟裡的幾個小沙彌過來幫忙，見他們車不夠，又把廟裡平日購糧購物的板車借給他們，才勉強把全部東西都裝上車。

九月本打算把外婆的牌位請回去，可見這會兒騰不出手，只好作罷。

為了給九月行方便，掃大殿的小沙彌乾脆幫他們一起送回去，也好把板車帶回來。

回到大祈村已是申時，一進村，幾人便覺得不對勁，路邊上、田地裡到處都是三三兩兩湊堆的人竊竊私語，還時不時傳來幾陣哄笑。

「出什麼事了？」祈稷奇怪地看看他們，轉頭又看看祈稻。

「誰知道，別管他們，先把九月的東西送回去。」祈稻搖了搖頭，沒那個八卦心思。「前面的橋沒了，只能走後面林子，那邊可能得一件一件搬了。」

「改明兒還是把橋修修吧，林子後面總歸不方便。」祈稷擦了擦額上的汗，彎腰再次拉起了車。

九月也沒意見，那兒有橋是方便，可也方便了別人，不過想想接下來還要製香製燭，買了原料以後，每次從後面繞也確實不便，便沒再推託，由著他們決定。

很快的他們便到了祈家院子下方的坡口，此時院門口正站著一行人在說著什麼，看到他們後，祈菽、祈黍以及兩個陌生男人一起跑下來，余四娘在後面想攔，快到祈豐年面前時，她似乎有所顧忌，不情願地退了回去。

「稻哥，你今天去哪兒了？可錯過天大的笑話了。」兩個陌生男人中個子微矮的男人一臉興奮地湊到祈稻身邊，擠眉弄眼道。

「什麼笑話？」祈稷手裡的車被趕過來的祈菽接了手，他一邊擦汗一邊好奇地看向說話的那人。

「阿杉，有妹子在，莫胡亂說話。」祈菽聞言警告地看了一下那個人，腳一蹬便拉動板車，不過這兒下坡，他整個人微微後傾，腳下拿力才緩了衝勢，慢慢控著車轉到小路上。

祈稻那邊也被祈黍接了手。

有人幫忙，九月和祈喜便空閒下來，緩步跟在最後。

聽到這人的話，九月心中一動——莫不是趙老山的事傳開了？她心裡有疑惑，可這話卻不是她這會兒能問的。

那男人被祈菽一警告，回頭瞧了瞧九月和祈喜以及那個小沙彌，也知道不能胡說，便湊到祈稻耳邊低聲說起來，祈稷也好奇地湊過去，也不知那男人說了什麼，祈稻一臉訝然，祈稷卻哈哈大笑起來。

「什麼事這麼好笑？」祈喜眨了眨眼，看著九月說了一句。

「不知道，方才那人不是說不好在我們面前說的嘛，我們還是別問了。」九月搖了搖頭。

「喔。」祈喜想了想，點點頭，反正村裡有個風吹草動的，不用打聽就能知道。

「……真的假的？他真跑到墳地……那不是廢了嗎……誰發現……」祈稷還在和他們討論著那個消息，偶爾沒控制住音量，九月便聽到幾句斷斷續續的話，令她不由得皺起眉頭。

板車拉到墳地那邊，卻不能通過竹林，停下後，祈稷拉著那個男人指著墳地的方向，顯然是在問事情發生在哪兒。

九月想了想，便招呼祈喜先搬下幾樣輕的回了家。

第十九章

在祈稻等人的幫助下，很快便把搬回來的東西安頓妥當，小沙彌馬上向九月告辭離開。

「九月，我們也該回去了，等明兒我們再過來。」祈稻等人也不打算在這兒吃飯。「這後山能不走儘量別走，到晚上妳也早些關門休息，誰來也別開門，知道不？」

「大堂哥，我曉得。」九月笑著朝幾人道謝。「今天麻煩你們了。」

「回去吧。」祈稷揮了揮手，單手推起那板車。

那兩個男人看了看九月，笑了笑，跟在祈稷後面走了。

送走他們，九月才快步回家，關上門便湊到竹牆邊，低聲問道：「子端，今天那趙老山可是出了事？剛才我們進村的時候，看到外面好多人在說呢。」

「早上妳走了沒多久，林子裡便熱鬧了，至於情況，我卻是不知。」遊春從衣櫃裡走出來，打量九月一番。「可順利？」

「嗯，都搬回來了。」九月點點頭，把落雲山的情況告訴他，隨即問道：「你今天吃飯了嗎？」

出了這樣的事，外面來來往往的人必定不少，他出去又不方便，這一天的飯怎麼弄的？

「睡了一覺，才醒沒多久。」遊春笑著搖頭。

「就知道。」九月嘆了口氣，她早上出門還是沒考慮周全。「你坐會兒，我這就去做飯。」

吃過了飯，九月也覺得睏乏，便略收拾一下就去睡了。

遊春倒是精神，端了盆水把今天搬來的櫃子箱子裡裡外外擦洗一遍，又去隔壁把東西歸置，忙到半夜，才鎖好門，給九月掖了掖被子，回去歇下。

待九月再醒來的時候，遊春已經做好早點，也收拾好房間。

「怎麼這麼早？」九月坐起來，揉了揉眼睛，天居然還沒亮。

「不是說今天妳幾位堂哥要過來修橋嗎？」遊春笑了笑，指了指桌上的饅頭。「我總得給自己準備些乾糧吧，快起來吧，一會兒該涼了。」說罷，他便出去了。

九月看著那盤饅頭不由失笑。

遊春順手推了木盆過來，裡面已經盛了半盆熱水。

九月笑了笑算是道謝，也不多費話，刷牙洗臉梳髮。

遊春則在灶邊忙著熬他自己的藥，一邊說道：「九兒，那邊的東西都已收拾過了，只是有幾個布袋裝的似乎是木粉，那些是做什麼用的？」

「那是製香的主料。」九月打理好自己，一邊往外面的水溝裡倒水，一邊應道：「我外婆以前就是靠製符製香燭維持生計，昨天我去搬東西，住持善心，讓我繼續製香燭供予廟裡呢。」

「製香？」遊春頭一個想到的就是那些名門閨秀們用的熏香，不過很快便轉過神來，這廟裡怎麼可能有那東西。

「對啊，就是拜佛用的線香，還有蠟燭。」九月點點頭，簡單地說了些香燭的事。

「怪不得我還看到些硝石末。」遊春才恍然地點點頭。「我還奇怪你們怎麼有那東西。」

「製香的時候放上少許硝石末，會好燃些。」九月笑笑。「那個放哪裡了？一會兒得另外藏好喔，萬一不小心可麻煩了。」

「這是當然。」遊春看了看她的草屋輕笑。「九兒，既要製香燭，總得有個正兒八經的屋子，依我看，妳不如把那邊的屋子當成正經的坊間，把原來的門封了，再把門開在房間這邊，這樣妳晚上也不用受凍從外面走了。」

「好主意。」九月點點頭，收拾好東西，兩人一起回到屋裡，邊吃飯邊指著那牆說話。

「等我有空，我想把這邊的牆都換成竹子的，這樣乾淨點。」

「妳教我怎麼做，我來就好。」遊春有心為她分擔，二來也是為了打發無聊，便自告奮勇。

「好。」九月想想也行，便點了點頭，兩人你一言我一語的討論起牆面怎麼弄才好看，外面便傳來祈稻等人的喊聲。

「我先進去了。」遊春朝她笑笑，起身進了隔間。

九月快速地收拾碗筷，站在門口應了一聲，便把東西放到灶間，才快步走到河邊。

祈稻、祈菽、祈黍、祈稷還有昨天見過的兩人都來了，幾人帶足了工具，還抬了幾根粗壯的竹子，祈喜提著兩個大籃子跟在後面。

打過招呼，幾人也不含糊，打椿的打椿，砍的砍，鋸的鋸，便忙活開了。

到了中午，如九月所料，祈喜過來幫忙做飯，讓幾人在這兒吃午飯，她不由感嘆遊春的先見之明，趁著他們出去忙碌的光景，她端了些熱菜飯悄悄送進隔間。

遊春正盤腿打坐，一看到她進來，眼中滿是笑意。

「吃點東西。」九月把飯菜端到他面前，無聲地說了一句。

「妳不怕人發現啊？」遊春學著她問了一句。

九月搖了搖頭，正要說話，便聽到外面祈喜在喊。「九月，這些都是什麼呀？」聽聲音卻是在隔壁屋子。

「快去吧。」遊春接過她手裡的托盤，很自然地握了握她的手。「不然她該進來了。」

九月也不敢耽擱，快步走了出去，剛到門口便遇到祈喜。

祈喜問的也是那些木粉，九月隨口解釋一遍，乘機打聽村裡的木匠，以後要製香的話，原料便是個大問題。

巧的是，昨天和祈稻說小道消息的那個男人家裡就是做木匠的，祈喜立即給九月介紹。

那男人叫阿杉，是祈稻、祈菽幾人共同的好友，九月又肯出錢買這些本要棄掉的木粉，阿杉當即便一口答應。

一天下來，竹橋的輪廓已經出來了，只等明天再鋪上竹子就能用了。

晚飯時，祈稻等人都拒絕在這邊吃，阿杉更是走得急，揚言要回去好好翻翻有沒有單獨的松木粉，引得祈稷笑罵他是財迷，不過眾人都知道，阿杉這是看在他們的面子上想早些幫到九月。

送走他們，九月簡單地做了兩菜一湯，端進屋裡。

「吃飯啦。」九月進了隔間，看到遊春又在擦拭他的寶劍，便倚在竹牆門邊，手輕輕叩了叩牆。

「橋修好了？」遊春抬頭看了看她，笑問一句，把寶劍歸了鞘放在被褥上。

「明天估計還得一天。」九月搖頭。「是不是悶了？」

「還好。」遊春走向她，伸手撫向她的額。

九月下意識地退了退。

「別動。」遊春卻傾身向下，大拇指細細揉搓著她的額角，過了一會兒才伸手指展示給她看，手指上有些黑，顯然是她不小心蹭到灶臺上的黑灰。

「謝謝。」九月有些不好意思。

遊春留意到了，嘴角微揚，伸手扶著她的雙肩，一起出去準備竹牆的用料。

夜裡，遊春在紮竹牆。

九月一時沒有興致，便拿出那個盒子，看著裡面的東西黯然神傷。

「怎麼了？有什麼事不開心？」遊春一直留意著九月，此時見她一直發呆，便走到她身邊坐下，柔聲問道。

「我昨天去廟裡，才知道外婆給我留了這麼多東西。」九月說著眼圈便紅起來，心裡湧上一種想一吐為快的衝動。

「我能看看嗎？」遊春看了看她面前的盒子，伸手撫了撫她的髮際，無聲安慰了一下。

九月沒有猶豫地把東西和信都推到遊春面前。

她沒有保留的信任讓遊春的心情飛揚，再次撫了撫她的髮，才伸手接過那封信，看罷，神情卻凝重起來，他拿起玉扳指細細端詳。

玉扳指興許是被人時常把玩，表面溫潤，此時在燈光映照下，泛著淺淺的藍光，表面上陰刻著的……哪是什麼龍紋，分明是一條龍。

遊春拿著玉扳指反覆端詳，倒是讓他找到一個小小的篆字——晟。

「九兒，我或許知道妳外公是……」

遊春皺著眉沈吟好一會兒，將玉扳指放下來，一轉頭，卻發現九月單手支著下巴睡著了，他不由嘆了口氣，心頭泛起一股愧疚。

他只是猜測這玉扳指的主人可能是那位王爺，而頭一個念頭居然就是為他所用，要是讓九月知道了，她是不是會懷疑他留下的動機不純？接著因此便疏遠他？

一想起那夜她的冷漠疏離，遊春心口一陣發堵，立即搖了搖頭，把那想法扔了出去。

當下，他收起所有東西，起身抱起九月，將她安頓好之後，才回到桌邊把盒子重新埋到桌底下的小罐子裡，自然也看到她藏起來的四十文錢，他不由輕笑，當年的他，可不是也曾如此費心地積攢過辛苦賺來的錢嗎？

第二天一早，祈稻他們便過來了，一樣帶了不少竹子。丈餘寬的河面，倒也費不了多少勁。

祈稻和阿杉一起配合著削竹子、刨竹子，祈菽和祈稷分作兩組，從兩頭同時往中間綁竹片，祈黍和另外一個男人則在邊上幫忙運東西。

沒半天工夫，橋面便綁好了，祈喜覺得竹橋到下雨的時候會滑，便讓幾人給橋兩邊加了欄杆，這一來，又費去兩個時辰。

「來吃點東西。」九月做了些湯圓端出去，幾人便站在橋邊上邊吃邊聊起來。

「九月妹子，我家倒是有些松木粉，不過不多，才兩、三斤，妳真的要？」阿杉還對這事心存疑惑，今天也沒有帶東西過來。

「要。」九月點頭，這邊的瑣事一了，屋裡的竹牆鋪好，她便該開工了。

「那我這就去拿。」阿杉把碗裡的湯圓三口併作兩口吞下，把碗往身邊的祈稷手裡一塞，飛快跑了。

「欸……」九月想說晚些也行，卻已不見他的蹤影，不由失笑。

「別理他，隨他去。」祈稷笑著揮揮手，喝完自己的那一份，把碗一疊就要往灶間走。

「十堂哥，給我吧。」九月忙接過，笑道。「還有件事得請幾位哥哥幫忙呢。」

「什麼事？」祈稷也不堅持，站在橋上試了試欄杆的牢固度。

「幫我把灶間的石磨、石碾搬回那邊屋裡去吧。」九月指了指灶間，遊春的傷不能搬重物，她一個人也搬不動，只好求助於他們。

「搬那邊幹麼？」祈稷好奇地問，腳步卻已經往那邊走了。

「製香的東西都在那屋裡，兩邊跑不大方便。」九月隨意地解釋了一句。

於是，祈稻等人又行動起來，把東西搬進儲放器具的屋子，按著九月的想法重新擺好。看到屋裡的東西，祈稷不免又要問上一番，九月一一解釋。

事情結束，幾人也不多待，這兩天家裡的事放下不少，幾人都還得回去忙。

九月再三謝過，把他們送過橋。

「九月，我改明兒再來看妳。」祈喜笑著眨了眨眼，揮著手跟著一起走了。

只是他們走沒多遠，迎面就遇到阿杉，阿杉身後還跟著他娘和他媳婦，再後面，竟還跟著余四娘和幾個婦人。

「娘！」祈菽幾人驚訝地喊了一句。

「三嬸。」祈稻和祈喜也微微點頭，雖然不喜這位三嬸的多嘴多舌，但好歹是長輩。

「你們幾個，快回家去。」余四娘走到祈菽三兄弟面前，拉長臉催促道。

「娘，您又想幹什麼？」

祈稷一臉防備地看著余四娘，惹得余四娘一肚子氣，看向九月的目光便越發不善，不過她看到一旁的阿杉家人，眼珠子轉了轉，露出一抹嘲諷，居然硬生生把這一肚子氣憋了回去。

「我沒想幹麼，就是來看看你們在幹什麼。」

「我們幫九月修橋，她一個人從後山走不方便。」祈稷拉著余四娘的胳膊，生怕她跑去找九月麻煩似的。

余四娘這時存了看熱鬧的心思，倒也沒有與他計較，只是狠狠剜了他一眼，便把心思放到已經走到橋邊的阿杉一家人身上。

「妹子，這是妳要的木粉，瞅瞅。」阿杉有些不好意思地看看九月，又不安地看了看娘和媳婦，暗暗嘆了口氣。

「慢著。」果然，他手中的小袋子剛剛遞出去，他的娘就發話了，阿杉娘笑咪咪地接過袋子，上前幾步看著九月道：「九囡姪女，妳說這東西一文錢一斤，可是真的？」

「嬸子，只要是杉木粉和松木粉，自然是真的。」九月見她還算客氣，便還以一笑。

「能說說妳收這些做什麼嗎？」阿杉娘抖了抖布袋子，一臉好奇。

「製香。」九月沒有隱瞞，反正瞞也瞞不住。

「製香？什麼香？」阿杉娘還是一臉好奇。

「禮佛線香。」九月怕她沒聽懂，又補上一句。「是供給廟裡拜佛用的。」

「就妳？一個災星，還能給菩薩供香？」可誰知阿杉娘卻一改和善模樣，張口便是災星。

九月的笑意頓時淡下來，這是來找碴的啊。

「嬸子，能不能供，妳就不用擔心了，這是我的事。」九月淡淡一笑，語氣有些敷衍，她看了看尷尬的阿杉，打住後面的話，人家幫了兩天的忙，她總不能打人家臉吧。

「說得也是。」阿杉娘眼珠子一轉，看了看手上的袋子，居然這麼容易便改了口。「既然是供菩薩用的，那妳這一斤一文錢是不是太便宜？那不是對菩薩不敬嗎？」

九月想笑，不過她忍住了。「聽嬸子的話似乎很敬菩薩？」

「那當然，初一、十五逢年過節，我可是最虔誠的。」阿杉娘說著便雙掌合十對著天拜了拜。

「既然如此，嬸子不如對菩薩表表心意？」九月故意說道。

「呵呵，祈家九囡，妳這算盤打得好啊，妳這兩天拉著我們家阿杉來這兒，打的就是這個主意吧？想巴著他，把他哄好了，讓他白供妳木粉是吧？說不定現在要的是木粉，以後啊，就是白供銀子養妳一輩子是吧？」阿杉娘笑咪咪的，說出來的話卻完全不是那麼一回事。

「嬸子！」祈稷一聽，頓時火了，暴喝一聲就要過去，被余四娘死命拉住，他不耐地低頭瞪著她。「娘，您別拉我！」

「嬸子，我家九月不是這樣的人，請妳莫要胡說！」祈稻也皺眉走向阿杉娘。

「稻子，你們兄弟幾個怎麼被她迷惑，嬸子管不著，可是我兒子，我肯定不會不管。」阿杉娘沒有給他面子，斜睨著他一眼，冷嘲熱諷地說了一番，又看向九月。「這幾天我兒子被你們拉過來，撂下家裡不少事，妳說說，這工錢怎麼算？」

第二十章

「娘，我這是給稻哥幫忙，怎麼能要工錢呢？我們家建房子的時候，稻哥可沒白幫忙。」見他娘扯到這個，阿杉頓時急了，上前插了一句話，卻被他媳婦狠狠地白了一眼，推到後面。

「你閉嘴，別拿稻哥來說事，別以為我不知道你的心思，你就是看上這狐媚子才拿稻哥當幌子。」阿杉媳婦剛才還不聲不響的，這會兒卻顯示出她的彪悍來，說出一個字就戳一下阿杉的肩頭，戳得他連連後退。「你給我在這兒待著，回去再和你算帳。」

阿杉一臉無奈，黯然嘆氣。

阿杉媳婦這才瞪了他一眼回到橋邊，瞇眼盯著九月。

「嬸子說吧，兩天多少工錢？」九月只是平靜地看著他們鬧，見這會兒他們終於停下來，才淡淡問道。

「前兒劉員外家招工，二十文一天，他怎麼說也在這兒做了一天半吧？也就是三十文，我算得沒錯吧？」阿杉娘算帳倒是快，眼睛一轉就報出來了。

「好。」九月爽快點頭，雇工付錢也好，省得她欠著一份人情。

「爽快，一人三十文，付清了，這木粉就一文錢一斤賣給妳。」阿杉娘拍了拍手，眼睛卻一直盯著九月。

「嬸子，工錢不會少，至於這木粉，妳還是自己留著用吧。」九月抿著唇，目光透著冷漠。「有件事還請嬸子說清楚，妳說白供我銀子養我一輩子是什麼意思？還有那位嫂子說我是狐媚子，請問我媚了誰？又白拿了誰家的銀子？」

「妳要是沒有，妳心虛什麼？」阿杉娘一滯，還真沒有，只是大夥兒平時不都那麼說的嗎？上梁不正，下梁能好？

「嬸子既然能說得出口，必定是有原因的不是？我實在好奇，還請嬸子指點迷津。」九月倒是謙遜，竟朝阿杉娘行禮請教起來。

阿杉娘見狀，越發心虛，卻只能死鴨子嘴硬到底。「我是聽人家說的，就像妳說的，妳能被人這樣說，肯定有原因。」

「那個人又是誰？」九月又問。

「妳老問這個幹什麼？妳自己不做，誰說妳是狐媚子妳就是了？」阿杉娘被她問得煩了，乾脆眼一瞪耍賴道。「行了，我也不和妳瞎扯，付了工錢，我們也要幹活去了，誰那麼閒和妳瞎扯？」

「嬸子何必著急？」九月卻似與她耗上般，打破砂鍋問到底。「我這十五年只和我外婆蝸居在家，不曾出外一步，來到這兒，平日沒事都不會出去一步，請問我到底媚了誰家的男人？到底白拿了誰家的銀錢？又害過誰家的人？你們若知道，還請出來對質一二，不然……」

「不然怎麼樣？還能翻了天嗎妳？」阿杉娘被她問得火大，乾脆硬著脖子瞪九月。

「我是不能怎麼樣，可是嬸子，妳不是很敬菩薩？人在做，天在看，妳覺得妳所說的，菩薩會不會聽到呢？」九月揚了揚眉，看著阿杉娘冷笑道。

「唉，不留口德，造的口孽，也不知道往後是什麼樣的刑罰了。」九月狀似很無奈地嘆氣，音量卻並不小。

在場的婦人頓時都變了臉色，她們私下可沒少說周師婆如何如何，也沒少說周師婆教出來的九月如何如何。

一時，阿杉娘幾人都吶吶不敢言。

「等著吧，我給你們取錢。」九月淡漠地掃了她們一眼，轉身進屋，她也知道她說的這些根本就是治標不治本的招，可這會兒想堵住他們的嘴，也只能虛張聲勢了。

取錢的時候，遊春突然開了衣櫃的門，綳著臉站在裡面。

「你出來做什麼？」九月無奈地看了看他，走過去，悄聲說道。「一會兒他們就走了。」

上一次是水家的人來鬧，過後他便想讓她跟他走，這一次不會是按捺不住想替她出頭吧？他這會兒要是真的出去，豈不是坐實她藏男人的狐媚名聲了？

「我知道。」遊春細細打量她的臉色，修長的眸含著探究。

「我先出去了。」九月安撫地笑笑，這會兒看他，倒是比她還生氣。

「嗯。」遊春的目光微閃，似乎想透過牆看到外面。

九月拿了那四十文錢出門，順手把門帶上，緩步到了橋邊。

看到她拿著錢出來，余四娘的眼睛都綠了。

「喲，瞧不出還真是個富裕的。」阿杉娘眼前大亮，盯著九月手裡的小袋子，不過她很快就失望了，那小袋子癟癟的，哪裡像是裝了百多文的樣子？

「九月，別把我們的也算上，我們不要。」祈稷想過去，卻被他娘死死拉住，然而人被拉住了，嘴巴卻沒封，便大聲喊了一句，表示聲援。

「沒錯，給阿杉和五子就行了。」祈稻沈著臉，方才他就想質問阿杉娘那些話，可一邊是他好兄弟的娘，一邊是自家妹子，他說輕了，沒效果；說重了，阿杉面上不好過，可這會兒涉及工錢，卻不能不吭聲了。

「我不要。」另外那個一直不多話的男人此時也開了口，果斷地搖搖頭，還退後幾步表示態度。「我幫的是稻哥，不是祈九月。」

「沒錯，我幫的是稻哥……哎喲，妳幹麼呀？」阿杉連連應和五子，只是話沒說完又被他媳婦狂戳一頓，令他不由惱怒地吼了一聲。

可誰知，這一吼捅到馬蜂窩，阿杉媳婦之前也就是盯著九月看，被他這一吼，立即發了狂，連罵帶戳的把阿杉推到一邊。

這會兒已惹來不少人圍觀，看到這一幕，眾人或議論或哄笑，熱鬧異常。

「妳鬧夠了沒有？」阿杉到底也是個漢子，在家怎麼寵媳婦，可這會兒當著這麼多人，他一忍再忍，她卻步步緊逼，頓時火了，一把抓住他媳婦的手沈聲喝道：「今兒這工錢，我看誰敢收?!我來幫忙，幫的是稻哥，妳們要是收下這工錢，那成，把以前我們家蓋房子的工錢全都算給稻哥，還有阿菽、阿黍、阿稷的，都給付清了！」

阿杉娘聽罷，頓時一個激靈，她沒想到自家兒子的胳膊肘居然這麼往外拐，不收也罷了，卻幫著別人來剜她的肉！

「你！好你個阿杉，你到這會兒還口口聲聲稻哥？你以為我聽不出來嗎？說來說去，都是為了那個孤媚子，老的會勾引男人，這小的也學不了好，勾引誰不好，偏來勾引你？這當木匠的，村裡又不止你一個，為什麼就不能找別人？偏偏找你？」阿杉媳婦又哭又鬧地揪著阿杉的衣襟罵著。

阿杉的臉時紅時青，一抬頭，便看到祈稻幾兄弟憤怒的目光，他頓時無地自容，腦子一熱，一巴掌便搧了下去。

阿杉媳婦頓時被搧倒在地，傻傻地摀著臉，抬頭不敢置信地看著阿杉。

眾人的竊竊私語也被阿杉這一搧驚著了，村裡誰不知道阿杉脾氣最溫和，平日最疼媳婦，為這事，大夥兒沒少拿他開玩笑，他都是一笑置之。可今天，他居然動手了。

眾人疑惑的目光瞬間都齊齊轉向九月。

「哇！」就在這時，阿杉媳婦嚎叫著衝向阿杉。「你敢打我……我不活了，我跟你拚了……」接著便一頭撞到阿杉肚子上。

阿杉正後悔著，被這一撞，一屁股坐在地上。

還沒等他有所反應，他媳婦已經爬起來，直直衝向橋那頭的九月。「妳個狐媚子，看我今天不撕了妳的皮！」

九月一驚，連連後退三步，雙手護在胸口，腳步微錯，有些猶豫自己是該躲還是該還擊。

就在猶豫間，阿杉媳婦已衝到她前面，雙手伸向她的臉。

孰料阿杉媳婦忽地一聲慘叫，連退好幾步，膝蓋一歪便掉進河裡。

九月暗暗嘆了口氣，微斂眸，瞥了一下身後的屋子，扯了扯嘴角。

別人不知道，可她卻清楚，阿杉媳婦不是無緣無故掉進河裡的，方才她身後連續襲來三道勁風，分別擊在阿杉媳婦的雙肩和膝蓋處，才會連連後退跌進河裡。

不過她承認，她的心情還是挺高興的。

「快，快救人啊！」祈稷見眾人還在傻眼，忙大喊一聲，一邊擺脫余四娘的手，上前搖醒阿杉。

九月快他們一步，隨手拿起河邊沒用完的竹子遞出去，阿杉媳婦不會泅水，這會兒亂撲騰一番，手一抓到竹子，也不管是誰遞的，就抓住了。

九月一使力，把人半拖上來。

眾人對她這舉動大為驚訝，人家那麼對她，她還能救人！那些對九月沒什麼意見的人忍不住生出些許好感。

可緊接著，九月的舉動卻讓眾人大驚失色。

阿杉媳婦已經被拖上岸，仰躺在地上，吐完水之後稍稍清醒的她此時已經嚇得動也不動了。

九月的手裡，不知何時多了一截明顯是籬笆的竹子，那頭尖尖的竹尖上還帶著泥土，而此時尖尖的一端竟抵在阿杉媳婦的頸項前。

「九、九月妹子……」阿杉和眾人一樣嚇得不輕，只是那是他媳婦，他不能不管，只好沈下心來和九月談話。「有話好好說，別、別衝動。」

九月充耳不聞，如握劍般握著竹子，臉上還帶著淡淡的笑。「阿杉大哥，我沒衝動，我只是想知道，到底是誰在抹黑我和我外婆。」

「沒、沒有誰……」阿杉娘已經嚇得跌坐在橋邊了。

村婦們罵街撕打的，那是常有的事，便是她也和人對仗過。可像眼前這場面，卻是想都不敢想的，那丫頭這麼冷的眼神、這麼鎮定的姿態，分明不是開玩笑，她此時才後知後覺想到，這丫頭的爹曾經是幹什麼的。

祈屠子的女兒啊！思及此，她後背發寒。

九月卻沒空理會阿杉娘，她當然不會刺下去，之所以這麼做也只是想藉此機會給點教訓。

這樣被人三番兩次鬧騰，被指著鼻子罵災星、狐媚子，甚至還動不動牽扯到外婆，她真的厭煩了。

「九月，別這樣……」祈喜嚇得哭了，站在橋中間淚珠盈眶地懇求著。

九月抬頭，靜靜地看著祈喜，忽地心軟了。

因為她的到來，已經影響到祈喜的親事，她可以不在意別人怎麼編排她，可不能不顧及祈喜。
想到這兒，她把竹子往地裡狠狠一插，垂眸看著地上的女人。
「阿杉嫂子，我不知道妳是對阿杉大哥沒信心，還是對自己沒信心，這我管不著，可希望妳下次指責別人的時候，拿出證據來，而不是像今天這樣隨意潑人髒水。」
九月看著那個嚇傻的女人，從自己手上的小袋子裡數出三十文錢，放到她手裡，目光有意無意的瞟了余四娘一眼。
「看在我大堂哥的分上，今天的事就這麼了了，若下次，不論是誰，再辱及我和我外婆，就請他好好領教什麼叫災星！」
余四娘心裡一虛，下意識往祈稷身後躲了躲。
祈稷皺眉回頭看了看他娘，卻沒有避開。
「幾位堂哥，還有這位大哥，我手上只有這些銀錢，幾位的工錢只能厚顏先欠著了，等過幾日我想辦法還上。」九月拋開阿杉媳婦，向祈稻等人行了禮，目光掃過阿杉時，她停下來大方致歉。「阿杉大哥，無論如何，這次多謝你了。」
說罷，便給了祈喜一個安撫的眼神，逕自轉身進了自己的屋子。
遊春果然沒在隔間待著，而是穩穩當當地坐在桌邊，手上還捏著幾個細細的泥丸，看到她進去，目光定定地鎖著她。
九月不由失笑，看了看他手裡的泥丸，又轉身透過門縫看向外面。
阿杉已經在祈喜的幫助下揹起他媳婦，阿杉娘更是跟見了鬼似的，催著他們快走。

只是這會兒她還有心思在兒媳婦手裡摳錢，而阿杉媳婦俯在阿杉身上，手攥得緊緊的，任阿杉娘怎麼摳也摳不出一個來。

看到這兒，九月只覺得好笑，這樣的婆媳也是絕配了。

「虧妳還笑得出來。」過了好一會兒，外面的人退個乾淨，九月才緩步到了桌邊坐下，給自己倒了一杯茶，卻聽遊春冷哼著說道：「真不明白妳為什麼非要留在這兒。」

第二十一章

「要走，也得堂堂正正、正大光明的走不是？」九月挑了挑眉。

「這簡單，到時我用十八擔聘禮、八人大轎迎妳回去就是。」遊春也挑眉說道，神情裡流露幾分認真。

「啐，等你自個兒能光明正大出門再說這話吧。」九月佯裝不屑地揮了揮手，避開他說的這話。

「妳不信？」遊春還真的無奈了，如她所言，他現在還見不得人呢。

「我信。」九月眨了眨眼，帶著一絲笑意抿了一口茶，放到桌上，那模樣擺明就是安撫。

「信就好，等著吧，這天不會遠了。」遊春睨了她幾眼，提起茶壺想倒水，卻空了，放下茶壺，手一轉便直接拿走九月手邊的那杯，飲了一口。

九月看了看他，露出苦笑。

他這是故意的，外面那些人總是說她狐媚，他們可知她這屋裡倒是真藏了一個整天迷惑她的男人？

「妳有什麼打算？」靜坐一會兒，遊春問道。「妳今天來這麼一下，不僅坐實妳災星之名，恐怕還多了個煞星的名，外面傳言只怕更盛。」

「外面傳就傳唄，別擾我清靜就行。」九月卻不在意，反倒白了他一眼。「至於煞星之名，還不是拜你所賜？比起我那竹刺，你這才叫嚇死人不償命呢，你瞧著吧，這會兒只怕已經傳得玄乎其玄了。」

「既然知道，妳又何必再來那一下……」游春嘆氣，目光柔柔地看著她。

「不那樣的話，哪能嚇到人啊？」九月卻笑了笑站起來。「餓了，我去做飯。」說罷，便往外走出去。

「九兒。」游春在她開門那一刻，靜靜問道：「妳真打算就這樣過下去？」

九月回頭，淺笑道：「當然不是，我只是覺得，現在離開這兒，去一個誰都不認識我的地方生活，那只是逃避，棺生女災星之名，不可能因為我的離開就消失於世，或許還可能因為我的逃避越演越烈，甚至殃及我已故的外婆和娘，她們活著的時候那麼辛苦，我不希望她們死後還受這種屈辱。」

游春一語不發聽著，直到九月出了門、門再被關上，他還沒收回目光，他想，他已經知道能幫她什麼了。

九月做好飯菜端回來的時候，游春還坐在桌邊皺眉沈思，她不由失笑，把菜放到桌前，瞧著他問道：「我怎麼瞧著你比我還糾結？」

「我在想怎麼幫妳擺脫這災星之名。」游春也不瞞，起身接過她手裡的菜，擺到桌上。

九月古怪地看了他一眼，好一會兒才撇了撇唇，笑道：「我現在還不想擺脫，你要有空，先幫我多削些篾絲吧，馬上要過冬了，家裡還什麼都沒有呢。」

「倒也是。」遊春抬頭看了看屋子，失笑著點頭，兩人都默契地把之前剛剛得到的外婆遺物撇到一邊。

接下來的幾日，沒有任何人再找上門來，倒讓九月騰出空做事。

白天製香製蠟、晚上畫符謄寫經書，遊春則專門負責那三面竹牆以及兩人的一日三餐，兩人各忙各的，偶爾交換一個眼神，彼此送上一份關心，沒有更多的親近，卻讓兩人都沈迷於這種氣氛中。

五天後，九月的屋子裡完全變了樣，不僅幾面牆都換上竹牆，連屋頂和地面也鋪上竹子，隔壁那間的門也改為連通這邊屋內。

九月很滿意，要是遊春在裝修天花板時沒有牽扯到傷口的話，她會更滿意。

之前採的草藥用完了，九月抽了半天空，去屋後的林子裡尋藥，再次遇到那個少年。

她只是看看那人，沒多說什麼便自顧自地尋找草藥和野菜，不料，少年卻跟了過來。

「趙老山找妳麻煩了嗎？」少年有些猶豫，最終沒按捺住開口問道。

「找我什麼麻煩？我又沒惹他。」九月抬頭看了他一眼，輕描淡寫一笑，繼續挖野菜。

「妳是沒惹他，可他明顯是衝著妳來的，妳就不怕他再尋上門？」少年皺了皺眉，似乎不滿九月輕忽的態度。

「怕，可是怕有用嗎？」九月撇了撇嘴，把柴刀往竹簍裡一放，便要離開。

「他的傷已經好差不多了，要是不出意外，這兩天妳還是小心吧。」少年咬了咬唇，朝九月的背影喊了一句。
九月不由驚訝，這人幹麼這樣關心她？當下停下腳步轉身，打量少年一番，淺笑道：「謝謝你的關心，我不會有事。」找上門又如何，有遊春在，她還怕那人？
「誰關心妳了，我只是……」少年臉一紅，嘀咕一句轉身離開。
「真是怪人……」九月莫名其妙地往那邊瞧了瞧，沒放在心上。
回到家裡，九月也沒有和遊春提這件事，到了晚上，九月去看過自製的香，倒是晾曬得差不多了。
「這樣就好了？」遊春跟在她後面，看她翻動線香，也好奇地伸了手。
「差不多了，明天我去一趟落雲廟，後天就能去趟集上了。」九月隨口說著打算，手頭上能用的材料都用上了，只是外婆餘下的這些料不多，她換了銀錢還得去找原料，這兩天只編得十幾個簍，也該送到雜貨鋪一趟，這次看來還是不能添置東西了。
「我陪妳一起去。」遊春點點頭。
九月下意識就要拒絕，可再一想，落雲山附近沒有太多人，他們走山間小路，想來應該沒關係吧？他一個大男人，整天悶在屋裡，也確實太委屈了。
想到這兒，九月點頭同意了。
翻過了所有線香，九月繼續去抄經書，遊春卻帶著柴刀不知道幹麼去了。
不知過了多久，九月放下筆，伸個懶腰，起身到了門邊，一邊活動著手腳一邊往外張望。

這時她聽到屋後有窸窸窣窣的聲音，不由嚇了一跳，立即警覺地回屋抄起門後藏著的木棍，躡手躡腳地往灶間後方走。

「九兒，是我。」快到時，那聲音停下來，遊春的聲音低低響起。

「呼……你在這兒做什麼？嚇死我了。」九月手裡的木棍立即垂下來，快步走向他。

「當心腳下。」遊春卻制止她過去，沒一會兒，他站起身走過來，手上還拿著些許荊棘草藤。

「你在幹麼？」九月驚訝地打量他手裡的東西，又瞧了瞧他身後的陷阱。

「明天我們都不在家，總得做些準備。」遊春笑笑，一手拿著東西一手很自然地環住九月的肩往屋裡走。

「不會傷到人吧？萬一我姊他們過來了怎麼辦？」九月一下子想到祈豐年，雖說很久沒發現他來這邊，可凡事都有萬一不是？

「放心，他們要是來，自是走正門，碰不到這些。」遊春哪能沒想到這些，給了她安撫的笑容，逕自忙碌著。

九月只好好奇地在一旁看著他忙碌。

直到深夜，遊春才收手，兩人收拾好各自歇息。

次日一早，九月用宣紙鋪在扁筐底部，把線香和蠟燭擱在筐裡，上方又蓋了一層紙，才把符和經書包起來放在上面。

東西不多，九月堅持自己挑著，遊春只好由她，出門前，他在門後「忙」了一下，才鎖上門跟在九月身後。

「從那邊走。」到了墳地，遊春領著九月往左邊走。

「那邊？」九月驚訝地看著他，那邊能通往落雲山嗎？

「我那次就是從這邊過來的，路不寬，不過還算平坦。」遊春反倒比九月更加熟悉屋後的地勢，帶著九月在竹林間穿梭，沒一會兒便到了山腳下，遠遠的就看到一間破損的土地廟，土地廟門前是三岔口，遊春領著她拐上右邊的路上。

經過土地廟前，九月往黑乎乎的廟裡瞧了一眼，腦海裡忽地浮現出那個少年。

「廟裡住了幾個年紀很小的乞兒，那夜我本想藏身在那兒的。」遊春留意到她的目光，解釋道，也正因為他看到那幾個小乞兒，才改變主意沒有進去，而是陰差陽錯進了她的屋子，才會……想起偶爾讓他怦然心動的夜，遊春的眸漸漸變得深邃，悄悄側頭瞧了瞧九月，他的臉上多了一分暖暖的笑意。

兩次藏身都藏在她屋裡，也許在冥冥之中，他們之間已是注定。

一路兜兜轉轉，半個時辰後，兩人來到落雲廟前，一前一後進了廟裡，遊春在廟裡閒逛，九月直接去大殿找善信師父。

「來了。」善信師父看到九月極高興，笑著起身接過她的擔子，也不多說，一一清點起來，最後點了點頭。「不錯，與往日無多大區別，只是為何這麼少？」

「不瞞大師，這些都是用我外婆餘下的料做的，下次定不會這麼少。」九月不好意思地笑了。

善信師父頓時明白過來，也沒多說什麼，從衣襟裡摘下一枚鑰匙，再從香燭攤子下方一個暗屜裡取出一串錢遞給九月。「拿著，餘下的算是定錢。」

九月接過錢，感激地看著善信師父，她明白這是善信師父對她的關照。

「喏，這是另一份，香燭還是其次，廟裡餘下的還能供到臘月初，這上面的十幾部經文卻是要緊的，月底有幾場法會需要用到。佛成道節也快了，妳儘量多備些。」善信師父遞上清單的同時，細細吩咐道。

佛成道節在臘月初八，也就是眾所周知的臘八節，可在佛教中，傳說這一日是釋迦牟尼得道成佛的日子。

九月跟著外婆住在落雲山十五年，自然知道這是什麼日子。

落雲廟雖然香火不算極旺，卻也是附近小有名氣的廟宇，附近稍微寬裕的人家會在這日來廟裡作法會祈福，那些善男信女們也會前來參拜，所以這一日的熱鬧不是平常能比的，需要用到的香燭、福袋也比平日多得多。

告別了善信師父，九月轉身去向住持問安，又去偏殿拜過外婆的牌位，才去外面尋遊春。

這會兒，廟裡已經來了幾個燒香拜佛的婦人，瞧著應該也是附近的，衣著樸素，帶來的供品也極簡單。

九月沒有多看，在大殿前左右看了看，見遊春站在財神殿前，不由微微一笑，走了過去。

「小和尚，你們住持大師現在有空嗎？」這時，廟門口進來一個老婦人，身肥體壯，穿了一件暗紅色棉襖，下配一條青色裙，這倒沒什麼特別的，只是她頭上戴滿紅紅綠綠的珠花，看著倒像足了媒婆。

這樣特別的裝束，讓九月不由自主多看了幾眼。

「阿彌陀佛，住持師父正在靜修，這位施主若是要作法會，可去大殿找善因師父。」巧的是，被喊住打聽的小沙彌正是靜能，他看了那老婦人一眼，一本正經地合掌行禮。

「我不作法會，是有事情找你們住持，你個小和尚，怎麼這樣囉嗦？」老婦人一聽，眼一瞪，語氣也不善起來。

「阿彌陀佛。」靜能絲毫不受她影響，依然合掌站在老婦人面前。

老婦人聽罷，伸手一推，把靜能推了個踉蹌，瞪他一眼後，扭身進了大殿，經過九月身邊時，或許是感覺到九月的目光，眼刀子一下子甩了過來，上上下下打量九月一番，翻了個白眼就進去了。

九月頓時啞然，她這是躺著也中槍啊。

「好了？」遊春走過來，離她三步遠時停下，目光落在方才老婦人進去的方向，顯然剛才的一幕，他也看到了。

九月點點頭。

「九月姊姊。」靜能看到九月，微笑著行了一禮。「方才那位張師婆也是為了香燭來的，佛成道節將至，九月姊姊可得趕緊了。」

「知道了。」九月笑笑，謝過靜能的提醒，帶著遊春出了廟門，在廟外面的小路口，九月一時興起，想去看看之前住的屋子，便轉了腳步。

遊春則安靜地跟在後面。

屋前的菜園有澆過水的痕跡，屋子旁多了一棵大槐樹，樹身下方還有不少支架撐著，顯然也是剛剛移栽不久，樹下放著一張矮石桌，圍了幾個小石凳，除此，其餘的仍像以前那般，不曾動過。

走到屋門前時，九月停下來，目光緊鎖著那扇熟悉的門，彷彿外婆會捧著扁籮，笑著走出來要她幫忙擇菜般……

「小姑娘，有什麼事嗎？」溫柔的聲音響起，喚回九月恍惚的思緒，令她的心頭掠過一絲狂喜，可瞬間，她的心便沈下來——外婆已逝，此時屋裡住的哪可能是外婆呢？

「這位大娘，我們是來上香的香客，無意中走到這兒，見有人家便想討碗水喝，還請大娘行個方便。」遊春反應快，見九月神情怔忡，便上前一步，笑著朝走出屋的老婦人行禮。

「原來如此，兩位請到樹下稍坐，我去去便來。」老婦人笑著點頭，把手裡的扁籮往走廊的欄杆上一放，轉身進了屋。

遊春攬過九月的肩往樹下走，一邊無聲地拍了拍她，一邊拿下她肩上的空擔子。

九月這時已經調適好心情，抬頭對他笑了笑，接著坐在石凳上，她也想看看買下落雲山的人是誰，畢竟外婆的墳墓還在這座山上，萬一遇到個刁鑽的……

「兩位請。」老婦人去而復返，手裡多了個托盤，托盤上擺著紫砂茶壺和兩個紫砂杯。

九月看了那茶具一眼，便轉到老婦人身上。

老婦人的裝扮很簡單素雅，頭上只簪著一根銀釵，身上的衣裙也是簡單的深藍色衣裙，是尋常人家中常見的款式，只是卻不是布衣，看著似綢非綢，長衣下是同色的百褶裙和精緻的繡花鞋。

「請。」老婦人注意到九月的目光，也沒在意，大大方方來到他們面前，給九月和遊春斟滿茶。

「多謝大娘。」遊春謝過，雙手接過遞到九月面前。

「謝謝。」九月笑笑，接住茶杯，也掩去自己的目光。

「兩位可是附近人家？」老婦人笑盈盈地看著兩人互動，眼中流露一絲瞭然。

「不是。」遊春搖搖頭，看了看九月，才笑道：「不瞞大娘，妳這屋子原是拙荊住過的，今兒來廟裡進香，便過來看看。」

九月聞言，一口茶差點噴出去，還好她及時克制，才沒失態，不過也是咳嗽連連。

「慢著些。」遊春很順手地撫了撫她的背。

九月瞪了他一眼——誰是你拙荊?!

遊春淺笑著，一臉自得。

兩人之間暗潮洶湧，瞧在老婦人眼裡，卻別有一番涵義，她看看遊春，又瞧瞧九月，莞爾一笑。

「秀茹，有客人來了？」就在這時，小路那頭緩步走來一個白髮蒼蒼的老者，手裡還轉著兩顆圓圓的小球，舉手投足間，一派雍容閒雅。

九月停下已在唇邊的茶杯，轉過頭去。

老者已經進了院子，臉上的笑意在看到她的那一瞬乍然凝住，眼中流露出濃濃的狂喜，手中把玩著的兩顆玉球也停頓住。

第二十二章

老者的失態只是一瞬間。

只一瞬，他眼中的狂喜便漸漸被失望取代，他深深看了九月一眼，暗自嘆了口氣，便恢復之前的淡然笑意。

這時，老婦人也擔心地走到老者身邊，隨即笑著答道：「這兩位是廟裡的香客，之前曾在屋裡住過，今天來進香便來看看。」

「打擾了。」遊春在不動聲色間已把老者打量一番，雖然他不知道老者為什麼看到九月會有那樣的反應，可他看得出，此人非富即貴，一個人的衣著打扮可以換，可久居上位養成的貴氣和威儀卻是掩飾不住的。

「原來是有緣人。」老者笑咪咪地走到他們前面，隨意挑了個位置坐下，抬了抬右手示意兩人坐下，手中的玉球再次轉起來。「請。」

遊春和九月客氣行禮，落了坐。

「敢問老人家如何稱呼？」遊春有些好奇這樣的人怎麼會在落雲山落腳。

「老朽姓郭。」老者笑著點頭，他的目光再次掃向九月，帶著探究，開口問道：「姑娘以前曾在這兒住過？」

「是。」九月也不隱瞞。「我是在這兒長大的，先前才回了本家。」

「原來如此。」郭老有些恍然，笑容裡多了一絲歉意。「老朽來自京都，雲遊至此，見此處山青水秀，就想待上幾日，兩位以後若是有意，只管回到此屋居住，也算是老朽占了屋子的歉意。」

「您別這樣說，這屋子原也不是我們的，是廟裡住持心善，收留我們十五年，我們已經很知足了。之前曾聽住持說，您買下落雲山，我本該早些來拜訪兩位才是，奈何家裡瑣事纏身，拖至今日才冒然上門，還請兩位多多見諒。」

九月連連擺手，見兩位老人都不是不講理的人，便放心不少，話鋒一轉說起外婆的墳，畢竟現在落雲山是人家的地盤了，她總得打個招呼才是。

「只是，還有件事要請兩位老人家通融一二才是。」

「妳說。」郭老淺笑著抬了抬手，目光柔柔地看著九月。

「我在這兒住了十五年，一直與外婆相依為命，豈料外婆卻於日前離我而去，得住持相助，我便把外婆葬在此山中，若是可以，您能否把那塊地賣與我？外婆苦了一輩子，如今已入土為安，我不想再讓她受折騰了。」

「姑娘，妳只管放心，此事住持已經與我家老爺說了，我家老爺原本就沒想動山中任何地方，自然也不會讓妳遷走墳墓。」老婦人聽罷，率先笑起來。

郭老捋了捋白鬚，點了點頭，肯定了老婦人的話。

「如此，多謝郭老。」九月大喜，起身便行了個大禮。

「不必如此。」郭老虛扶了一把。

九月才又重新坐好，不知為什麼，她對這位老者總有種親近感。

幾人坐著閒聊幾句，老婦人見郭老興致好，乾脆挽留遊春和九月一起留下午飯，轉身去廚房準備。

「我幫您。」九月一聽，便主動站起來，郭老微微一笑，倒是沒有攔她，她朝遊春笑了笑，跟在老婦人身後進屋。

「我一個人就行，妳去外面歇著吧。」老婦人笑盈盈地看著她。

「留下叨擾已經很不好意思了，您要是不讓我動手，我哪能心安？」九月搖頭，一邊打量著完全變了樣的廚房。屋子雖然還是那間屋子，只是屋裡的擺設卻換了新的，瞧那質地，可都是上好的木料，越發顯示出主人家的身分非同尋常。

「好好好，那我不攔著妳了。」老婦人笑起來，坐到最中間的方桌，拿過一籃子菜，招呼九月一起擇菜，一邊不經意問道：「九月姑娘，今年多大了？」

「老夫人叫我九月就好了。」九月拿起菜。「十五了，九月九剛及笄。」

「沒想到這山裡還有九月這樣俊的丫頭，不知妳長得隨妳爹多些還是像妳娘？」老婦人毫不避諱地打量著九月。

「我沒見過我娘。」九月失笑，她還真不知道她像爹還是像娘，與祈豐年見面也不過幾次，如今想起來面貌都有些模糊，哪知道像不像他。「不過，聽我外婆說我比較像我娘，而我娘又像她。」

「這麼說，妳和妳外婆長得很像了？」老婦人擇菜的手停了停。

九月沒有在意，只是點頭。

「妳外婆……貴姓？」老婦人目光微閃。

「周。」

「哦。」老婦人恢復正常，接著問道：「妳之前說只有妳和外婆兩個住在這兒，那其他家人呢？」

「我娘還沒生下我就過世了，我在棺中降生，被家人忌諱，是外婆救了我來到這兒避居。」九月坦然回答。

「原來妳就是那個棺生女？」老婦人驚呼出聲，目光複雜地看著九月。

九月看到她的反應，心裡不由苦笑，放下菜，靜靜地看著老婦人。「老夫人，抱歉，我並無隱瞞兩位的意思。」

「不是，我不是那意思。」老婦人知道自己的反應讓她誤會了，忙解釋道：「我們這一路過來，總少不了要問問當地的人情風俗和各種故事，在定寧縣的時候，我們便聽說了棺生女的傳說，沒想到今天竟見到妳，故而驚訝，妳別介意。」

九月眨了眨眼睛，沒想到自己竟然這樣有名了，傳那麼遠……

「妳一定吃了不少苦。」老婦人嘆了口氣，看著九月的目光多了絲憐憫。

「還好，雖然過得清貧，不過很踏實。」想起那段日子，九月笑得溫暖。

老婦人也是有心，閒聊間引導九月把話題圍繞在她外婆身上，九月也樂意和人說外婆的種種好，兩人倒像知己聊得興起。

直到飯菜做好，兩人才打住話題，把飯菜端出去。

外面，郭老與遊春顯然也頗投緣，眉宇間都帶著舒暢。

吃過飯，九月和遊春也不好久待，便謝過二老的招待，告辭回去。

「主子。」看著兩人下山，老婦人站在郭老身邊輕聲嘆氣。「她……可能就是您要找的人。」

「都問到什麼了？」郭老眉宇間浮現一股憂鬱，定定地看著山下好一會兒，才幽幽問道。

「您還記得在定寧縣聽說的一件事嗎？十五年前有位婦人死於饑荒，死時身懷六甲，入棺一夜，誕下一女，被眾人畏懼，後來該女嬰被其外婆抱走避世隱居山中。」老婦人看了看他的側臉，才微垂眸回道。「她就是那個女嬰，方才問了她許多事，她說的都是外婆的種種好，不曾提到半句外祖父的事，甚至連她的家人，都不曾有一句。」

郭老靜靜坐著，手中的玉球也一直靜止著，他的目光不知落在何處，也不知有沒有聽到老婦人的話。

「主子，要不……去看看那座墳吧？或許碑上總會寫著名字的。」老婦人見他如此，臉上流露擔心，猶豫一會兒才輕聲提議道。

「妳去吧。」郭老聽到「墳」這個字，整個人一顫，緩緩閉上眼睛略抬了抬手。

老婦人領命而去，她也沒有看見，郭老臉上緩緩淌落兩行濁淚，口中逸出一個名字。

「釵娘……」

九月自然不知道她走後兩位老人的對話，她只覺得兩位老人給她一種親切感，而心裡那點擔心算是徹底消散。

至於遊春，雖然對郭老的身分有所懷疑，不過出於謹慎，他還是保持沈默，沒有告訴九月自己的想法。若是猜錯了，未免惹她傷心難過，還不如不說。

下了山，兩人原路返回家裡，遊春撤去屋子周圍的陷阱，九月回屋盤點餘下的原料，打算明兒趕集時到鎮上好好尋尋。

外婆餘下的料不多，已是七七八八湊不成套，尤其短缺主要用料的木粉，令九月有些苦惱。

「九兒，在想什麼？」遊春收拾妥當回到屋裡，一進門就看到九月這副模樣，不由淺笑著走過來。

「我在想……」九月很自然地接話，就在這時，外面傳來一聲呼喊，她的話頓時停住了，有些驚訝地側耳聽了聽。

「來的是位老者。」遊春站起身。「我先進去了。」

「嗯。」九月看著遊春閃入隔間，才抬腿邁出門去，只一眼，她更訝然了。「爺爺！」來的正是祈老頭，他佝僂著腰、拄著枴杖蹣跚地往這邊行來，這些日子不見，他似乎更加蒼老了。

「九囡。」祈老頭走了幾步有些累，停下往這邊喊了一句，才接著走過來。

「爺爺，您怎麼來了？」對祈老頭，九月還是頗敬重的，當下也不敢怠慢，快步跑過竹橋來到祈老頭身邊扶住他，語氣略帶一絲嗔怪。「您有事讓哥哥姊姊們來一趟就好了，您自己來，萬一路上磕碰到了可怎麼辦？」

「妳說了要來看我的，我天天等，妳就是不來，只好我自己來了。」祈老頭埋怨地看著九月，把手裡捏著的一個紙包塞到她手裡。「喏，這個妳拿著。」

九月接過一看，卻是一包糕點，每種糕點都只有一、兩塊，她只粗粗一瞧，便看到綠豆糕、栗子糕、桂花糕、芝麻酥幾種，還有一些大大小小的，她也不知是什麼糕點，明顯是祈老頭攢下來的。

「爺爺，您自己留著吃就好了，我……」九月心口一堵，沒想到這個陌生的爺爺居然還記得她。

「我牙口不好，吃這些做什麼？」祈老頭搖搖頭，指了指那紙包，咧嘴笑道：「都是乾淨的，今早妳大姊剛剛做了送我的，我挑了一半，妳也嚐嚐妳大姊的手藝。」

「謝謝爺爺。」九月把紙包包好搗在身前，一手去攙扶祈老頭。至於她大姊，除了頭一天似乎見過，她一點印象也沒有。「爺爺，進屋坐會兒吧。」

「好、好。」祈老頭高興地點點頭，在九月的攙扶下，一邊拄著枴杖緩步往前走，一邊嘀咕著。「看看乖九囡住得……好不好……」

「爺爺，我好著呢。」九月笑著應道。

「你們都糊弄我……我得自己看了才信。」祈老頭卻一直搖頭，言下之意似乎被糊弄了不少次。

九月失笑，扶著祈老頭過了竹橋，引著他進屋。「爺爺，您坐會兒，我去給您燒碗熱水。」

「不用不用。」祈老頭卻不坐下，只是站在屋裡打量一番，總算露出比較滿意的笑容。「挺好、挺好。」

九月只好陪他在屋裡四下遛達。

祈老頭看得很仔細，從這邊到那邊的屋子，從那些擺設又到外面的竹牆，看夠了才滿意地連連點頭，扶著九月的手坐到桌邊，笑道：「挺好、挺好，九囡是個能幹的。」

九月見他由衷高興，心裡也欣然，笑著捏了一塊綠豆糕遞過去。

祈老頭高興地接下了，他的門牙所剩無幾，吃這些糕點也只能一點一點地抿，抿了半天，才抿去糕點一角。

「九囡啊，妳一個女娃兒住這兒，可得多留幾個心眼啊。」祈老頭咂了咂嘴巴，忽地說道。

「爺爺，您放心，我沒事的。」九月笑著點頭，這是一位老人對孫輩的關心，她真心領會。

「這村裡啊……人多了，什麼樣的人都有，閒言碎語什麼的，妳也別放在心上。」

「是。」九月答得沒有絲毫敷衍。

「有些人啊……沒個好心眼，他們要是敢存壞心眼上門，妳不用跟他們客氣，自己要緊。」祈老頭幾乎沒有停頓地說下去。

「爺爺，您放心，我不會客氣的。」九月重重點頭。

「那就好、那就好。」祈老頭滿意地笑了。「要是有人想欺負妳，告訴爺爺，爺爺給妳作主。」

「爺爺，我知道了。」九月當然不可能真的找他作主，他一把年紀了，萬一折騰出個好歹，她的罪過只怕又更大了。

「妳可記好了？別跟他們一樣糊弄我。」祈老頭瞪了她一眼，吹了吹鬍子。

「爺爺，我記住了，真的。」九月失笑，也不去問糊弄他的是誰。

「記住就好，我走了。」祈老頭這才又笑了，拄著枴杖站起來。

九月忙起身扶他。「爺爺，我送您回去吧。」

「好、好。」祈老頭挺高興，在她的攙扶下走了幾步，又回頭看她。「妳真記住了？」

「真記住了。」九月很認真地看著他。

「妳上回還說會去看我呢……」祈老頭卻嘀咕一句，繼續往外走。

九月心裡不由一陣歉意，她之前是說過，可住到這裡後，各種瑣事纏身，加上余四娘等人的態度，讓她自然而然對祈家大院敬而遠之，便一直沒有去看爺爺，沒想到他竟記住了。

「唉，這也不能怪妳……」祈老頭喃喃自語，過了竹橋後，他又停下腳步，阻止九月再送。「妳回去吧，不用妳送。」

「可是……」九月哪能放心？

沒等她說完，祈老頭就搖搖頭。「我還沒老到不中用，妳回去吧，我還要去妳姊夫家一趟，他也是木匠，那什麼木粉的，他家也有，我去要，不怕他們不賣。」

沒想到他連這個都知道了……九月更愧疚了，她沒想到爺爺竟對她的事這樣上心，反倒她……

「回去吧、回去吧。」祈老頭朝她揮了揮手，拄著枴杖，佝僂著身子慢慢遠去。

第二十三章

送走了祈老頭，九月有片刻怔忡，不免又想起初來到這個世間的情景，還有那些被她遺漏的細節。

她恢復意識的時候，祈老太和外婆便在激烈的爭執中，除了兩人，還有幾個尖銳的聲音附和著，現在想想，其中一個就是余四娘。

當時她孤伶伶地躺在棺中，那些人忌她如虎，根本沒人想到要為她剪去臍帶、包上衣服，還是許久之後，一個老頭子才拿了把燒紅的剪刀過來處理那臍帶，再拿著一塊黑布把她包起來。

那老頭就是祈老頭，她這一世的爺爺。

九月想到這兒，嘴邊揚起一抹溫暖的笑，那時爺爺就沒有怕過她，只是礙於災星之說，阻止不了獨斷霸道的祈老太吧？

回到屋裡，遊春已經坐在桌邊了，見她帶著笑進來，抬頭看了看她，微微一笑道：「爺爺走了？」

「嗯。」九月點頭，心情因祈老頭的到來越發的好，來到桌邊瞧了那包糕點，捏一塊桂花糕嚐，她不愛甜點，可這會兒就是想嚐嚐。

「我去做飯，妳明兒一早還要去集上呢，早些收拾好了早些歇息。」遊春學她的樣子也捏一塊桂花糕嚐一口，起身往外走。

兩人這段日子相處下來，也頗有默契，所以九月也沒有說什麼，點點頭便去忙自己的事。

不知不覺間夜已暗下，遊春做好飯菜端進來，一邊用腳帶上門。「先吃飯吧。」

九月忙收拾出桌子一角，幫著把托盤上的飯菜端到桌上，一盤清炒菘菜、一盤炒蛋、一陶罐香噴噴的雞湯……

「哪來的雞？」九月驚訝地看向他，之前為了給他補身子買的雞早已吃完了，他這會兒從哪兒變出來的？

「後山打的。」遊春笑笑，拿起小碗先給她舀一碗。「嚐嚐，和妳做的可有差別？」

「你在後山可有看到一個打獵的少年？」九月接過雞湯，小口小口品著，一邊開口問道。

遊春的動作停下來，目光鎖在她身上。「什麼少年？」

「就是上次教訓趙老山的那個。他好像經常在後山打獵，我遇過幾次了，也不知是什麼來歷，總之，你去後山的時候可要當心些。」

遊春聽到這話，雖然表情沒變，不過又挾了一筷子的菜到九月碗裡，語氣淡淡地應道：「我知道的。」

遇到好幾次的少年？

九月便把幾次遇到少年的事簡單說了一遍，卻沒注意到遊春的表情和偶爾插一句的語氣有些許不同。

「十四、五歲？」遊春不動聲色地看了看九月，九月也就十五歲……

「看著是。」九月點頭，其實那少年多大、叫什麼名字，她什麼都不知道。「你怎麼了？」

終於，她發現到遊春的不對勁，不過，她以為他是擔心那少年的來歷，便順口安慰道：「那人瞧著倒也不似有來歷的，你當心些便是了，不必太過擔心。」

遊春深深看了她一眼，不作聲，只是低頭吃飯，一臉心事重重的，倒讓九月起了歉意，主動給他挾了幾筷子菜、舀了一碗湯，才讓他臉色稍緩了些。

「九、九月在家嗎？」這時，外面傳來陌生的女子聲音。

九月驚訝地停下手。

「去看看。」遊春點頭，端著自己的飯菜進了隔間。

就在他閃身進去時，九月心頭浮現一抹很奇怪的感覺：她似乎太委屈他了？

「九月，在家嗎？」來人的聲音有些猶豫，不過已經到了門前，接著，門被敲響了。

方才遊春進門時將門反帶上，兩人吃飯又只點著一盞小小的油燈，從外面看，還真看不清裡面有沒有人在。

「在。」九月拋開心頭那絲感覺，快步出來開門。

門外站著一位年輕婦人，身高與祈喜差不多，眉目間也有些相似，九月愣了一下，憑之前在靈堂見面的印象以及年紀推測，這婦人應該是她的五姊祈望。

「五姊？」九月沒有掩飾自己的驚訝。

「是我。」祈望一手提著一個鼓鼓的布袋子，一手拿著燈籠，面對九月時有些尷尬。

姊妹兩人相對無語。

「五姊，進來坐吧。」九月很快反應過來，略讓開了些，請祈望進門。

「不用了。」祈望掃了一眼屋裡，搖搖頭，遞上手裡的東西，說話跟倒豆子似的。「這個給妳，爺爺說妳需要松木粉，妳姊夫前兩天剛好做了些活兒，這些都是在上面堆放的，沒摻別的，妳先用著。」

「謝謝五姊。」九月頓時明白了，是祈老頭去找了祈望。

「妳看看能不能用，以後等家裡有了，我再給妳攢。」祈望見她高興，之前的怯怯和尷尬消散不少，看了看九月，她退後幾步。「我先回了，家裡孩子不能離人太久。」

「五姊，妳等等。」九月見她要走，忙喊一句，提著布袋子進屋，粗粗估量一下，這一袋子也有二十多斤，便數了三十文錢出來，用自己縫的小袋裝著回到門口，塞到祈望的手裡。「五姊，給妳的。」

「妳這是做什麼？」祈望以為她還有什麼事，所以一直在門口等著，這時手上多了個袋子，只掂了掂便明白裡面是什麼東西，不由變了臉色。

「五姊，之前的事，想必妳也知道了吧？反正我從人家那兒買也是得花錢出去的，總不能從妳這兒占便宜。」九月微微一笑。「妳家的情況，我也聽八姊說過，也不寬裕，這些也不多，妳拿著，給孩子們買些好吃的，我回來這麼久，還沒去看過他們呢。」

其實也是不想給姊姊們帶來不便，這才沒去的。

聽她說到孩子，祈望有些猶豫。

「五姊，快拿著吧，妳幫了這麼大的忙，妳要是還不收，那這木粉……我也不能收。」九月釋出善意，祈望興許是對她有些拘謹，說話也沒祈喜那般親近。

「那……好吧。」祈望想了想，還是收了起來，眼見要過冬了，家裡的活兒也不多，兩孩子的冬衣還沒備下呢。

「五姊，以後家裡有多少杉木粉、松木粉，都可以賣給我。」九月才鬆了口氣。

「就杉木粉和松木粉？」祈望聽罷，猶豫著又問了一句。

「是的，榆皮粉也行。」九月點頭。「不過得分開，不能混在一起。」

「我曉得。」祈望眼中流露出喜色。「妳進去吧，外邊冷，我回去了。」

「五姊路上小心。」九月當然不會就這樣進去，而是送祈望過橋。

祈老頭和祈望接連到來，讓九月心裡暖暖的，她帶著這種心情回去吃飯、做事，一時之間便忽略遊春的神情。

她沒注意到遊春今晚的話出乎意料的少，除了默默給她挾菜、幫她收拾，再沒有一句多餘的話。

「你是不是不舒服？」直到洗完澡準備休息時，九月才發覺不對勁，一邊擦頭髮一邊打量遊春。

「沒。」遊春瞥了她一眼，伸手抽出她手裡的布巾，來到她身後幫她擦拭頭髮。

「真沒？」九月皺眉，轉身探向他的額頭，並不燙，再探自己的，似乎差不多。

她這般自然的動作，讓遊春的眼神頓時柔軟下來，拉下她的手嘆了口氣。「我沒事。」

九月瞇眼，仔仔細細打量著他，想從他臉上看出端倪。「不對呀，剛才吃飯的時候你不是這樣的，是不是有心事？是擔心那人常在後山轉悠有威脅嗎？還是……」她的目光移向那衣櫃。「整天在裡面待著，太悶了？」

「真沒事，別瞎想了。」遊春見她如此費心猜測他的心思，心裡那點酸意消散一空，不由低低笑起來，伸手扶正她，繼續擦拭她的髮。「別動了，早些拭乾了早些去歇息，明兒妳還要起早呢。」

「明天……」九月多少還是放心不下，可讓他一起去集上，上次的事又歷歷在目，讓她不敢再大意，於是讓他同行的話到了嘴邊又嚥回去。「要帶些什麼藥回來嗎？」

「不用了，那些人為達目的，常在一個地方蹲守好幾個月，妳這樣去太冒險，我的傷不要緊了，明天我去後山轉轉，看看有沒有草藥。」遊春搖頭。

「喔。」九月點頭，也不提這個，她懂得貿然行動會有什麼後果。

「好了，去睡吧。」遊春把布巾搭在自己肩上，雙手輕柔地理了理她的髮，她用的是最便宜的香胰子，可那最尋常不過的香味卻掩不住她身上的馨香，讓他神魂蕩漾。不知為何，今夜他的感覺竟異常洶湧，可他不想嚇到她，便略後退了些，手輕撫在她後頸低低催促。

九月點頭，摸了摸已經乾了的長髮，回頭朝他笑著道謝。「晚安。」

她倒是自在地鋪自己的被子去了，卻不知她這回眸一笑，險些打破遊春心底的那份克制。

看著她絲毫不做作的動作，遊春收回停在半空的手，苦笑著轉身，把布巾收拾好，又檢查門窗，才大步進了隔間，把腳上鞋襪一甩，便坐在被子上調息打坐，想要平復那股悸動。

而九月，她壓根兒沒想到這方面，在經歷過這麼多之後，面對感情，她早不如情竇初開時那般了，她反而更喜歡這種心靈相通的相處方式。

於是乎，一貫敏銳的九月今天偏偏就在這方面遲鈍。

一夜無夢，次日天還沒亮，九月吃過早飯便挑著東西上路，遊春送她到路口，目送她走遠才在黑暗中轉身回去。

兩人都沒有注意到，離祈家大院不遠處的一個院子門口，靜靜地站著一個人。

那人的目光一直追隨著九月，直至看不到她，才轉頭看向黑暗中的遊春，嘴角露出一抹獰笑……

幾次趕集，路途已然熟悉，加上這次帶的東西也不多，所以九月走得極快。

進鎮時，天才剛剛亮起來，她輕車熟路地到了孫記雜貨鋪。

鋪子裡的小夥計剛剛卸下第一塊門板，看到九月時，小夥計笑著打招呼。「姑娘來了，請稍等會兒，掌櫃的一會兒就下來了。」一邊幫九月把擔子從那一扇卸開的門裡抬進去。

這會兒門還沒全開，鋪子裡連盞燈也沒有掌，東西也看不清楚。

小夥計招呼九月自便後，就繼續卸門板去了。

九月也沒歇著，上前幫小夥計把餘下的七扇門板都卸下來，才在鋪子裡轉悠起來，她還要買東西，反正掌櫃的還沒下來，不如先看著吧。

沒一會兒，她便挑好要買的東西。

這孫記雜貨鋪裡的東西果然雜，連她要的筆和紙都有，雖然品質不是很好，卻也夠她抄寫經書所用了。

九月挑了些稍好的紙張放到櫃檯上，又選了幾枝筆，便轉身走向上次翻出香料的角落，不經意地一回眸，門外一個熟悉的身影躍入眼中。

她抬頭看去，只見那少年揹著一串晾乾的兔子皮路過門口。

少年腳步匆匆，沒有發現雜貨鋪裡的九月。

九月也沒有出去一探究竟，都是貧寒人家，如今年關在即，各家自然都有不少事要忙，在鎮上遇到並不奇怪。九月見他過去後，便自顧自地在鋪子裡找她需要的東西，蠟塊、黃紙、香料倒都找到了些，只是，想供應落雲廟所需卻是遠遠不夠。

「小哥，這些蠟塊還有嗎？」九月搜遍架子也只尋到比之前買的還要小的兩塊蠟塊，無奈之餘，只好去問小夥計。

「沒有了。」小夥計轉頭瞧了瞧，搖搖頭。「一般店裡誰會收這些不中用的底蠟呀，這幾塊還是我們掌櫃的看在親戚面子上收下的，全在這兒了。」

「那你可知道哪裡能收得到這些？」雖是預料中的答案，九月仍有些失望，如今香燭有賣處，可原料卻成了大難題。

「新良村附近都是蠟農，妳可以去看看。」小夥計倒也熱心，指點一句後又補了一句。「這些都是熬剩下賣不起價的，一般都只能放在家裡自用，妳去收，頂多十幾二十幾文就能收到，眼下年關又近，誰都想手裡能寬裕些。」

九月當下道了謝，接著問清楚往新良村的路。

第二十四章

新良村倒是不遠，就在大祈村東北方幾里地外。

九月添購完需要的東西，挑著擔子回轉，邊走邊盤算著怎麼去新良村一趟。

新良村和大祈村離得近，不免有人會認出她來，古人信奉神明，講究吉利，她在年關將近之際上門，只怕被人認出來犯了忌諱，她也不想沾那些麻煩，得想個辦法確保能收到蠟塊又不犯人忌諱才好……

「打！」

「嗯……」

山間小道的拐角，傳來一陣拳打腳踢的聲音，其中還夾雜了人受傷的悶哼聲。

九月立即停下腳步，左右打量一番，躲到路邊草叢裡，連扁擔帶人都隱了進去。

「臭小子還挺厲害的，身上居然有這麼多錢！嘻嘻，足夠我們買十幾個肉包子了！」

好一會兒，那邊的動靜才漸漸停下來，緊接著，有六、七個人的腳步聲往這邊過來，不時伴隨著幾聲叫罵，還夾雜了嘛口水的聲音。

「這臭小子，讓他乞討偏不去，這會兒身上有這麼多錢，一定是從哪兒摸來的，還不如救濟了我們呢。」

「沒錯，以後見他一次揍一次，看他還狂不狂。」

九月聽到這番話，心頭才鬆懈不少，也長了些膽子敢抬頭探望是些什麼人。

透過草叢，只見七個衣衫襤褸的小乞丐搖搖擺擺地走過去，為首的是個高高瘦瘦的少年，看起來是這幾人中的頭兒，邊走邊把玩著手裡的銅錢。

九月皺著眉沒有動，她知道自己的本事，面對這些人，她根本不是對手，加上在荒郊野外，誰知道他們會不會對她做出什麼事。

直到這些人遠去，九月才從草叢裡挑東西出來，快步往前走去，只是走沒多遠，她便又停住了，她看到路邊草叢裡趴著的那個人，正是她遇過幾次的那個少年。

興許是察覺到有人靠近，少年艱難地抬起頭，目光凌厲地掃視過來，可在看到九月時，他眼中的冷冽明顯變成驚訝，隨即漠然地低下頭，手摀在胸前掙扎著想要站起來。

「你……還好吧？」九月沒想到被人圍毆的竟然是他，一時不由有些歉意，腳步一轉走了過去。

「死……死不了。」少年淡淡應了一句，搖搖晃晃地坐起來，可要站起來卻有些困難。

此時的他，臉上青一塊紫一塊，鼻端滴著血，嘴角也破了一邊，身上的衣衫本就破損，現在卻是越發襤褸了，衣服下隱約還能看到青紫的痕跡。

「能走嗎?我送你去醫館。」九月放下擔子，上前扶了他一把。

「不用。」少年借著她的力量站起來後，便抽回自己的手，這一抽，險些又跌倒在地。

「都這樣了還不用？」九月忙伸手，及時扶住他的手肘，目光落在他的腿上，他這會兒全靠右腿撐著，左腿微微彎著，顯然是使不上力了。「我看看。」

九月說著便彎下腰，想去看他的左膝蓋，卻被少年擋開。

「不用。」少年倔強的臉上閃現一絲狼狽。

「你賣兔子皮的錢被他們搶走了？」九月見他抗拒，也不勉強，只扶著他站好。

幾次在後山相遇，又有趙老山的事在前，九月對他印象不錯，加上對方才的躲避感到抱歉，這會兒見他傷得重，她不忍心扔下他不管。

「妳都看到了？」少年聞言，抬頭看了她一眼。

「嗯，我在雜貨鋪買東西看你走過去的，只是剛才不知道這邊出了什麼事，我躲起來了。」九月直言不諱，她一個女子，出來也未必幫得上忙。

少年點點頭，看了看她身後的擔子，什麼也沒說便拖著左腿往前走。

「你的腿傷了，不及時醫治可能就會廢了。」九月皺眉，這人怎麼這麼倔？

少年頭也不回，身影那麼孤寂卻又流露著某種不服輸的堅韌。

九月看著他的背影，心裡某根弦被悄然撥動。在他身上，她看到了當初的自己，那時她剛結束短暫的婚姻，何嘗不是用倔強來掩飾自己的脆弱？

「走，我帶你去醫館。」九月大步上前，一把抓住少年的手腕，語氣中多了不容置疑。

這一次，少年只是愣了一下便放棄掙扎，目光看向抓住自己手腕的那隻素手，臉上莫名一紅，乖乖地低了頭跛腳跟在後面。

九月見他妥協才滿意地點頭，鬆手走到一邊挑起擔子，一邊招呼他跟上。「知道最近的醫館在哪兒嗎？」

「前面。」少年莫名地彆扭，目光時不時掃過她的手。

「能堅持住嗎？」他話少，九月說話也簡潔不少，正好，送他去看診，順便還能以此為藉口給遊春買些藥回來。

「能。」少年拖著腳，額頭上滿是汗水，可他硬是咬牙堅持住了。

九月轉頭瞧了瞧，他身後滲出一條細細的血跡，這樣走下去，他的腿只怕真要廢了，可讓她揹，她根本騰不出手，也沒那個力氣。

「你等會兒。」想了想，九月放下擔子，走進一旁長長的草叢裡，找了棵樹，折了不少樹枝和藤條回來，一根堅實些的略略收拾一下給他當枴杖，其餘的折斷固定到他膝上，這才退開。「試試。」

少年看了看她，依言拄著枴杖站起來，雖然走得怪異，可也緩解了他的痛苦。

九月才挑了擔亦步亦趨地跟在後面。

他們離鎮上不遠，不過少年腿受傷，行動不便，兩人費了半個時辰，才來到最近的醫館。

站在醫館門口，少年有些猶豫。

「走啊。」九月睇著眼側身朝他說道，語氣堅持，少年深深看了她一眼，咬了咬牙，像是下定決心般邁了進去。

這家醫館不大，只有三間鋪面，敞開的門有些陳舊。

進門往左邊，擺著一張案桌，坐著一位花白頭髮的大夫；正對著大門是一排櫃檯，櫃檯裡貼牆排著中藥櫃，一位中年夥計此時正給一個小姑娘抓藥；右邊則擺張桌子，邊上排了些長椅，像是給看診病人等候歇腳的，桌邊是道門，懸了布簾擋去裡面的情形。

鋪子裡冷冷清清，只有這簡簡單單的幾人，可無來由的，九月一進門便覺背後一寒，一股莫名的不安從心底竄了起來，她目光下意識落在那布簾上，心生警戒。

「大夫。」九月心中生異，便不敢多看，順勢把擔子放下，轉身扶著少年往老大夫那邊走過去。「舍弟受了傷，麻煩您給他看看。」

「怎麼傷的？」老大夫看到少年，吃了一驚，下意識看了看那布簾。

老大夫的異樣，越發讓九月警惕起來，她微垂著眸，鎮定地把少年扶到那邊的凳子上坐下，才說道：「他在路上被幾個乞兒打了，您快看看他的腿，可傷到骨頭沒？」

少年聽到九月自稱是他姊姊，目光有些異樣地瞅了瞅她，動了動嘴唇終究沒有說話。

「乞兒打架？」老大夫隱約鬆了口氣，伸手給少年把脈，又細細查看少年身上各處的傷勢。

九月站在一邊安靜地看著。

過了好一會兒，老大夫才點頭。「沒傷著骨頭，這些皮肉傷只消敷上幾天藥便可。」

「大夫，得用幾天？」九月收起要大夫多開傷藥的打算，這醫館裡明顯有貓膩，她要是開口，只怕會給遊春引來麻煩。

「妳隔三天帶他來一趟，我給他換藥，三次即可。」老大夫一開口直接斷了她僅餘的一絲念想。

「是。」九月心念急轉，從善如流地點點頭。

「我開方子，妳去那邊付錢，一次八十文。」老大夫坐回桌後提筆開方子。

一次八十文，三次就是二百四十文了。

九月不知道這藥費算不算高，她只想著自己帶的錢還有餘，便點頭準備付錢。

「我不看了。」少年卻急了，站起來就要走，他費了那些勁才賣了幾十文錢，扣去買東西的錢，餘下的十幾文全給那幾個渾小子搶了，可這兒一次藥費竟然要八十文？他寧願撐著。

「你給我坐好了。」九月一眼掃了回去，瞪了他一眼，說罷轉身朝老大夫笑笑。「不好意思，之前被那些乞兒們搶了十幾文，如今又要用這麼多，舍弟是心疼這錢了。」

老大夫點點頭，倒也理解。

等老大夫開了方子，九月到櫃檯處交了錢等抓好藥領回來，老大夫已在用藥酒給少年揉傷搽藥膏了。

「這兒還有三帖草藥，拿去煎服，一帖兩次，早晚服下。」老大夫拿起餘下的藥包遞給九月，細細說了熬藥的要點。

「大夫，我們不是住在鎮上，他這腿可以來回走嗎？會不會加重傷勢？」九月接了草藥有些擔心地問，最主要還是想試試多帶些藥回去。

「不妨事，只是皮肉傷，消腫便好了。」老大夫擺擺手，收拾起桌上的東西。

九月只好作罷，不敢再多問，謝過老大夫，便扶起少年走到門邊，挑了擔子出門，直到遠遠地離開那醫館，盤踞在九月心頭的不安才漸漸消散，不由得吐了口氣。

「妳在緊張什麼？」少年突然輕聲問道。

「當然緊張了，我還以為要花很多錢呢。」九月心裡一突，半真半假的順勢說道。

「我會還的。」少年側頭看著她，鄭重說道。

「嗯，我等著。」九月點頭，挑著擔子快走了幾步，走出一段路見他跟得有些吃力，又緩下來等他。

就這樣，磨磨蹭蹭總算又回到之前他挨打的地方，少年卻逕自往路邊走，彎腰尋著什麼。

「你找什麼呢？」九月挑著擔子站在路上等。

沒一會兒，少年從草叢裡撿了幾樣東西，一跛一跛地回到路上，手上多了幾個破損不堪的紙包。

「什麼東西？」九月好奇地瞄了幾眼，少年已把東西塞進懷裡。

見他不說話，九月也懶得過問，她已經耽擱不少工夫，這會兒也不知道遊春吃飯了沒有。

一路無言，一個時辰後，兩人一前一後到了大祈村外的路口，少年停下來，看了看她，說道：「妳叫什麼名字？」

「九月。」名字倒沒什麼可隱瞞的，九月坦然回答，看了看他的傷，多說了一句。「過幾天你來後山，我帶你去換藥。」

「不用了。」少年卻搖頭。「我叫阿安，就住在那邊土地廟裡，妳的錢，我一定會想辦法還妳，說到做到。」

「你打算怎麼還？」九月挑了挑眉，她是缺錢，可她既然拿出來了就不會逼人馬上還，她比較好奇這少年的想法，難道他覺得在後山打打兔子野味就能還債？

「我……總之，我一定會還。」少年脹紅了臉。

九月微笑，知道他是誤會了，她也沒想解釋，只是問道：「你知道新良村在哪裡嗎？」

「新良村？當然知道。」少年點頭。

「等你傷好了，你幫我辦件事，那些藥費不僅不用你還，我還可以付你工錢。」九月也是臨時想到這個主意。

「辦什麼事？」少年的表情總算起了波瀾，露出一絲好奇。

「收蠟塊。要那種底蠟，不論你收多少，每塊我給你兩文錢的報酬，本錢我出。」

「我去，不過我不要那兩文錢。」少年沒有猶豫地點頭應下。

「一碼歸一碼，你不要報酬怎麼還我錢？」九月微微一笑，把擔子裡的草藥遞給他。

「這藥怎麼煎可聽到了？回去好好養傷，早些好了早些賺錢還債。」

說罷便挑著擔子回轉。

這會兒正值午後，村子裡到處是農忙的人們，便是各家院子裡也偶有三三兩兩要好的媳婦姑娘們聚到一處邊做事邊閒聊。

九月一路過去，招惹不少人的側目和指指點點，她一概不理會，逕自挑著擔子回到家裡。

門緊閉著，屋前屋後倒沒什麼異樣，九月轉了一圈查看一番才安下心來，到灶間喝了點水，才開門進屋。

「子端，你在嗎？」九月挑著東西進門，一邊輕聲問道。

沒一會兒，遊春從隔間裡走出來，笑道：「回來了。」

「吃飯了嗎？」九月的擔子被他接過去，她便跟在後面，一邊活動著手腳一邊問道。

「尚未。」遊春搖頭。「有個人早上一直在附近轉悠，我便沒出去。」

「誰啊？」九月一愣。

「不知，聽腳步聲不似來過的人。」遊春解下竹棍，把東西一一歸類，看到雞和魚時，他不由失笑。「妳買這些做什麼？後山有野味、前面河裡有魚，何必花這個錢？」

「我不會抓呀。」九月當然知道前面有魚後面有野味，可她沒那個本事抓啊。

「有我呢。」遊春聞言，笑看了她一眼。「妳呢，可吃飯了？」

「沒呢，路上遇到一件事，耽擱了。」九月搖頭，把路上遇到少年受傷的事細細說了一遍，尤其說了進醫館裡時的感覺。「我的直覺向來準，一進去感覺不對，也沒敢讓那大夫多開藥回來。」

「還好妳沒貿然行動……」遊春的笑不知何時斂盡，此時他有些凝重地看著她，雙手撫上她的臉，低聲說道：「九兒，答應我，不論哪個醫館，都別去為我買藥了，今天妳感覺不對，是遇到的人功夫不高，要是妳遇到懂得藏匿殺氣的高手，只怕妳已經著了他們的道，我不想看到妳受傷，哪怕是一點點也不可以，知道嗎？」

「放心，我知道怎麼做。」九月心裡一暖，笑道。「餓了吧？我去做飯。」

「妳先答應我。」遊春卻扳著她的肩不讓她走，目光一直盯著她的眼睛。

「好好好，我答應你，一定不去冒這個險。」九月好笑地看著他孩子氣的舉動，點點頭，見他還盯著她不放，忙說道：「我好餓，有什麼話一會兒再說吧。」

「嗯。」遊春看著她不經意間流露的小女兒嬌態，目光忽地深邃起來，不過他還是鬆開手，放她去做飯，自己留在屋裡幫她把買來的東西各自歸位。

第二十五章

廚房裡，一股鮮美的味道很快便飄出來。

九月放了些許鹽調味，才舀了些嚐嚐，感覺差不多了，便轉身去拿陶碗盛湯，一轉身，不由嚇了一大跳。

不知何時，她身後竟然站了一個人，正涎著臉衝她笑。

這人，就是上次被教訓過的趙老山。

「你想做什麼？」九月拿著大勺子退到一邊，警惕地瞪著趙老山。

「嘿嘿，小美人，妳覺得我能做什麼？」趙老山的目光貪婪地黏在九月身上，一番流連最後緊緊鎖定她胸前的豐滿，竟當著九月的面吞了幾下口水。

九月嫌惡地瞇了瞇眼，冷聲說道：「不想挨揍就立即給我滾，否則你可別後悔！」

「嘿嘿，小美人，上次是我喝高了，上了妳的當，不過爺們福大命大，那玩意兒還沒廢呢，一會兒連本帶利，好好讓妳嚐嚐那滋味。」趙老山咧著嘴，一邊搓著手緩緩向九月靠近。

九月皺了皺眉，沒想到上次趙老山喝醉了還能記得是她。

她邊警惕著趙老山，邊飛快地想著怎麼應付，眼角餘光忽地瞟到他身後飄過來一道影子，忍不住一陣心驚肉跳。

她一眼就認出來那是遊春扮的。

他也不知從哪裡弄來的東西，此時長髮披散，嘴上貼了一個長長的東西，看著像極了伸到胸前的舌頭，還有他的臉，煞白煞白的，眼睛下兩道血淚，乍見之下很嚇人。

「趙老山，人在做天在看，你不怕太缺德遭報應嗎？」遊春一出現，九月心中大定，便停住後退的腳步，冷眼看著趙老山。

「報應？啥報應？」趙老山嘿嘿一笑，根本就不吃她這一套。「人人都說妳是災星，人人都怕妳，可我與他們不同，他們不敢幹的事，我敢；他們說不行的事，我偏要說行。我還真不信了，這麼一個嬌滴滴的小美人，會給我帶來什麼災，就算有災，嘿嘿，牡丹花下死，做鬼也風流了。」

說著，他的手便往九月伸過去。

九月毫不客氣一揮勺，狠狠地打在他手腕上，疼得他立即縮回手。

「妳個臭娘兒們，還真敢動手。」

這一磕竟把他的手打得出了血，趙老山看到那血，想起上一次的大恥辱，忍不住沈了臉色，陰狠地瞪著九月。

「別在爺們面前裝得跟個烈女一樣，妳以為爺們不知道妳的底？今天早上爺們可看得清清楚楚的，妳這兒藏了個男人，哼，說不定，還不止一個呢，明面上裝得跟千金小姐似的，骨子裡不知道怎麼個騷法呢。」

「男人？什麼男人？」九月心裡一凜，目光越過他和後面的遊春交換一個眼神。

「什麼男人妳心裡不知道？」趙老山見九月這樣，以為自己拿住她的痛腳，有些得意道：「今天早上妳挑了東西去趕集，有個男人送妳到路口，我沒看錯吧？」

九月抿著嘴，盯著趙老山看了幾眼，忽地笑道：「趙老山，你這是什麼狗眼？竟能看到別人看不到的事。」

「妳承認了是吧？」趙老山有些訝然，沒想到她竟承認得這樣爽快，他緊接著又高興起來，興奮地上前一步，看著九月說道：「妳一個姑娘家竟然敢私會男人，這事要是傳出去，就是浸豬籠也是應該的，當然了，只要妳從了爺們，爺們就替妳保密，否則……」

「你覺得你說這些，誰會信？」九月露出一絲譏笑。

對面的遊春已掩不住怒意。

九月看在眼裡，也不敢再廢話下去，她擔心他氣極了下手沒個輕重，出了人命可不好，當下斂了笑，鄭重提醒道：「再給你一次機會，立刻滾，否則後悔的那個人，一定不是我。」

「哈哈哈！來啊，我等著後悔呢。」趙老山仰頭大笑，張開手就撲上來。

九月眉頭一皺，手中的勺子迎面就敲了出去。

趙老山已有所準備，很輕鬆地便躲開了，卻不知九月這只是虛晃一招，真正的意圖在腳上，他的肚子被她重重踹了一下，她的力氣當然不會很大，也沒辦法把趙老山踹飛出去，不過讓他退上幾步卻是可以的。

就這幾步，便達到九月的目的。

灶間本就不大，趙老山原是站在灶邊，離遊春只有半丈遠，這一退，便到遊春面前。

趙老山站穩後，怒氣沖沖的就要衝向九月，卻不料，不論他如何努力，整個人竟釘在地上般文風不動。

「呀，你這是練的什麼功呢？」九月眨著眼拿著勺子，狀似很驚訝地問道。

趙老山這才察覺不對，停了下來，這時，肩上傳來一陣劇痛，讓他不由得回頭，這一回頭，頓時嚇得魂飛魄散。「啊——鬼、鬼啊——」

接著，他整個人被遊春甩了出去，重重地摔在菜園裡。

「我的菜啊——」九月心疼地看著菜園，朝遊春瞪了一眼，便衝了出來。

遊春的腳步飛快，看在趙老山眼裡，就好像那個鬼飄到九月身後般玄乎，驚恐地尖叫一聲，連滾帶爬的衝向橋那邊，消失在路那頭。

「喂！姓趙的，你發什麼瘋呢？見鬼了你！」九月衝著趙老山的背影大喊道。「喂！你弄壞我的菜園，還沒賠呢！」

「妳還想讓他回來啊？」遊春不悅的聲音在她身後響起。

九月才回到他面前，吐了吐舌頭，笑道：「誰想他回來啦？就是嚇唬嚇唬他。」

「別高興得太早了，他這一去，驚動了村裡人，一會兒定會有人過來瞧個究竟。」遊春負手而立，看著趙老山消失的方向淡淡說道。

「啊？那怎麼辦？」九月頓時傻眼，一會兒來了人要搜她屋子怎麼辦？

「不怎麼辦。」遊春挑了挑眉，今天的事，確實是他大意了，竟讓人看到他送她出門，不過有他在，來多少人也休想動她一根頭髮。

九月回到灶間，端了飯菜回到屋裡。

遊春已經摘下假舌頭放在桌上，只是臉上還帶著血淚。

「你臉上怎麼弄的？」九月很好奇，一邊擺菜一邊瞅向遊春的臉，燈光昏黃看不真切，她乾脆湊到他面前，還伸手沾了沾他臉上的東西。「麵粉？朱砂？」

「妳不怕？」遊春好笑地握住她的手，替她擦去手指上的東西。

「乍然一見確實有點嚇人，不過世間本就沒有鬼怪，那不過是世人自個兒嚇自個兒罷了。」

九月淺笑，饒有興致地把玩了一下他用朱砂染紅的紙條，還在自己身前比對了一下。

「別玩了，他們也不知何時來，我們快些吃飯，一會兒我教妳個法子應付他們。」遊春寵溺地看著她，伸手拿下那紙放到邊上，盛好飯放到她面前。

「好。」九月一聽，立即坐到桌邊認真用飯。

所謂兵來將擋，水來土掩，不過在這之前總得填飽肚子才有力氣不是？

兩人也不急，如往常一樣吃飽喝足，收拾了碗筷和灶間，各自輪流洗漱後，才關門回到桌邊，九月正襟危坐等著遊春教她辦法。

「把妳的香料都拿出來。」遊春看她如此鄭重，不由失笑。

「啊？拿香料做什麼？」九月一愣，不過還是從凳子內取出那包香料。

「教妳如何對付人。」遊春接過，放在桌上打開。「這些妳可都認得？」

「當然認得。」九月點頭，她外婆是製線香的好手，從小耳濡目染的，哪會不認得？

「那妳會合香嗎？」遊春取出幾種香，裁了一小方宣紙，用小指從幾種香包各挑出些許，用手腹緩緩調揉著。

「你還會合香啊？」九月大為驚奇，合香之術她只在書上見過，外婆雖然識得各種香，也知各種香的習性，可說到合香，卻是不會的，沒想到遊春一個大男人卻會。

「只會幾個方子。」遊春抬頭看了看她，微微一笑。「要把戲雖然新奇，可說穿了，無非就是利用各種工具，抓住看官的心思罷了。」

「說得跟神婆似的。」九月不由輕笑出聲，她外婆做神婆的時候，何嘗不是如此？

「這個是最簡單的，可以寧神，以前我師父在時，時常憂思過度夜不能寐，小師妹就調此香為他寧神安眠。」遊春輕笑，看了看周圍，起身從篾堆撿了一小片竹片回來，把那粉末倒上少許，再將竹片置於油燈上烘烤。

只消片刻，一股淡淡的清香便瀰漫開來。

「好香。」九月湊上前，瞇起眼深吸一口氣，一臉享受，卻又不忘問上一句。「你的合香術都是跟你小師妹學的？」

「不全是，她偏愛這些，只是性子憊懶，也只會一、兩個方子。」遊春笑著解釋，她語氣中不經意流露的酸意讓他很受用，此時她微閉著眼，白皙的臉上透著淡淡的紅，在昏黃燈光下顯得分外嬌美，讓他的心房怦然而動，目光也漸漸變得深邃。

「我能試試嗎？」九月睜開眼睨向他，卻撞入那幽眸，心頭一顫，忙轉移話題，看向那些香料。

「當然能。」遊春這才收回目光，點點頭，把手上的竹片擱在桌上，開始指點九月怎麼調香，把知道的幾個配方都告訴九月。

九月全神貫注地聽著，照著他說的一個一個試著，秀目熠熠生輝，顧盼間風情無限，讓遊春頻頻失神。

幾種香試完，九月略有所悟，便想著自己調一種出來試試，於是埋首那包香料中，挑挑揀揀的，各取些許和在一起，再拿到油燈上烘烤。

沒一會兒，淡淡的香氣撲鼻而來，九月瞇著眼聞了一會兒，笑盈盈地回頭問道：「子端，你聞聞，調得可好？」

「極好。」遊春點點頭，目光鎖在她臉上，眸中柔情越發濃烈。

「比你那小師妹調得如何？」九月隨口問道，湊到那香上深深吸了一口，不知為何，那香氣在鼻間縈繞時，整個人有些飄飄然。

「小師妹調的……」遊春答了一半，忽地意會到什麼，不由失笑，伸手撫她的臉。「自然還是我的九兒調得好嘍。」

「誰信呢？」九月側頭睨著他，眉眼間說不出的嬌媚，她打量他一番，忽地湊到他面前盯著他的眼睛，狡黠地問道：「如果你小師妹在這兒，你肯定不會這樣說了。」

遊春看著有些不一樣的九月，心頭一蕩，伸手攬住她的腰，將她拉進懷裡，額抵著她的額，低低地問道：「妳這是在吃醋？」

「誰吃醋了。」九月不依地嘟嘴，微瞇著眼仰頭看他，凝脂般的頸項優雅地呈現在他眼前。

遊春的雙臂情不自禁收攏，強自克制的渴望慢慢瓦解，而九月，顯然不知自己此時有多危險。

「九兒，妳喜歡我嗎？」遊春盯著她的眼。

「喜歡有用嗎？你都有小師妹了。」九月忽地有些委屈。

想她前世被情所傷，從此便如鴕鳥般縮在自己的世界裡，不敢再踏出一步，這一世偏偏卻遇到遊春，他不經意的舉動融化了她的心防，可是他們有可能嗎？

想到這兒，秀目中竟帶出些許晶瑩的淚光。

遊春吃了一驚，心中憐愛倍增，摟著她跨坐在他膝上，才騰出一隻手替她擦拭眼角淚花，一邊無奈地低語道：「傻九兒，我小師妹都成親了，妳吃她的醋做什麼？」

「你都成親了還來招惹我做什麼？」九月卻沒聽清，她只知道自己委屈，因為前世今生的種種而委屈，一貫清冷自持的九月今晚顯然有些失控了，就像個小女孩般賴在遊春胸前，伸手摟住他的頸，一隻手指竟撫上他的唇，目光迷離地低喃道：「你說，我是不是被她們罵狐媚子罵多了，真成狐媚子了……」

「妳就算是狐媚，那也是我一個人的，我喜歡就是了。」遊春滿心歡喜，從她的話裡他已肯定她對他的感覺。「九兒，我們成親……」

話沒說完，九月竟主動貼上他的唇，這一下，可讓遊春整個人都僵住了。

「幹麼……這樣看我……」只一會兒，九月便退開了，看到遊春傻傻的，她有些不高興了。「不喜歡嗎？」

「九兒……」遊春哪裡還克制得住，無奈地嘆息一聲，雙臂一緊，已重新噙住他渴望已久的紅唇。

比起她的蜻蜓點水，他的吻便熱烈許多，輾轉吮吸索求，沒一會兒，九月便敗下陣來，整個人酥軟在他懷裡。

「嗯……」隨著遊春的大手游移全身，九月呻吟一聲，不服氣又顯得有些生疏地反攻回去。

她的熱情無疑是個火種，在那漸漸變得濃烈的香氣中，他僅存的理智徹底被席捲吞噬。吻如雨點般落在她臉上、頸上，漸漸下移到她胸前，所到之處，衣衫盡褪，而他的衣服自然也慘遭九月的「毒手」。

「子端……」九月閉著眼，微顫著貼在他身上，手撫上他健碩的胸膛。

她的意識已淹沒在這熟悉而又陌生的感覺中，沈封的記憶陡然湧入腦海。

恍惚中，她似乎看到前世時與那個他的相遇相愛，點點滴滴如電影般在她腦海中晃過，最終他對她的好變成了漠然的目光，心底的痛悄然蔓延，險些讓她透不過氣來。

就在這時，遊春俊朗的臉突然驅走那道模糊的影子，在她面前漸漸清晰起來，他的笑容、他的憐愛、他的體貼編織成一張喜悅而甜蜜的網驅逐了之前的陰霾，讓她的世界重新恢復了生機。

「子端……愛我……」恍惚中，九月徹底放開，她想，就算這輩子注定單身，那麼就讓她愛這一回，哪怕是一夜，也值了吧。

「嗯……」就在這時，遊春卻悶哼一聲停了下來，手摸向自己的小腿，只一摸，居然摸到一枚遺落在外的縫衣針，他側頭看去，不由苦笑。

他略略退開了些，欲伸手去拿針線簍子。九月只覺得一陣涼意，有些不滿地呢喃一聲，整個人纏上他。

「九兒。」遊春失笑，低頭親了親她，眼角餘光卻瞥到桌上的油燈，燈上還擱著竹片，竹片上還有一抹香粉，這一看，遊春瞬間明白自己和九月失控的原因。

這丫頭第一次合香，竟合出這樣暖情的香來了，所幸她是在自己身邊。

遊春嘆了口氣，貼著他的肌膚滑若凝脂，眼前的她又這般嬌媚，他只覺心神一蕩，忙退開了些，手中的針急急射向那竹片。

竹片搖晃著掉在桌上，香粉全灑在桌面上，那油燈的火苗也陡然撲滅。

「九兒，醒醒。」香的餘韻尚在，遊春生怕自己克制不住，便抱著九月側身躺下。「九兒。」他是想要她，可不希望在她不清醒的時候要了她。

「嗯……冷……」過了好一會兒，沒有了香的影響，九月總算恢復些清明，下意識縮進他懷裡，引得遊春又是一陣急喘。

「九兒，別動……」遊春埋首在她頸間啞聲說道，抬手從枕邊扯過九月之前疊在那兒的被褥，將二人蓋了個嚴嚴實實。

「嗯？」九月總算緩了過來，她調的香威力不大，方才的情動最大原因出在兩人身上，兩情相悅，又都是血氣方剛的少年人，難免不可控制。

「妳呀。」遊春吻上她的眼，嘆息道：「妳方才定是誤加了暖情的香料，這香，以後切莫胡亂使用了。」

「嗯。」九月紅著臉點頭。

「九兒，我們成親吧。」遊春此時倒是平靜不少，摟著她說道。

「你不是已經……」聽到這話，九月莫名低落起來，她剛剛好像聽到他說成親了？那之前是騙她嗎？

「傻九兒，我是說我小師妹成親，可沒說我成親了。」遊春低低地笑起來。「娶她的人是我大師兄。」

「啊？」九月顧不得羞澀，撐著手肘趴在他身上，雙目發亮地看著他。「真的？」

「自然是真的。」遊春撫著她的背，一手拉高被子蓋好她。

「那你一定很喜歡她，不然也不會小師妹長小師妹短的掛在嘴上了。」九月這會兒倒沒什麼吃醋拈酸的心思了，只是就事論事。

「我只是把她當妹妹。」遊春忙解釋道。

「每個男人都有無數個妹妹。」九月撇嘴，側身枕著他的臂彎躺下去。

遊春一時啞然，略略側身，伸手環住她的腰，雖然清醒的她沒有繼續方才的熱情，可這樣相擁著也讓他心滿意足。

「子端。」靜默了一會兒，九月低低地喚道。「我很貪心，我不會給人做妾，也不允許我的夫君有別的女人……」

「我們遊家有家規，遊家子孫，一生只得娶一妻。」遊春的聲音帶了絲笑意。

九月訝然，再次沈默下來。

「我知道妳現在不願意離開這兒，那我們就在這兒安家，我們一起證明給他們看，我的九兒有多好。」遊春擁著她，低聲說道。

「可是你不是……還有正事要辦嗎？」九月嘆息。

「九兒，是不是向他們證明妳不是災星，妳就能跟我走了？」遊春緊緊把她錮在懷裡，吻落在她耳垂處。

「我不是非要留在這兒，只是我想堂堂正正地離開這兒，而不是像現在這樣，人離開了，卻留下我外婆和我娘被人論是非，她們已經不在了，不該再這樣被人說。」九月靜默了一會兒，語氣有些鬆動。

「那好，妳給我個機會，我們一起向他們證明，好嗎？」遊春又緊了緊手臂，整個人都貼在她後背。

「我能說不好嗎？都快被你勒死了。」九月嗔怪地側頭白了他一眼。

遊春聽罷，忙鬆開手，又怕她著涼，便伸手去拉被子，不經意間，手背觸到一團柔軟。

「嗯……」九月猝不及防，輕吟出聲。

這一聲猶如天籟勾起遊春好不容易壓制下去的情緒，他不由自主低下頭欲捕捉她的唇，卻在觸碰到的那一刻停下來，側頭聽了聽。「有人往這邊來了。」

「誰啊？」九月瞬間清醒，直接坐起來，抓著他的臂膀低聲問。

「很多人，想必是那趙老山帶人來捉鬼了。他沒有證據，妳一會兒只要把他往癔病上推。」

「嗯。」九月一點就透，點了點頭。

「別怕，我就在裡面。」遊春側耳聽了聽，快速遞過她的衣衫，便回到隔間，將櫃子直接封回去。

這時，紛沓而來的腳步聲已經過了橋，門外也響起窸窣聲。

九月沒有點燈，直接在黑暗中穿起衣服，一邊靜心聽著外面的動靜。

「九月！」沒一會兒，一陣竊竊私語的聲音之後，祈稷的聲音驟然響起。

九月一愣，她以為來的都是趙老山招來的人，誰知祈稷居然也來了。

還沒等她回話，祈稷再次說話了。「九月，快出來。」

「十堂哥，出什麼事了？」祈稷在外面喊，九月自然不會不應，於是她一邊摸了火摺子點燃油燈，一邊將門後藏著的棍子捎上，這才緩緩開了門。

門外圍著數十人，不知為何，他們連火把也不拿，一個個手裡都拿著一根柳枝似的東西，左邊還有兩個人手裡提著兩個木桶。

看到她出來，那兩人忽地上前一步，朝她揚起木桶。

九月閃到一邊，伸手擋住臉，可誰知桶沒扔過來，一灘帶著血腥味的液體卻淋了她滿頭滿身，伸手一抹，黏黏的，居然是血！

「啊！」九月猝不及防被潑了一身，不由一陣反胃，脫口喊了一聲。

裡面的遊春聽到她的驚叫，不由一陣緊張，當下便要出去，不過想了想，還是按捺下焦急，拿起劍走出來，閃身到另一間屋裡，用劍將草壁割開一絲縫隙看向外面。

「趙老石、趙老根，你個混孫子，你們他娘的幹什麼?!」

祈稷看到九月被潑了滿頭滿身，不由怒了，上去就賞了那兩人一人一腳，將兩人踹倒在地。

「這就是你們說的抓鬼嗎？你他娘的給我看清楚，這是我妹妹，誰讓你們潑她了！我看你們就是沒事找事，當我們祈家人好欺負是吧？我讓你們潑、讓你們潑！」

說罷，又補上幾腳，那兩人卻不敢還手，只抱著頭悶哼。

「稷哥、稷哥，消消氣，打幾下就好了。」人群裡出來兩、三個人攔住祈稷。

「放開。」祈稷手一推，推開幾人，轉身朝那些人大聲說道：「你們都給我聽好了，趙家兄弟先前說的是來抓鬼，我擔心我家小妹安危才來的，可要是誰存了心借抓鬼的由頭來糟蹋我家小妹，別怪我祈稷拳頭不認人！」

「阿稷，消消氣、消消氣。」這時，又出來一個人陪笑臉，一邊踢了地上那兩人一腳，罵道：「你們兩個還不起來?!這黑狗血是潑鬼用的，現在全潑完了，一會兒真有鬼出來，看你們怎麼辦！」

九月聽明白了，敢情他們是把她當鬼給潑了，一想到滿身的黑狗血，她的胃裡又是一陣翻騰，不過她還是忍住了，她沒那麼嬌貴，要不是這十五年茹素慣了，按她前世替人修屍無數的經驗，這點血還真不會讓她如此。

「十堂哥，什麼抓鬼？」九月心裡有數，卻故作茫然，她也懶得理會那些人，只朝祈稷問道。

「方才趙老山連滾帶爬地回家，說是在這兒見到一個舌頭這麼長的鬼，臉慘白慘白的，還帶兩行血淚，九月，趙老山傍晚可來過？」祈稷嘆了口氣，帶著一絲安撫走到九月身邊，目光卻警惕地看著那趙家兩兄弟。

「十堂哥，你信嗎？」九月冷哼一聲。「傍晚天未全黑，我在灶間做飯，那人悄然進來，說了一通瘋言瘋語，我還來不及趕他出去，他卻跟瘋了似的，先是跌倒在地，後來就連滾帶爬嚎叫著跑了，依我看，他若不是做了虧心事，就是得了失心瘋，不然天都未黑，何來鬼怪？」

「他來找妳胡言亂語了？」祈稷不悅地瞪向趙家兩兄弟，那趙老山是個什麼德行，大祈村哪個不知哪個不曉？顯然那趙老山找上門想欺負九月，卻不知為何被嚇到了。

「不止一次了。」九月撇嘴。「上次在竹林，他喝多了，攔著我說了一番瘋話，可後來不知為什麼，他就跟傻了似的，往墳地裡去了，當時我看他那神情太嚇人，也不敢多待就跑回來了。」

「是不是我們去落雲山搬東西的時候？」祈稷吃了一驚，忙問道。

「是去落雲山的前一天。」

九月點頭，抬手撫了撫頭髮，天這麼冷，身上黏了這些東西，她整個人都不舒服，心頭越發不耐。

第二十六章

「十堂哥，我在這兒住也有段日子了，卻不曾遇到什麼，為何那趙老山兩次出現兩次都遇著鬼怪之事？只怕是做了虧心事，被找上門了吧？依我看，該潑黑狗血的、該找師婆驅邪的人是他才對。」

九月這樣說，是看準村裡人忌諱這些。果然，聽罷她的話，同來的那些人已悄悄遠離趙家兄弟，只餘下剛剛出來阻攔祈稷的那幾個人還站在中間。

「胡說！分明是妳藏了男人被我哥看到，妳怕他說出去才害他的，就是妳和那個藏起來的男人害了我哥！」趙老石衝到九月身邊，不過看到祈稷瞪著他，他又有些膽怯，退了退指著九月說道：「妳要是沒有藏人，就把門打開，讓我們搜搜。」

「搜？」九月眯起眼，手中的棍子也握得緊緊的，打量趙老石一眼。「請問你是公門的人？還是你手裡有搜查令？」

「我……」趙老石嘴皮子沒趙老山索利，又因為九月的名聲心裡有些害怕，被她問得有些結巴。

「既然不是，你又有什麼資格搜我的屋子？」九月冷冷地問。

「怎麼？不敢讓我們搜？我看妳這屋裡是真有貓膩吧？」趙老根的腿有些跛，不過他說話卻比趙老石索利，語氣中也帶了一絲陰狠。

「你又憑什麼？」九月看了他一眼，冷笑道：「你們這麼多大男人，深夜跑到這兒鬧著要抓鬼，黑狗血也灑了，敢問各位，可看到我祈九月顯了妖形？我雖是棺生女，卻也是個清清白白的姑娘家，這草房雖破，卻也是姑娘家的閨房，趙家兩兄弟想在這三更半夜進我的屋，到底居心何在？」

「沒錯，趙老石、趙老根，你們說抓鬼，我同意，可你們對我妹子心存壞水，先問過我的拳頭！」祈稷聽得火從心起，越想越覺得自己被趙家兩兄弟給當槍使了，說罷，上去就一手一個揪住兩人衣襟。

「阿稷，別衝動。」離祈稷不遠的一個人走過來，攔住祈稷，聽聲音竟是之前幫過忙的五子，攔下祈稷後，五子對趙家兩人道：「這會兒黑狗血也沒了，夜也深了，祈家妹子的屋子確實不適合我們進去，不如等天亮再請張師婆過來查看，順便也好給老山大哥作個法，去去晦氣。」

「狗屁，她這兒藏的就是個人，是個男人！沒黑狗血老子也能把他逮出來，你讓開！」趙老根不買五子的帳，一伸手推開五子，伸手向九月抓去，一邊的趙老石見狀也推了五子一把，五子被推開幾步跌坐在地，後面幾人忙過來扶起五子，可沒等他們過來攔，趙老石已到了九月面前。

「你們想幹什麼！」祈稷攔下最先到的趙老根，兩人扭打在一起。

九月見狀，不由得有些緊張，手裡的木棍護在胸前，緊緊地盯著趙家兄弟。

趙老根想衝，祈稷拚命攔，後面的人蠢蠢欲動，卻不知為何一直沒有上前，五子被人扶起來，正要上前拉趙老石的時候，趙老石卻往屋後跑去——前門進不了，他想從後面過，反正這屋子是草牆，找個縫隙破進去就是了。

「喂！那邊不能走！」九月看到，忙喊了一聲。

可誰知，趙老石以為她心虛，跑得更快，很快就拐過去，只聽「啊！」的一聲，趙老石踩中陷阱，腳上套了繩子被高高倒掛起來。

突如其來的變故讓眾人看呆了，趙老根也顧不得擋祈稷的拳頭，傻愣愣地看著屋子上方，只見趙老石在半空中搖來晃去，慘叫連連。那聲音在靜夜裡顯得異樣淒慘，傳遍整座村子，沒一會兒，村子那邊燈光接二連三亮起來。

「我說了那邊不能走的。」九月冷哼一句。

「妳個妖女，還我二哥命來！」趙老石喊得太過嚇人，趙老根只以為他遭了毒手，頓時咬牙切齒地往九月這邊衝來。

「你個混蛋，還來？」祈稷立即回過神，擋在九月面前。

就在這時，不知哪裡傳來的香味，趙老根在離祈稷三步遠的地方突然停下來，愣愣地看著祈稷一會兒，然後搖頭晃腦地在原地轉了幾轉，直直後仰躺下。

「啊！」

眾人更加驚恐，甚至有幾個人已經悄悄退到後面，趁人不備轉身就逃，也有那膽子大的還留在原地想看個究竟。

祈稷眼睜睜看著趙老根倒下，心裡驚訝不已，他的拳頭還沒出呢，怎麼人就倒了？一時之間不由怔住了，他傻傻地回頭看了看九月。

九月接到他的目光，連忙無辜地連連搖頭。

祈稷壓根兒也沒想從九月這兒得到答案，見她搖頭，他馬上把頭轉向五子。

五子看了看他，大著膽子上前，緩緩伸手探向趙老根的鼻息。

在場的幾人緊張地看著五子的動作，他們今晚被趙家兄弟鼓動前來抓鬼，可沒想鬧出人命啊，眼見年關近了，誰願意沾上這些烏煙瘴氣的事？

半空中，趙老石還在晃蕩，嘴裡嚎天喊地的喊著「救命」，他在上面已經看到趙老根的情況，心裡那個怕啊，他想，他大哥看到的肯定不是人，而是見著鬼了，不然他們兩兄弟怎麼什麼也沒見到就著了道？

河對岸的村子裡燈火通明，有腳程快的人已經到了這邊，方才逃走的那幾人此時仗著人多也混在人群裡，嘰哩呱啦地說著方才的事。

為首的是個有些年紀的老者，他身邊還跟著祈稻和祈菽，祈豐年等人也在後面跟著。

「五子，怎麼樣了？」竹橋不寬，眾人都停在後面，只祈稻、祈菽陪著那老者走過來，那老者到了這裡，緊張地看著五子的動作。

「活著。」五子已經探得趙老根的鼻息，也是大大地鬆了口氣。

九月不由撇嘴，遊春只是為了幫她出頭，怎麼可能把人弄死給她留麻煩呢？所以她一點也不擔心。

眾人紛紛鬆了口氣，一下子圍上來。

「五子，快掐他人中。」老者指揮五子做事，一邊推開人群往這邊走，看了看九月，不由一愣。「阿稷，這是怎麼回事？」

「村長伯，都是趙老石和趙老根弄的，他們說趙老山在這兒看到鬼，唬弄了十幾個人過來要抓鬼，還弄了兩桶黑狗血，我和五子知道了沒能攔得住，又怕九月吃虧，就找了兄弟們過來看個究竟，沒想到他們兩個一見九月開門，就把黑狗血全潑她身上了。」

祈稷很氣憤，竹筒倒豆子般把所有經過倒了出來。

「是他們倆幹的？」祈豐年不知何時到了這邊，陰沈著臉看了看九月身上，轉向祈稷問道。

「是。」祈稷連連點頭。

祈豐年不作聲了，目光凌厲地掃向趙老根，腮幫子咬得緊緊的。

此時趙老石也被人解下來，正軟著腿被人攙過來。

祈豐年見了，默不作聲地上前，突然就抬起一腳，踹在趙老石的肚子上。

趙老石連呼痛都呼不出來，抱著肚子彎下腰，兩邊扶著他的人反被祈豐年這踹給震得往後踉蹌了幾步。

九月有些驚訝地看著祈豐年，沒想到他一把年紀了居然還有這腳力。

祈豐年踹完之後，轉身對老村長抱拳道：「三哥，既然有人懷疑這屋裡藏了男人，那就請你選幾個婦人陪我進去一趟，若有，我絕無二話，由族規處置；若無，趙家總得有個說法！」

「這……」老村長猶豫了一下，他也姓祈，當然不會站在趙家那邊，可是趙家三兄弟，一個躲在家裡、一個還躺在地上人事不知，而另一個也被祈豐年踹得哼哼唧唧半天沒起來，他不說話，豈不是服不了眾？無奈之下，老村長只好點頭。「那就按你的意思辦。」

「謝三哥。」祈豐年點點頭，走出幾步，衝著那些人冷冷地說道：「趙家的，出來幾個婆娘跟我們進去一趟。」

「祈屠子，你什麼意思？你不知道你家閨女邪乎？居然還讓我們家人跟進去，你這是憋的什麼壞水？」人群中有個和祈豐年年紀相當的老人忿忿應道。

「趙槐，不是你家三個姪子一口咬定這屋裡藏了男人嗎？現在讓你們趙家人進去看個清楚明白還不行嗎？」祈豐年冷笑兩聲，目光環視一番。「怎麼？心虛了？還是覺得我祈家無人，想尋個藉口糟踐我祈家的閨女？」

「你……你怎麼說話呢？誰心虛了？誰稀罕你家災星閨女了？」那老人聽他扣了這麼大的帽子在趙家頭上，也有些心虛。那趙老山的為人，大家都是心知肚明的，誰知道會不會喝多了跑來妄想人家閨女了？可礙於面子，他只能嘴硬到底。

「哼，沒心虛就好。」祈豐年不鳥他，只是提高聲音說道：「我今兒把話撂這兒了，今天這事，不管你趙家人進不進去，都沒完沒了！」

九月沈默地看著他的背影，忽然間，她覺得祈豐年的形象似乎高了許多。

「去就去，誰怕誰！」那老人走出來，後面推推搡搡的出來三個婦人。

祈豐年看了看她們，沒說話。

「行了，已經很晚了，早些看完早些回去歇著。」老村長揉了揉眉心，轉身對那邊又喊了一句。「祈家的也來幾個婆娘。」

人群裡一片安靜，沒有一個人站出來。

「要不，就九囡的本家出來幾個吧。」老村長無奈，只好指向余四娘等人，不知為何，這次余四娘很安靜。

「我去吧。」九月的二嬸陳翠娘緩步走出來，淡淡地看了看趙家那幾個。

「行。」老村長點頭，朝幾人擺手，轉身到了九月面前。「阿稷，讓開。」

「村長伯，你們這是懷疑九月？」祈稷眉頭擰成麻花般，不高興地護在九月面前。

「阿稷，你給我過來。」余四娘這會兒竄過來，死命地把祈稷拉到一邊，暗暗拍打他幾下。「村長這也是為了她好，她不是說自己行得直坐得正嗎？讓他們看清楚也好，免得趙家人老惦記著這事，誣賴我們祈家閨女不學好。」

她說的這幾句話倒是有點道理，祈稷才放鬆下來，抬頭看了看九月。

「行了，去灶間燒些水，瞧她那一身血，怪嚇人的。」余四娘也看到九月，她撇了撇嘴，把祈稷支到灶間。

九月卻站在門前，靜靜地看著老村長。

她的目光坦然直接，老村長反而有些不好意思，避開她的目光。

「九月，就讓他們進去看看吧，咱們不做虧心事，不怕人看。」祈稻見她這樣，以為她委屈不想讓開，忙勸道。

「好，那就請各位把眼睛帶好了，看個清楚，可別等明兒又有人說自己眼神不好再查一次。」九月冷哼一聲，掃了他們一眼，率先進門。

一進去，便看到那衣櫃微微一晃，顯然是遊春剛剛進去，她才放下心來，垂眸來到左邊那櫃子前。

上面供著她外婆的畫像，櫃子也充當香案，每天早上起來，她都會上三炷香，可這會兒，她又上前捏了香，就著燭火點燃拜了起來。

之前的暖情香味兒已經變得很淡，她手中三炷線香一點，屋裡便瀰漫開一股松木香味，一樣很淡，卻掩蓋了之前的香氣。

她慢條斯理地拜完，把香插在裝了米的陶碗裡，才轉身看著他們搜尋。

祈豐年和老村長進來後只是象徵性地裡屋外屋看了看便站到一邊，陳翠娘倒是跟在那些婦人身後，去了另一間屋子。

兩間草房，哪裡藏得了人，其實一眼就能看清。

沒一會兒那些人就出來了，臉色都有些不好看。

「可看清楚了？」祈豐年冷哼一聲。

那幾個人互相看了看，沒說話。

「既然進來了，就看個徹底吧。」

九月注意到那幾個婦人直盯著她的衣櫃，不由撇了撇嘴，說罷便把所有看著能藏人的櫃子箱子都打開了，甚至連床上的棉被都抖了抖，她一點也不擔心衣櫃後面的玄機會被他們發現。那幾個婦人居然也跟在她後面一一看過去。

「幾位，可清楚了？」

九月身上、臉上的血已有些凝固，屋內又只是那昏黃的燈，她陡然朝她們一笑，竟顯得有些猙獰，那幾個婦人不由嚇了一跳，也不敢看她，紛紛往門口走去，一邊訕笑道：「確實沒有人，都看清楚了。」

「真看清了？」祈豐年再次哼哼。

「看清了看清了，這要是有男人哪裡能藏得住？除非這男人能變成蒼蠅蚊子，不然哪裡會看不到呢？」其中一個婦人自恃膽大，多說了幾句。

「既然看清了，就出去吧。」老村長點點頭，背著手先走出去，對外面的人說道：「把趙家兄弟都帶回去，明兒請張師婆給他們開壇驅邪。」

跟著他出來的那些人紛紛回到人群裡，和旁人竊竊私語起來。

祈豐年什麼也沒和九月說，只深深地看了一眼周師婆的畫像，跟在後面出去了。

「一會兒洗洗睡吧，明天還有得折騰呢。」陳翠娘落在最後，看了九月一眼，淡淡地說了一句。

「謝謝二嬸。」九月對她倒不反感，便點點頭。

「妳外婆和奶奶剛過世，熱孝在身，凡事也謹慎些，別落人口實平添麻煩。」

陳翠娘說罷就走了，只留下怔忡的九月，還在琢磨她這番話——二嬸這是看出了什麼？

第二十七章

「都散了吧，等天亮了，都到村中央祠堂前集合。」九月的屋裡沒有搜出什麼人，老村長心裡的天平便徹底偏了，他瞪了趙老石、趙老根一眼，沒好氣地喝道。

祈家閨女再是災星，被趙家人這樣詰難，他心裡也是極不高興的，只不過礙於自己是村長，不得不表現公正罷了。如今藏男人之說既然是子虛烏有，而趙老山平素又是那樣不靠譜的人，他還有什麼可顧忌的？

趙槐也回到人群裡，正被人圍著問個不休，他自覺丟人，吼了一聲。「問什麼？趙家有這樣的子孫還不丟人啊？啊！」

說罷，頭也不回地走了。

他這樣一吼，無疑就是默認了趙家理虧，眾人紛紛竊竊私語起來，沒一會兒，便得出答案——趙老山想對祈家九囡使壞，被災到了！

九月懶得理會這些人，她身上的黑狗血已凝固，讓她極不舒服，此時只想跳到河裡好好洗乾淨。

「九月，水燒好了，要提進去嗎？」祈稷和余四娘從灶間轉了過來，祈稷關心地問了一句，被余四娘暗暗扯了一把。

「不用了，我自己可以的。」九月朝祈稷笑笑，看了看余四娘，心裡有些驚訝，怎麼今天她不落井下石了？

「走了。」余四娘被她看得不自在，又暗暗掐了祈稷一把，推著他離開。「大半夜的，凍死了。」

祈稷無奈，只好朝九月咧嘴，跟著余四娘一起走了。

一轉眼，眾人也退得差不多了，九月正打算去灶間提水，卻瞥見祈喜、祈望和兩個年輕婦人急急往這邊走來，她不由嘆了口氣，看來，她還不能休息。

「九月，妳沒事吧？」祈喜一看到她就奔過來，看到她渾身血淋淋的，嚇了一跳，趕緊抓住她的手上下打量。「妳傷到哪裡了？」

「這是黑狗血。」九月說得無奈，反手握拄祈喜的手，對祈望打了個招呼，又看了看那兩人，有些眼熟卻不敢肯定。「五姊。」

祈喜確定她沒事，才鬆了口氣，知道她可能沒認出身後的人，便主動提醒。「這是大姊和三姊。」

「大姊、三姊。」九月才認出來，忙一一招呼，和她們也只是在靈堂上見過，後來便一直沒有遇過，祈喜不說，她還真不敢亂認。

「妳沒事就好。」大姊祈祝打量著她，見她除了那些血漬，神色倒正常，便點點頭。

「九月，妳跟我回家住吧。」祈喜乘機勸道。

「八姊，妳怎麼又提這個？」九月失笑。「今天的事只是意外，再說了，村子裡像趙老山這樣的人畢竟沒幾個吧？」且不說現在遊春在她這兒，便是沒有，她也不想回去。

「可妳畢竟一個姑娘家，在這兒……」祈祝回頭看了看草屋，嘆了口氣，說實在的，她又有什麼資格說這些？自從九月回來，她還不是一樣不聞不問？

「我這屋子四下可安全著呢，只要人不犯我，必不會有事。」九月衝她笑笑。「好了，不早了，都回去吧。」

「可是……」祈喜還要再勸，被九月攔住了。「八姊，總有一天我會回去，但現在卻不是時候。」

「什麼不是時候？」祈喜納悶地眨了眨眼。

「等我向所有人證明了我不是災星，我就回去。」九月淡淡說道，可她語氣中的堅持還是讓幾個姊姊聽到了。

「那我留下來陪妳。」祈喜張了張嘴，把勸說的話嚥下去。

「別，妳到我這兒住了，家裡怎麼辦？」九月嚇一跳，祈喜要是住在這兒，遊春可怎麼辦？「再說了，我這屋子四下都是有安置機關的，妳又不知道那些是什麼，萬一受傷怎麼辦？妳要是來了，我肯定得把那些撤了才不會誤傷妳，這樣一來，豈不是反而給了那些小人機會？」

「八喜，九月說得有道理。」祈望聞言，馬上附和，倒不是不想讓九月回去，只是她從心底覺得九月不是那種能任人欺負的人。

「好了，快回去吧，我沒事。」九月拍拍祈喜的手臂。「我想洗澡了，這一身……難受死了。」

祈喜這才作罷，反覆叮囑九月把門窗關好，才和祈祝等人相攜離開。

「呼……」九月長長地吁出一口氣，看了看自己的手，轉身進了屋，快步來到衣櫃前，低聲喚道：「子端。」

衣櫃應聲而開，遊春閃身出現在她面前，看到她的第一眼，他眼中閃過一道凌厲的光芒，他一言不發地抬手擦去她臉上的血漬，薄唇抿成一線。

「子端。」九月見他如此，抬手握住他的手，安撫地笑道：「那個趙老根會不會有事？」

「他該死。」遊春冷哼一聲，伸手觸了觸她的髮，眼底怒意閃爍。

「好啦，別生氣了。」九月怕他真去補上一刀，軟軟的語氣中不自覺流露出撒嬌的意味。「不生氣了。」

遊春盯著她看了一會兒，忽地反手一拉，把她緊緊抱在懷裡。

「呃……身上髒著呢。」九月愣了一下，腰上背上的鐵臂幾乎要把她揉進他身體裡，她不由無奈地笑了，微微掙扎一下想推開他。

遊春卻不在乎，緊緊地抱了一會兒，才低啞著聲音說道：「我去提水。」

他已經聽到祈稷的話，知道灶間有熱水，說罷才緩緩鬆開手。

「不用，我自己去吧。」九月忙攔住他，又怕他不高興，忙又解釋一句。「那些人也不知有沒有藏起來偷窺，你出去太危險了。」

遊春目光微閃，過了一會兒才點頭，他也知道自己要是被人發現的話，她只會更為難。

九月朝他笑了笑，去灶間提熱水回來，之前重新布置的時候，浴桶安排在另間屋子的角落，排水系統也重新安排過，很是方便。

遊春則對著香料包挑挑揀揀，也不知在做什麼。

這麼一番折騰，九月身心俱疲，洗乾淨後，倒頭便睡。

次日，她醒來的時候，陽光已經透過門縫和窗隙映在屋中。

「醒了？」遊春的聲音從桌邊傳來。

九月嚇了一跳，猛地擁被坐起來。

遊春坐在那兒，手上還提著筆，看到她起來，才放下筆，到床邊坐下，伸手撫她的髮，柔聲說道：「餓了嗎？粥已經熬好了，快起來吃吧。」

感覺到他指尖的溫柔，九月的臉忽然變得通紅。

「快起吧，今天……妳還有場硬仗要打呢。」遊春把她的表情看在眼裡，不由輕笑。

九月心裡微甜，昨夜那一鬧騰，他默默對她的關心，倒是推了她一把，讓她不再抗拒遊春的接近。

兩人也不耽擱，端了粥過來一起吃過早飯，九月收拾碗筷，又拿起昨天的衣服到河邊洗乾淨晾上，才回到屋裡。見遊春又坐在桌邊寫著什麼，她便過去坐在他身邊。「子端。」

「嗯。」遊春應了一聲，手上的筆卻沒有停下。

「你還沒告訴我，那個趙老根怎麼樣了？」

「死不了。」遊春寫的一手好字，說話間已行雲流水寫下一行字，這才停下來側頭看著她。「我只不過是點了他的穴罷了，十二個時辰自能解開，不過……」

「不過什麼？」九月忙問，要是趙老根出事，惹來官衙的人，或是讓他的敵人聞風而來，他豈不危險？他的傷，如今也只是表面上看著好了罷了。

「妳要能利用這十二個時辰略施小計便更好了。」遊春見她這樣，不由好笑，用筆桿點了點她的鼻子。

「略施小計？」九月眨了眨眼。

遊春邪邪一笑，衝她勾手指。

九月好奇，便湊過去，聽遊春在她耳邊說了幾句話，頓時眼前一亮，笑道：「你倒是會嚇人。」

「妳呀，莫浪費妳外婆傳妳的技藝，我若猜得沒錯，今日他們必會請師婆作法，說不定連妳這兒也要鬧上一場，與其讓人百般糾纏，還不如主動出擊，只要他們對妳起了敬畏之心，妳所期望的清靜日子才能早些到來。」遊春伸手撫她的臉，笑著搖頭。「妳只管去應付那邊的，這兒有我。」

「你不會又……」九月對昨天的事多少有些心有餘悸。

「天機不可洩漏。」遊春睨了她一眼，搖頭晃腦道。

九月瞪他，正要追問，便聽外面有人在喚她，只好作罷。「那你當心些，我先去了。」

「嗯。」遊春點頭，起身湊在她耳邊低聲交代一番。「可記住了？」

九月點頭，這麼簡單的事，她當然記住啦。

外面的人已經過了橋，九月也不敢多耽擱，給了他一個眼神便開門出去。來的還是祈喜。「九月，大夥兒都在祠堂了，爹讓我來喊妳。」

「走吧。」九月帶上門，走上前。

「門不用鎖嗎？」祈喜看看她的門，提醒一句。

「不必了，我這屋裡屋外都動過手腳的，很安全。」九月現在撒起謊來也不打草稿的，信手拈來。

祈喜恍然，也不糾結這件事，拉著九月快步往村裡走去。

從祈家大院門前的陡路過去，繞了幾個彎穿過民居，便來到一塊空地上，此時已經聚集密密麻麻的人，看到祈喜和九月過來，已經知道昨夜之事的眾人紛紛讓路。

九月在祈喜的帶領下到了前面，只見正前方有個大院，正門上房懸掛著五族祠堂幾字，大祈村除了祈這個大姓外，還是有趙、楊、葛、涂四家，想來這祠堂就是五家共修的，而像水宏這樣外遷來的人家，自然進不了祠堂。

祠堂前兩邊各有一棵大槐樹，樹冠已超越那屋頂，這會兒老村長正站在大門口，他的兩邊都是些上了年紀的老者，個個拄了枴杖站在老村長左右。

人群的最前面，左邊是祈豐年等人，右邊則是趙家的人。

趙老山縮著身子蹲在地上，趙老石興許是因為昨晚被揍得傷了，這會兒也是病懨懨的，而趙老根則直挺挺地躺在擔架上，上面蓋了棉被，他身邊守著幾個女人正嚶嚶哭著。

看到九月過來，趙老山眼中顯出幾分驚恐，站起來就往趙老石身後躲，趙老石則忿忿地瞪著九月，滿臉恨意。

那幾個女人更加離譜，看到九月便衝過來，伸手就要往九月臉上抓。

祈喜大急，想要擋在九月面前時，被她拉到身後。

「怎麼？妳們也想和他一樣？」九月不躲不避，只是冷冷地看著她們，清脆的聲音帶著一絲狠意。

那幾個女人一個激靈，幾雙手硬生生地停在九月面前。

人群裡，頓時響起一陣嗡嗡聲，似在說趙家人如何大膽，卻沒人敢提九月災星之名。

九月掃了她們一眼，抿了抿唇，逕自繞過這幾人往老村長走去，今天讓這麼多人來這兒就是為了解決兩家之事，她沒必要等在後面任人傳喚。

「妳們幾個，還不給我回來！」趙家那邊響起老人的斥喝聲，九月側頭看了看，卻是趙槐，他正鐵青著臉瞪著那幾個婦人。

他在趙家似乎有些地位，話音剛落，那幾個女人便沒了聲，轉身回到趙老根身邊繼續哭泣。

「村長。」九月向老村長福了福身，便靜靜地站在一邊等他發話。

「九月，妳先說說這趙老山是怎麼回事。」老村長點點頭，開口便直奔主題。

第二十八章

九月毫不怯場，平靜地把那天在竹林遇到趙老山以及趙老山找上門的事說了一遍。待她說完，眾人都聽明白兩件事——一是趙老山對祈家九囡起了壞心思，二是趙老山不是癔病就是中邪了。

「趙老山，你有何話說？」老村長聽罷又轉頭去問趙老山。

可他只顧躲在趙老石身後盯著九月瑟瑟發抖，連老村長的話也沒聽清楚，更不用提回答了。

老村長不由皺眉，身後那些老人們也不高興地看過去。

「沒長耳朵？問你話呢！」趙槐恨鐵不成鋼地上前揪住趙老山的衣襟，把他拖出來。

「鬼……鬼啊！」趙老山卻死命地往後拖，拂開趙槐的手轉身鑽進人群。

趙槐畢竟有些年紀，被這一拂，一個踉蹌險些跌倒在地，幸好其他人及時扶住他，可這一下，真讓他氣壞了，吹鬍子瞪眼半天說不出話來，好一會兒才憋出一句。「好……好，以後，我再不管你們的事了。」

「把人拉回來。」老村長身後一位老者也是黑了臉，枴杖在地上連連敲了敲，指著趙老山離開的方向喝道。

馬上便有幾個年輕人去尋人，眾人順著目光看去，只見趙老山抱著頭高撅著臀鑽進草叢裡，嘴裡還含糊不清喊著「有鬼」之類的話。

這模樣，分明是瘋癲了。

九月收回目光，抿嘴等著老村長說話，她不同情趙老山，若不是他心術不正，又何至於此？

「阿稷，你來說說昨晚的事。」老村長看著被人拖回來的趙老山，搖頭嘆了口氣，繼而讓祈稷出來說明昨夜那件事的起因。

祈稷一五一十說了個詳細，甚至他連自己揍了趙老石的事也沒有隱瞞，把余四娘急得直在那邊擠眉弄眼，他卻硬是不回頭去瞧一眼。

接著，老村長又把昨夜參與的人一個一個喊出來問了一番，幾人說的話倒是和祈稷的沒有差別。

眾人聽到這兒，一個個鄙夷的目光連連往趙家人那邊甩過去，趙家其他人大多數鐵青著臉默不作聲，趙家出了這樣的子孫，他們還能說什麼？

「張師婆來了。」這時人群後面響起一聲通報，才算是替趙家人暫時解了圍。

一會兒，眾人口中的張師婆穿紅戴綠的登場了。

身肥體壯，暗紅色棉襖、青色襦裙、紅紅綠綠的珠花，手拿著一個打滿補丁的褡子，裡面鼓鼓的，興許是她今天作法要用的東西。

九月側目，認出是之前在落雲廟遇到過的那位。

張師婆咧著嘴扭過人群，來到老村長面前。「老哥，找我啥事？」

「張師婆，村子裡出了點事，還得勞駕妳擺個法壇顯顯神通。」老村長很客氣地拱拱手，把事情的原由說了一番，又引著張師婆去了趙老根身邊。

「哎喲喂！」張師婆一見，一把將老村長往後拖了幾步，接著便從褡子裡拔出一把黑乎乎的桃木劍，驚呼道：「好大的煞氣啊！老哥，你們快離遠一些，莫沾了這煞氣禍及自身啊！」

她一驚一乍之下，竟跟真的一般，老村長等人連連後退幾步，連趙老石也被拖到後面，趙老根身邊只剩下一個婦人趴在他身上哭泣。

九月暗自好笑，深知這張師婆是想乘機大賺一筆，站在一邊沒有作聲，反正這趙老根被點了穴，不到今夜子時是不會解開的，她倒是要看看這張師婆有什麼手段能解。

「張師婆、張神仙，您大慈大悲，可得救救我家三個兒啊！」退下的婦人中最老的那個停了停又轉而撲向張師婆，跪在她面前，抱著她大腿連聲呼救。

「哎喲喂！老妹，妳快起來，我能幫忙的一定幫，只是妳家這情況，可得費老大勁呢，這麼重的煞氣，我這一場法事下來，至少得在家歇小……」

張師婆彎腰去扶那老婦人，一邊卻作出為難的樣子，手指不斷掐算著，可湊到老婦人面前時，瞧在九月眼裡，倒像示意人拿錢的手勢。

「張神仙，只要您能救好我這仨兒子，我……我砸鍋賣鐵也會報答您的恩情。」老婦人哪裡不明白，從懷裡摳了半天，摳出一個錢袋子，從裡面倒出三十幾文錢哆哆嗦嗦地遞過去，當然，她也自知這麼點錢根本救不了她三個兒子。

的褡子裡。

「妳先起來，妳這樣我怎麼作法？」

張師婆很「慈悲」地扶起老婦人，等老婦人起來後，那三十幾文錢也不著痕跡地進了她的褡子裡。

等老婦人站定後，張師婆又轉向老村長。「老哥，我這可是看在你的面子上才出手的，我做了一輩子的師婆，還是頭一次見到這麼重的煞氣。依我看，地上躺的這個只是個受累的，不過光給他作法就得耗上我大半的法力，這還僅僅只是治標不治本，最重要的還是要根治這煞氣的根源，不然下次可就不只是一個、兩個這麼簡單了。」

張師婆雖然是對著老村長說話，音量卻不小，在場的人全都聽了個明白，目光都往九月看去。

陽光照耀下，九月長身玉立，纖纖素手輕攏在腰前，臉上掛著恬靜的淺笑。

望著這樣的九月，眾人收斂起對她的指指點點，甚至有人竊竊私語著趙老山平時的德行。

便連一向和九月不睦的余四娘都只是安靜地旁觀著。

「這……」老村長也瞥了九月一眼，有些難以啟齒，畢竟人家姑娘已經受了委屈不是？

「那就去吧。」這時，老村長身後那幾個老頭之一開口了。「那地兒離墳地太近，作作法淨淨也是好的。」

九月抬眼看了看那老人，隱約記得曾在祈老太的靈堂外見過。

「我不同意。」這時，祈老頭的聲音卻傳了過來。

九月驚訝地回頭。

只見祈老頭拄著枴杖佝僂地從後面走過來，到了前面，他衝著方才說話的老人點點頭。「叔，您是祈家族長，見得多、知道得多，懂的理也多，您說說，這次的事，到底是我家九囡的錯，還是他趙家的混帳自惹的禍？」

「自然與九囡無關。」那老人是祈家族長，心裡再怎麼忌諱九月的災星身分，可在這種場合，他也不會揭自家人的底。

「叔，方才您也說了，那裡離墳地近，上次趙老山在墳地裡做出那樣的事，指不定就是沾了什麼不乾淨的東西，他們憑什麼就把這糊塗帳賴我小孫女身上？」祈老頭氣得連連敲著枴杖，說罷，還大口大口地喘著粗氣。

「爺爺。」老年人最禁不住氣，九月生怕他出事，忙上前扶住他。「我沒事。」

「好孩子，別怕，爺爺給妳作主。」祈老頭拍拍她的手，慈愛地看了看她，遂又轉向祈家族長說道：「叔，您是我親堂叔，可不能讓外人欺負了您曾姪孫女啊。」

「阿來，不是我不幫，只是這事也不是我們說了算的。」祈族長嘆了口氣。「再說了，讓張師婆作法，對她也是有好處的。」

「可是……」祈老頭還是不願意。

「爺爺。」九月輕笑，能看到爺爺為她出頭，她就知足了。「身正不怕影子斜，他們想去就去吧，我沒什麼的。」

「好孩子。」祈老頭深深看了九月一眼，才嘆著氣拍了拍她的手，點點頭。

九月笑笑，扶著老人走到一旁。

祈家族長有些意外地看了看她，沒再說什麼。

祈稻等人便接手攙扶祈老頭過去，尋了一塊能坐的大石頭讓他坐。

另一邊，張師婆要的法壇也由人準備起來。

九月閒下來再看那邊的時候，張師婆已經從那褡子裡往外掏東西了。

一把桃木劍、一疊黃符紙、一盒朱砂，還有一些九月沒見過的亂七八糟東西，九月不由好奇，她外婆也是師婆，可她從來沒見外婆給人作過法，這些年外婆除了製香燭畫符之外，就是在廟裡給人解籤，偶爾占個卦。

沒一會兒，張師婆便開始了，在桌上鋪了紅布充當法壇，點上香、燃了蠟燭，張師婆手持桃木劍站在那兒，閉著眼睛唸唸有詞。

九月興致盎然看著她，一邊側耳傾聽著。

只是張師婆唸得含糊，語速又極快，根本聽不清楚。

正當九月猜測張師婆在念叨什麼的時候，張師婆忽地動了，只見她閉著眼睛整個人打起哆嗦，手中桃木劍亂顫，身上那厚肉不斷抖著。

接著她開始手舞足蹈，亂散了一通米、亂燒了一疊符之後，她閉著眼睛轉出法壇，蹦到趙老根面前，趙老根身邊的婦人已經退下去，留出的空地足夠張師婆又蹦又跳。

亂跳過後，張師婆才睜開眼睛回到法壇前，把那燒盡的符紙灰扔進水裡，然後端著水重新來到趙老根面前，含了一口符水噴到趙老根臉上。

九月正佩服張師婆方才閉著眼睛亂走都不摔倒時，便看到這噁心的一幕，她不由下意識退了一步。

就在這時，張師婆含了一口符水，轉身就往她這邊過來，鼓著腮幫噘著嘴，瞧那模樣似乎是想朝她噴水。

九月不由大驚，瞧張師婆那口黃牙，她要是被這一口噴到，還不得臭上好些天？

在張師婆口中水花噴濺的那一刻，九月腳步一錯堪堪避開那口經張師婆「加工過」的符水，單單這樣，她還是聞到一股臭味，當下又是一陣反胃。

昨夜被黑狗血淋了滿頭滿身，今天險些被符水噴到，九月心底的惱怒便騰地竄起來，她假裝閃避不及沒站穩，整個人往前一撲，腳往後一伸，把張師婆給絆了個狗吃屎，自己也跌坐在地上。

「九月！」張師婆這重量可摔起了不少灰塵，祈喜一驚，顧不得那灰塵，快步跑過來扶起九月。「妳沒事吧？」

「沒事。」九月站起來，隨意拍了拍身上的灰塵，皺著眉問道：「張師婆，妳多久沒刷牙了？這麼濃的蒜味，這符紙法力再強能禁得住這味兒破壞？」

眾人中有不少不信邪的小夥子，聞言不禁哄然大笑，一時之間噓聲一片。

張師婆這一摔可不輕，不僅撲了滿嘴的灰，方才那沒噴完的半口符水也被她嚥下去，她趴在地上呻吟幾聲，才緩緩抬頭，掙扎著想要爬起。

「張師婆，妳沒事吧？」老村長看不過眼，又見無人上前，只好自己走上去關心一句。

「摔死老娘了。」張師婆撐著地坐起來，滿臉是土，她喘了會兒粗氣，雙手拍拍臉，轉頭狠狠地瞪了九月一眼。

「張師婆，趙家給妳錢是讓妳治他們家人的，妳拿了人家的錢，卻把這符水浪費在我身上，是不是有些……」九月似笑非笑地睨著張師婆。

第二十九章

「妳好歹也是個師婆，收了人家錢財便該老老實實地替人消災，方不失師婆之名，難道妳是沒把握化解趙家的煞氣，才想出這一招，一會兒好推託不成？」

九月居高臨下地看著張師婆，語氣中有著毫不掩飾的譏諷。

「妳個小婆娘，說的什麼混話?!」張師婆肥厚的嘴唇抖了抖，指著九月破口便罵。

「張師婆，妳不是神仙嗎？怎麼？神仙都不修口德的？」九月一改之前的淡然，有意無意地挑釁起張師婆來。「聽說師婆能溝通陰陽，張師婆人稱張神仙，那麼妳一定去過陰司見識過吧？不知道那些造口業的人到了下面都有些什麼懲罰呢？拔舌？還是滾油鍋？還是……我還真想不出來，張師婆，妳能替我們解解惑嗎？」

「妳……」張師婆被九月說得忍不住縮了縮身子，到了嘴邊的話又嚥下去。

九月看了看她，微微一笑，轉身對老村長說道：「村長，這件事的來龍去脈我已細說過了，我相信村長必能有個公正的判斷，我便不多留了，我還有事要忙，先告辭了。」

「好吧，妳先回去，我有事自然會找人去叫妳。」老村長見方才張師婆的舉動，心知無法同時對九月和趙老根施法，想了想便同意讓她先回去。

「好。」九月點頭，看了看張師婆又說道：「村長，若需要去我那兒作法，儘管來就是，只是我這人愛清靜，不希望太多人打擾。」

「放心，不會很多人去的。」老村長連忙應下，只要能讓他們作法就好，快過年了，他也想過個安生年。

九月福了福身，和祈喜一起來到祈老頭身邊，向祈老頭說了一聲，又和祈稻等人說了會兒話，才獨自一人回去，祈喜原本想送她回去，卻被她以想休息為由給拒絕了。

「子端，我回來了。」回到家，九月謹慎地四下看了看，才回屋去。

遊春自然是聽到有人過來而避到隔間，這時出來看到她不由微微一笑。「事情如何了？」

「請了張師婆作法呢，我不耐在那兒，先回來了。」九月嘟了嘟嘴，坐到桌邊和遊春閒聊起事情經過。

聽到她絆倒張師婆還嚇唬人家一番，遊春抬手寵溺地在她鼻尖刮了刮。「妳呀。」

「餓了沒？」九月笑笑。「我猜他們那邊結束以後肯定會到這邊來，到時候又是一通亂，不如我們現在先吃飯再說？」

「都依妳。」遊春點頭，不過有了先前的教訓，他現在也不輕易出去了，便讓九月去做飯，他留在屋裡幫她碾木粉、削篾絲。

因為擔心那些人會過來，九月只是簡單做了兩碗麵條，再給遊春多煎了兩顆荷包蛋。

吃過飯，一起收了前一天遊春幫忙做的蠟燭，九月見還沒有人來，便坐到桌邊拿出紙張默寫經文，遊春坐在她對面繼續削篾絲。

就這樣過了一個時辰，遊春忽地輕聲說道：「來了。」

九月抬頭看看他，點點頭。

「我先進去，妳也無須與他們多廢話，一會兒瞧好戲便成。」遊春放下工具，看著她笑道：「記得引她給妳外婆上炷香。」

「嗯？」九月有些疑惑，看向外婆的畫像，沒有看出端倪。

「快去吧。」遊春抬手撫了撫她的髮，只是微微一笑便快步進了隔間。

九月不明就裡，卻也沒有多想，開門到了外面。

果然，張師婆在老村長的陪同下來了，同行的還有不放心的祈老頭以及祈豐年等人，而其他人則是遠遠地站在對岸往這邊眺望，想來也是好奇張師婆到這兒作法的結果。

「村長、爺爺。」九月只向老村長和祈老頭行禮，至於祈豐年兄弟幾個，她依然只是頷首當作打招呼了。

這並非她不懂禮貌，而是自她回來這麼久，祈豐年雖維護過她幾次，但除了上次警告她之外，不曾和她正面說過話，她這個「爹」字便也梗在喉嚨裡，而祈康年和祈瑞年兩人，對她更是沒有話可說。

「別廢話了，開始吧。」張師婆還記恨著九月對她的羞辱，這一過來便陰陽怪氣地哼哼兩句，也不用擺下法壇，一手持桃木劍，一手拿符便唸唸有詞地轉悠起來，轉著轉著便要往屋後繞。

「張師婆，那後面就不用去了。」老村長可是親眼見過趙老石被倒吊起來的，對九月屋後的陷阱也有些瞭解，見張師婆往那邊走，忙提醒道：「那後面設了些繩套，妳當心被套上。」

張師婆一聽，頓時停下腳步，繞回來到了門前。

「爺爺，您稍等，我去給您搬張凳子。」九月輕聲和祈老頭說了一句，便去灶間拿長凳出來，扶祈老頭坐下，凳子夠長，其他人坐不坐便不用她招呼了。

老村長等人倒也不用她招呼，看到長凳便自個兒坐下看著張師婆作法。

張師婆上躥下跳一陣亂抖之後，開始四處噴水撒米，然後進了屋子。

九月瞇了瞇眼，跟在後面走進去，同行的還有老村長等人。

一進去，就看到張師婆欲飲水噴灑，九月淡淡開口。「張師婆，妳若忘了帶柳枝，我這兒有，可以借妳使使，至於妳的尊口，還是免了吧，省得一會兒妳走了我還要大肆清洗熏香一番。」

「張師婆，那就用柳枝吧。」老村長居然也附和九月的話。

張師婆的臉一陣紅一陣白，舉著碗正猶豫著要不要繼續的時候，九月已經從櫃子上取下一枝乾枯的柳枝遞過來，張師婆順勢看去，便看到掛在櫃子上方供著的周師婆畫像，她不由愣了一下。

「張師婆，請。」九月看了她一眼，把柳枝抬了抬，引回張師婆的目光。

張師婆臉色有些怪異，不過沒說什麼，而是接過柳枝沾了符水四處拋灑起來，兩間屋子沒一會兒便轉了個遍。

接下來的事情，張師婆顯然匆忙許多，灑完符水後又在門外院子裡草草地燒了三張經文、些許紙錢，法事便算是告終了。

「張師婆，這是報酬。」老村長鬆了口氣，拿出一吊錢遞給張師婆。

張師婆接了塞進懷裡，眼珠子轉了轉，朝九月訕訕地笑了笑。「小姑娘，妳房裡掛的可是周師婆的畫像？」

「正是。」九月淡淡一笑，遊春讓她引張師婆給外婆上香，必是有深意的，沒想到她還沒想好怎麼說，這張師婆就自己開口問了。

「啊，我就說嘛，這畫上的人一看就是她。」張師婆一拍巴掌，甚是惋惜地嘆了口氣。「說起來我當初當師婆還是得了她的指點呢，沒想到她竟然先我而去了。」說罷，還抬手擦了擦空無的眼淚。

九月只是安靜地聽著，並不搭腔。

張師婆本就暗暗關注九月的表現，要是九月接個話安慰一下，她後面的話便能順理成章地接上了，可誰知九月竟不說話。

當然了，這也難不倒張師婆，裝腔作勢地長吁短嘆一番之後，自己抹了一把「淚」、揩了一把鼻涕，很遺憾地說道：「可惜了……乖閨女，我和妳外婆也算是有些交情，她走了以後，我也沒能到她墳前上個香，今兒碰巧了，我能給她的畫像上炷香不？」

九月當然不會反對。

張師婆見她點頭，似乎也挺高興，搶先進了門。

「豐年，你是女婿，這炷香，你也省不了。」祈老頭此時聽到給周師婆上香，頓了頓枴杖，喊過祈豐年。

「是。」祈豐年沒有推辭，不論如何，那也是他丈母娘，他也跟在後面。

「啊！」就在祈豐年剛踏進門的時候，只聽見張師婆一聲尖銳的驚叫聲。

緊接著，張師婆肥碩的身子就從屋裡竄出來，把祈豐年撞到一邊，張師婆也撲倒在地上，可她沒有停留，驚呼著爬起來就跑。「鬼啊——」

九月心頭一緊，她以為是遊春又出來扮鬼嚇人了，她搶進門急急一看，卻沒有遊春的影子，倒是她外婆的畫像上出現了一顆猙獰的頭，邊上還有一個大大的紅色「滾」字。

她若有所思地看著，嘴角不自覺上揚。

「出什麼事了？」老村長也是吃了一驚，上前扶起祈豐年，兩人擠進門，看到那畫像上的異象，頓時傻愣住了。

後面看熱鬧的人不少，見張師婆驚恐萬狀地逃出去，便有人攔下她問道：「張師婆，怎麼了？」

「鬼鬼鬼鬼……鬼啊——」張師婆反手抓住那人的手躲到他後面。「周周周周……是是是是……周師婆！」

周師婆顯靈了?!

這一下，眾人頓時炸了鍋。

大白天的見鬼，總有幾個大膽的年輕人不相信，於是有人紛紛湧過來。

過。

此時，那鮮紅的字和頭像正在九月、老村長和祈豐年的注目下漸漸消失，彷彿從未出現

老村長和祈豐年直直瞪著那字跡消失的地方，說不出半句話來。

畫像已經恢復正常，畫像上的周師婆帶著笑意慈祥地注視著他們。

「村長，怎麼回事？」這一會兒，祈康年等人已醒過神過來了，九月的小屋子沒一會兒便擠滿了人，只是屋裡除了他們，哪來的鬼？

「豐、豐年。」老村長張了張嘴，眼睛瞪著那畫像，手卻抓住祈豐年。「你、你不是說上香嗎？你去、去看看，你丈母娘要和你說什麼？」

老村長這是相信了周師婆顯靈，他又不敢自己過去，便把祈豐年推出去。

祈豐年緊盯著那畫，心裡波濤洶湧，他是個劊子手，經他手辦了的人無數，他從來就不相信這世間真有鬼神，直到……

這些年，他總盼著這世間真有鬼神，這樣他就能找他孩子的娘問一問——九囡到底是不是災星？是不是他宰殺的那些人的陰魂來報仇的？

可是這十五年來，他一次也沒有夢過為他生了九個女兒的媳婦。

此時此刻，親眼看到這詭異的一幕，祈豐年腦海裡湧入的卻不是想問問他媳婦為何不來入夢，而是想問一問遊家那數十口人如今陰魂何在？

「豐、豐年。」老村長又扯了扯他的袖子，見祈豐年沒反應過來，只好看向其他人。

九月回頭瞧了瞧祈豐年，見他雙目直直地盯著畫像，額上隱見細汗，臉色又那樣難看，

心裡不由奇怪，不過此時她只想早些打發這些人出去。

這兩天已經耽擱不少工夫，她的經文只抄了個開篇，還有那香燭的事沒有解決，可沒空陪他們閒扯。

於是她走上前，捏起三炷香點好，朝畫像拜了三拜，把香插好便退後幾步站到一旁，她沒看那畫像上的變化，因為她知道那是遊春動的手腳。

興許是被她的淡然影響，老村長等人略略安心些，上前一步盯著那畫像一動不動。

可是等了好一會兒，畫像還是畫像，沒有多出什麼也沒少了什麼，老村長不由揉了揉眼睛，後面的人便嘀咕起來。「哪裡有鬼？張師婆不會也魔怔了吧？」

「噓！你不覺得奇怪嗎？趙家三兄弟都是對……起了壞心的時候中的招，而今天張師婆可不是對……也起了歪心思嗎？」後面有人扯了扯那人，悄聲說道。「我們快出去吧，別湊熱鬧了。」

聽他這樣說，眾人紛紛點頭，如流水般退了出去。

屋子裡只剩下九月和老村長、祈豐年三人。

老村長也把那兩人的話聽進去了，他深以為然，在心裡回想了一下自己對九月並沒有不妥之處，才稍稍安心些。

「九月啊，既然都結束了，那我回去了，妳昨晚也沒睡好，早些歇著吧。」老村長看了那畫像一眼，朝九月露出笑容，說罷，拍了拍祈豐年的肩走出去，他覺得，祈豐年應該會有話要對這個女兒說。

祈豐年這時才緩過來，默不作聲地上前揑了香，在九月的注視中跪下磕了三個響頭，插好香之後，依然默默地退出去，沒有一句多餘的話。

外面，眾人已經退去，九月拿出來的凳子也被人放回灶間。

九月在外面站了一會兒，直到再看不見一個人，才緩緩地進了屋，關上門。

遊春已經從後面出來了，面無表情，可眼底卻是柔柔的笑意。

「你用了什麼寫字？」九月自然聽說過那種字是怎麼回事，可讓她驚訝的是，遊春是怎麼會的？難道他也是穿過來的？這懷疑一起，她看向遊春的目光便有些怪異。

「這又不是什麼高明的東西，許多江湖術士都會這一手，只不過今兒遇到的是張師婆，要是換個有些見識的，這小把戲就不靈了。」遊春笑笑，來到周師婆畫像前深深一拜。「今日不得已才出此下策，還請外婆多多原諒。」

九月見他煞有介事地向畫像道歉，不由笑了出來，不過她沒忘記剛剛的疑問。「你又是怎麼會的？」

「年少時偶爾遇到了一個奇人，曾跟隨過他一段日子，受益匪淺。」遊春倒也沒有隱瞞，和她說起那位奇人的種種。

九月才放下心來，那位奇人想來與她是同鄉吧？

「妳昨夜沒休息好，要不要現在去補個眠？」遊春見她垂眸，以為她是累了，便體貼道：「那些木粉我已碾了一半，等晚上篩好便能製香了，這些我會做好。」

「不睡了，趙家的事還沒了呢。」九月撫了撫自己的腦袋，還真有些頭疼。

「還早呢，乖，先去睡會兒。」兩人之間雖然沒有捅破窗戶紙，但彼此已是心照不宣，遊春對她的柔情再明顯不過，這會兒又用哄孩子的語氣哄她去休息。

九月眼中滿是笑意地看著他，點了點頭。

也不知過了多久，她才被遊春輕輕喚醒，她睜開眼，發現天色已然暗下，屋裡沒有點燈，黑黑的只能看到近在眼前遊春俊逸的臉。

「嗯？什麼時辰了？」九月抬手揉了揉額角，這一覺醒來居然還是有些隱隱作痛，不由皺了皺眉。

「有人來了。」遊春在她耳邊輕輕說道，同時也注意到她的動作，忙問道：「怎麼了？哪兒不舒服？」

「有點頭疼。」九月嘆氣，怎麼又來人了？「誰來了？」

「可能是染了風寒，一會兒我幫妳揉揉，妳先起來吧。」遊春伸手摸她的額，見沒有發燒才鬆了口氣，拿起她的外套遞過來。「來的估計是趙家的人。」

「真煩人……」九月嘀咕一句，卻不得不起身。

「忍一時之煩，還妳一世清靜。」遊春調侃道，手一翻，九月面前便多了一樣東西。

九月擁被坐起來，好奇地捏了起來，是個小布袋，隱約傳出一股香氣。「寧神香。」

遊春笑笑，露出一個略顯邪氣的笑，湊到九月耳邊嘀咕一番。「這個，是給趙老山的藥，記住了，一定要等他們求到妳面前，妳才能拿出來。」

「嗯嗯，記住了。」九月眼睛發亮，重重點頭，對遊春的話百分之百地信任，收好那小袋子寧神香，掀被起身穿衣。

遊春也自去另一間屋裡做事。

他的聽力一向敏銳，果然沒一會兒，外面便響起兩人怯怯的喊聲。「祈家妹子、祈家妹子。」

「誰啊？」九月已經穿好外套，往門邊走去。

門外站著的是兩個婦人，借著她們手裡的燈籠光亮，九月認出那是趙老山的母親以及趙老根的媳婦。

一看到九月出來，趙母和那婦人竟跪下來，九月避之不及地生受了她們這一跪。

「妳們這是做什麼？」九月無奈。

「祈家妹子，求求妳開開恩，放過我們家相公吧。」趙老根的媳婦又朝她磕起頭。

九月及時避開，皺眉看著她們。「妳們先起來，不然我便進去了。」

「別、別。」趙老根的媳婦忙告饒。

「起來吧。」九月看看她們，嘆了口氣，上前扶起趙母，她最看不得老人這樣。「妳們找我可有事？」

「祈家閨女，我知道，我那個渾兒子……是他不對，這些都是他應得的，只是我那二兒三兒，他們也是心疼他大哥，才衝撞了妳。」趙母拉著九月的手，急切說道：「我求求妳，妳幫我們向周師婆說說好話，讓她放了我家二兒三兒吧，只要放過他們，我下輩子做牛做馬報答妳的大恩大德。」

「祈家妹子，求求妳放過他們吧，我保證他們以後再不會來打擾妳了。」趙老根的媳婦說著又要跪下，哭了一天的她，雙眼腫得跟核桃似的，聲音也沙啞。

「抱歉，我也沒有十全的把握能救得了他，不過我可以一試。」九月淡淡地看著兩人，抿了抿唇，鬆了口。「妳們跟我進來。」

「啊？」趙母兩人準備好一番哀求的話才開了個頭，便聽到九月這話，不由都愣住了，婆媳倆互相看了看，趙老根的媳婦硬著頭皮問道：「能不能讓我婆婆在外面等？我跟妳進去。」

「怎麼？怕我外婆再顯靈嗎？」九月回頭瞧了她們一眼。

「不不不，我去我去。」趙母連連擺手，生怕九月反悔般，搶著就先進了門。

九月看著好笑，卻沒有多話，逕自到了桌邊點燃小油燈。

趙家婆媳倆互相攙扶著，邊走邊小心翼翼地打量起來，看到牆上的畫像時，兩人急急忙忙把燈籠放在一邊，互相扶著跪到畫像前。

九月也不去管她們，從桌子下方抽了幾張空白的符紙出來，用筆沾了朱砂飛快地畫了三張，拿到畫像前燃著的香上熏了熏，又拜了三拜，很鄭重地雙手捧到趙母面前。

「拿好了，回去後貼於他的床前，到戌時，用火燃盡和水服下一張，亥時一張，子時前一張，不可弄錯了。」九月忍住笑意一本正經道。「明日一早睡醒了自會痊癒。」

「謝謝、謝謝。」趙母微微顫抖著手，如獲至寶般接過三張。

「回去吧。」九月點頭，擺了擺手。

「是。」趙家婆媳倆再三謝過，提著燈籠捧著符紙相攙而去。

九月緩步跟到門口，目送兩人消失在路口，才轉身到了裡屋，遊春坐在黑暗中，正碾著木粉，他最是謹慎不過，又懂屏息調息之法，方才趙家婆媳誰也沒有注意到這邊還有人。

「你猜得真準，她們果然來了。」九月朝他豎起大拇指。

「人之常情。」遊春淺笑。「張師婆作法不靈，赤腳大夫也沒什麼用，他們絕望之際，自然會想到尋回來，這叫解鈴還需繫鈴人。」

「什麼呀，這繫鈴人明明是你好吧。」九月被他逗笑。

「我繫鈴、妳解鈴，可不正好？」遊春調笑了一句，放下手裡的東西站起來。「不是頭痛？妳再去歇歇，晚飯我去準備。」

「那你當心些。」九月點頭，不過她沒去歇著，而是坐到床邊，縫起棉被。

遊春做好飯端進來，少不了又要說她兩句，卻被九月笑嘻嘻地化解。

用過飯，九月把木粉調配的比例告訴他，便由著他幫忙篩木粉、拌木粉，自己去把棉被收了尾，洗漱歇下。

她不知道的是，遊春忙到子時前，卻是悄無聲息地出了趟門，一刻鐘後才又悄然回來，鎖門歇息。

第三十章

前一晚被鬧騰得沒睡好，這一夜，九月睡得異常香甜。

第二天一早，紅日剛剛掛上東山，九月自然醒來，遊春已備下早餐，在裡屋忙活開了。

「都這麼晚了，怎麼也不喊我一聲？」九月忙起身，站在門前往裡伸了伸頭，有些嗔怪地說道。

遊春只是笑，關心問道：「頭還痛嗎？」

「不疼了。」九月摸摸自己的頭，活動了一下手腳。「我去洗漱，馬上做飯。」

「粥已經好了。」遊春指了裡屋熬蠟的那個小灶，上面正擱著一個陶罐。「只需配個小菜便好了。」

「好，我去做。」九月兩眼彎彎，笑著走出去。

洗漱後，九月炒了一盤鹹菜炒蛋，拿了碗筷正要往房裡端，便看到河對岸有一行人腳步匆匆往這邊來，她皺了皺眉，把手上的東西放回去，菜也蓋回鍋裡，快步走出灶間，到了門前站定。

來的是趙家的人，除了趙母和趙老根的媳婦，還有幾個婦人，似乎都是昨天在祠堂前嚎哭過的，只是此時她們手裡都提了一個籃子，遠遠的也不知是什麼東西。

九月對趙家的人多少存有戒心，看到這樣的陣容，她不由皺了眉。

「祈家妹子。」一看到她，趙老根的媳婦先綻開一個大大的笑容，快了眾人幾步，先往九月這邊來了。「祈家妹子，真靈了，比張師婆還靈呢。」

「什麼靈了？」九月一聽便知趙老根的事解決了，心裡稍安。

「我家相公吃了妳給的靈符，子時一過，果真就好了，祈家妹子，妳比張師婆還靈啊。」趙老根的媳婦很激動，一把撩開籃子上方的青布，裡面擺著滿滿的雞蛋。「家裡也沒有別的，只有這些雞蛋是自家攢的，祈家妹子，妳別嫌棄。」

「啊？」九月不由愣住了，沒想到這事還有這樣的意外好處？

「是啊，祈家閨女，我兒做出了這樣的事，連累妳的名聲不說，妳不僅不怪，還救了我三兒，再多的東西也還不了妳的恩情，這些妳就收下吧。」趙母也提了個籃子，掀開後露出裡面的小袋子，看著像是米麵之類的東西。

「還有我們的。」跟在後面的婦人見狀，忙掀開她們的籃子。「祈家妹子，我知道我家的不是個東西，可是再怎麼樣，我家也不能沒了他，祈家妹子，妳好人做到底，救救我們家老山吧。」

「趙老山？」九月聽她嘰嘰喳喳說了一通，才聽到一個重點——她是趙老山的媳婦——雙眉便鎖得更深。「他的事，我解不了。」

「祈家妹子，我求求妳，妳高抬貴手，放過他吧，求求妳了。」那婦人一聽，腳一軟便跪下了，朝九月開始磕頭。

九月側身到一旁，越發不耐。「我說了，趙老山的事，是他自己沾惹了不該惹的東西，我解不了。」

「好閨女，妳是周師婆的外孫女，跟了她那麼多年，一定學會了她的本事，要不然張師婆都解不了的事，妳也不會三張符就解了，好閨女，妳幫幫忙，幫我們指個明路吧。」趙母也加入哀求的行列，眼見就要下跪。

九月俏臉一板。「嬸子，妳們這是來求我呢，還是來給我折壽的？」

趙母現在可不敢對她有任何不敬之心，聞言，這雙腿就這樣半彎著僵住了，她看了看九月，又看了看自己這邊，沒一個是比九月小的，說起來，這長輩給小輩磕頭，確實是要讓小輩折壽的，想到這兒，她忍不住瞟了眼草屋，心頭直跳，她們不能跪，萬一讓周師婆也覺得她們是來折九月的壽，說不定又要顯靈了。

「好閨女，我們不跪、不跪。」趙母立即有了決定，站直身子還拉起一旁的兒媳婦。

趙老山的媳婦有些猶豫，不過還是站起來，殷切地看著九月。

九月嘆了口氣，看著趙母說道：「趙嬸子，我說過，趙老山的事，我確實解不了，不過我倒是有個法子，妳們若有心，不妨去試試。」

「我們試，我們試。」趙母一聽，哪會不依，昨夜她三兒服下那三張符，子時一過，立即就好了，今早就生龍活虎似的，她對九月的話那是十二分的相信。

「趙老山的孽在那邊。」九月理了理思路，才緩緩開口，指向後山的墳地。「妳們想救他，不妨請和尚道士到後山尋到孽源好好作一場法事，好香好紙的認罪賠禮，說不定還能救得他一線生機。」

她說得玄乎，趙母等人卻頓時恍然。

之前他們就是在後山墳地裡發現趙老山，而且還是那種不堪的場面，那孽源可不就在後山？看來一定是那塊大石頭附近了。

「祈家妹子，只要辦了法事，就沒事了嗎？」趙老山的媳婦高興了一會兒，又有些不放心地問了一句。

「這辦法事，可不是隨便哪個人代勞就行的，必須他親自去，三跪九叩，還得保證以後不再起邪念，不然的話……」九月說到這兒便停下來，看了趙母。「趙嬸子，妳且等等。」

「好好。」趙母一聽，連連點頭。

九月回到屋裡，取出遊春之前給的寧神香，想了想，又補了一張符。

當然，她的符也不是亂畫的，要治趙老山，遊春給的寧神香才是正經，她的符不過是掩飾用的，但也不能胡亂給一張符，免得以後讓懂的人瞧見了惹來是非。

九月吹了吹紙上的朱砂，撇了撇嘴。

「趙嬸子，這護身符還有這包香，妳拿去之後裝在一起，給趙老山掛上，可暫保他無礙。」九月把東西遞給趙母。

「謝謝、謝謝。」趙母等人雙手捧了，連連道謝，方才九月進屋的空檔，她們已經把帶來的東西騰到灶間，這會兒籃子都是空的，所以接了東西便提著籃子走了。

九月也不在意，反正她也不稀罕這些，見她們遠離，便轉身去了灶間，卻發現桌上擺的正是她們籃子裡的東西，不由無奈地搖搖頭。

遊春出來的時候，也看到這些東西，笑了笑，端著那罐粥坐到桌邊。「看來我們家九兒真成神婆，會賺錢了。」

「什麼神婆？我連師婆都不是。」九月橫了他一眼，接過他盛給她的粥坐下。「我也不想賺這種錢，要是哪天你走了，我又沒你這本事，豈不穿幫了？」

遊春聞言，不由深深看了她一眼，淺淺一笑。「怎麼？捨不得？」

「去，我明明說的是穿幫不穿幫的事。」九月避而不談，借著低頭的空檔掩飾心底突如其來的不捨。

「九兒。」遊春一直看著她，自然也留意到她的異樣，瞧她不斷攪著白粥卻不進一口，他便有了答案，心裡一柔，伸手握住她的左手，低聲說道：「如果我要走，必定不會留下妳一人。」

九月一愣，抬頭看了看他，忽地臉上飛霞，抽出手拍了他一下，昂了昂頭哼道：「我有答應跟你一起走嗎？」

「妳不答應啊？」遊春見她不再鬱鬱，心裡一鬆，打趣道：「那簡單，到時候我就直接這麼一點，扛了就走。」

「你敢。」九月揚了揚下巴睨著他。

「不敢。」遊春配合地認輸。

兩人相視而笑。

「祈家妹子。」第二日中午，趙老山的媳婦又來了，在屋前張望一番，看到灶間的九月，縮了縮脖子，不過還是走了過來。「我婆婆讓我來請教妳，這作法事的日子……」

「作法事的日子？」九月皺眉，真把她當師婆了？

趙老山的媳婦見她皺眉，越發惴惴，眼睛不由自主瞄了眼草屋，嚥了嚥口水，結巴道：「是我婆婆讓我來的，她說……」

「依妳家的情況，法事自然是宜早不宜遲。」九月也不耐聽下去，便裝模作樣地掐了掐手指，看了看天色，隨意打發道：「明日辰時是吉時。」

「謝謝妹子。」趙老山的媳婦一聽，連連對九月鞠了幾躬，腳下生風地走了。

九月搖搖頭，重新回去做她的午飯。

接下來一下午倒是清靜，再沒有人上門打擾，九月和遊春兩人把攪拌好的木粉都製成線香，放在曬架上晾曬，收拾好東西，兩人對坐桌前，一個抄經文、一個默錄香方，偶爾眼神交會，相視一笑，很快便是黃昏。

做飯、吃飯、收拾、洗漱，又一番忙碌後，兩人再次坐回桌邊。

遊春拿起九月抄寫的幾張紙，細細看著。「這個要抄錄幾份？」

「這兒一份都沒抄完呢，過幾天廟裡有幾場大法事，需用到的就有十幾部，還有臘八那天要用的，如今也只能有多少盡多少力了。」

九月停下筆看了看自己寫的，苦笑道——

「我倒是有辦法在一天之內印出十數部經文，可我外婆卻說這經文得一字一字地寫方顯誠心，寫一遍便如在心裡默唸一遍，多寫多唸，方能助我積德除厄。」

「話是如此，可對眼下來說，卻嫌費勁了。」遊春點點頭，伸手取了一枝筆幾張紙，便要幫著寫。「妳說說，妳那一天之內印出幾十部的法子是什麼？就算雇人手寫，也得雇十個、八個吧？」

「本山人自有妙計——」九月搖頭晃腦地笑道，看到他欲動筆，忙提醒道：「子端，你的筆跡與我不同，若送過去被有心人看到，豈不是露了你的形蹤？你還是去歇著吧，這些不要緊，我盡力而為便好了。」

「放心。」遊春看了看她，學著她搖頭晃腦道：「本山人也自有妙計——」

九月被他逗笑，心裡好奇心起，便由著他寫，自己在一邊看，幾個字看下來，她驚訝了，他的字跡竟與她的一模一樣。

「如何？」遊春寫了一行之後，才停下筆，把紙遞過來，笑咪咪地看著她。

「你怎麼……」九月當然知道這不是他本人的筆跡，是模仿她的。「連我都看不出來了。」

「還行吧？」遊春追問道。

「太厲害了！」九月不吝嗇地豎起大拇指，把紙還給他，一雙秀目在他臉上流連。「提得起劍、拿得起筆，出得了廳堂，下得了廚房，請問遊公子，你還有哪些本事不曾顯露出來呢？」

「本公子本事多了，姑娘可想領教？」遊春微愕，隨即笑道。

「說來聽聽。」九月忍了笑，一副洗耳恭聽的模樣。

「這說出來，本公子未免有老王賣瓜的嫌疑，姑娘若有心，不妨日後慢慢看。」遊春說著，伸手握住她的手，笑意暖暖。「來日方長，我們還有一輩子，姑娘會知曉本公子還有何本事的。」

九月頓時敗下陣來，瞪著他看了好一會兒，反惹來他拋來的媚眼，她不由雙頰微紅，白了他一眼。「那成，本姑娘現在就考考你。」

「好。」遊春笑意漸濃。

「你會版刻嗎？」九月故意為難他。

「版刻？」遊春果然沒聽過，不過他也有他的理解。「是刻東西嗎？」

「嗯哼。」九月的頭一點一點的，眸中難以抑制的笑意。

「妳想要什麼？」遊春抬起空閒的右手刮了她的鼻梁一下，寵溺地問。

「你還真會刻東西啊？」這下換九月驚訝了，隨意指著面前的紙張，忙說道：「我需要一塊木板，把這些都刻上去。」

九月以前就和外婆說過印經文的辦法，可外婆卻說了那樣的理由，她也就真的靜下心一字一字地寫，結果除了練就她一手好字，也讓她獲得許多樂趣，可現在情況卻不同了，她沒有那麼多工夫一筆一畫地寫。

「刻這些？」遊春的目光隨著她的手流轉，頓時了然笑道：「果然是好法子。」

「你真會？」九月此時哪裡還有半點玩笑的意思，秀目一眨不眨地看著遊春，眸中盡是希冀。

「本公子無所不能，姑娘可是不信？」遊春朝她眨眼，說罷，語氣一轉，低低說道：「我要是真刻出來了，有何獎勵？」

「你想要什麼獎勵？」九月啞然失笑。

「嗯……還沒想好，不過我想先收點利息。」遊春的目光轉到她嫣紅的唇上。

「什麼利息啊？你都還沒……唔……」九月心情極好，有心想討價還價，卻不想她話還沒說完，便被他討利息的唇堵了個正著。

一時她不由怔住，心跳瞬間狂亂，但她也是個成熟的女人，情之所至，也就沒有大驚小怪地推開他。

遊春說會，那肯定不是吹牛，九月對他幾乎是百分百的信任，又經過方才突如其來的一吻，守在一起時耳鬢廝磨也自然而然。

直到夜深沈，兩人才略略收拾桌上的東西，熄了燈，各自歇下。

次日一早，村子裡早早地就熱鬧起來。

趙家請的和尚也一早便來了，趙母等人回去後，便找了趙家族人商量一番，覺得那落雲廟連祈九月的災晦都能化去，想來是佛光普照功德極高，便起了請落雲廟和尚來作法事的心思，去請的人見了住持，自然少不了要說一番原由。

住持一聽是九月的主意，此事又於落雲廟有益，便應下了，一早就派了五位善字輩的和尚來了。

九月沒有去湊熱鬧，她也不知來的是和尚還是道士，一早起來裡裡外外收拾一番，之後再去灶間燒了些熱水和著河水洗衣服。一會兒她還要去尋五姊祈望一趟，去看看有沒有合適的木板，或是請五姊夫幫忙做幾個出來。

遊春這會兒已經在屋裡用宣紙抄經文製作樣板了。

「九月。」祈喜滿臉笑容地提著籃子跑過橋。「九月，趙家請了落雲廟的大師作法事呢，妳要不要去看看？」

九月聽到聲音，不動聲色地拿自己的衣服蓋住遊春的。

「我還有事，就不去了，妳去吧。」九月抬頭笑看著祈喜。

「我一個人也不好去。」祈喜搖頭，看到九月的衣服，忙把手中的籃子放到灶間，然後挽著袖子回到門口。「我幫妳一起洗，好了再一起去吧。」

讓她洗豈不是要穿幫了……九月忙攔下。「八姊，不用了，就幾件衣服，很快就好了。」

「沒事，我也是閒著。」祈喜卻極熱情，說著就尋了一張小凳子坐下來。

「八姊，要不妳幫我去一趟五姊家吧，這衣服就幾件，我都快洗好了，就別濕了妳的手。」九月尋了藉口。「五姊家在哪邊我也不清楚，二來便是去了只怕也會給五姊帶來不便，正好妳幫我跑一趟吧。」

「行。」祈喜一聽，這才停手，放下挽起的袖子。「見到五姊怎麼說？」

「我想向姊夫買一些木板，用來刻東西用的，要是沒有，還得請五姊夫幫忙選一選木材，幫我做幾塊才好。」九月從腰間自製的小錢袋裡倒出所有錢，數了數，還有三十幾文，便取出三十文放到祈喜手上。「這是訂金。」

「自家姊妹，妳怎麼還這樣？就幾塊木板而已，五姊夫家多的是呢。」祈喜說著就要把錢塞回來。

「八姊，五姊夫並非獨子，莫讓五姊為難了。」九月認真地搖頭，並細細說了木板的尺寸。

祈喜想想也對，便收下了，應了一聲快步離去。

九月看了看衣服，鬆了口氣，趕緊洗衣服，她知道祈喜一會兒就回來，所以也顧不得加熱水，直接拿衣服去了河邊捶打乾淨。

自己的衣服晾在院子裡，遊春的只能曬在裡屋。進了屋，遊春安然地坐在桌邊寫字，不躲不閃。

「膽子大了，你不怕我八姊進來看到啊？」九月抱著木盆橫了他一眼，故意問道。

「我都聽到了，妳八姊被妳支走了。」遊春抬頭衝她挑了挑眉，放下筆站起來，走到她面前握住她的手。「這麼涼，妳用冷水洗的？」說著便皺了眉。

九月知道他是心疼她凍到手，便笑了笑，抽出手往裡屋走。

「我來吧。」遊春快她一步，拉過她手裡的木盆，大步進了裡屋，把木盆放到凳子上，又回身拉過她的雙手揉著。「下次不可如此了，女子本就屬陰，洗冷水容易傷身。」

九月聞言，臉色有些古怪地看著他。

「不信？」遊春正低頭揉搓著她的手，一抬眸便看到她的表情，不由挑眉問道。

「信，當然信。」九月搖頭。「我只是有點驚訝，你一個男的怎麼懂這些？」

——未完，待續，請看文創風419《福氣臨門》2

2016年6月出版

福氣臨門

文創風 418～423

管妳是福星還是災星，
愛情面前，百無禁忌！

溫馨時光甜甜蜜蜜 嘻笑怒罵活靈活現／翦曉

唉……世人都說她是災星，依她看，其實是「孤星」才對吧？
前世她是禮儀師，親人、前夫因此忌諱疏遠，最後孤獨以終，
不料穿越來到古代，她卻在母親死後才出生於棺中，
從此落得災星轉世的惡名，連祖母都嚷著要燒死她以絕後患，
幸有外婆帶著她避居山中，還為她在佛前求得名字「祈福」，小名九月，
哪怕眾人懼她、嫌棄她，她也是個有人祝福的孩子！
好不容易兩輩子加起來，終於有個外婆真心疼愛她，
偏偏當她及笄了，正要報答養育之恩時，外婆卻過世了，
如今又回到一個人生活，不管未來有多坎坷，她都記得外婆的叮嚀——
「要好好活給所有人看，告訴他們，妳不是災星！」

和貓寶貝 狗寶貝

廝守終生(一定要終生喔！)的幸福機會

對人來說，貓寶貝狗寶貝只是生活的一部分，但妳（你）對牠們來說，卻是生活的全部，領養前請一定要考慮清楚——

▲ 有情有義的男子漢 黃兒

性　　別：男生
品　　種：混種
年　　紀：3歲多
個　　性：親人、親狗；害羞溫和，而且非常忠心
健康狀況：已結紮、已施打預防針
目前住所：新北市淡水區

本期資料來源：台灣認養地圖

第268期推薦寵物情人

『黃兒』的故事：

在一個吹著微微涼風的夜晚，愛心姊姊拎著一袋罐頭打算前去北投的回收場看柔柔。柔柔是在那裡生活了很久的浪孩，牠與牠的母親虎媽相依為命。後來虎媽出了車禍，必須離開柔柔的身邊。柔柔從那之後一蹶不振，食慾一直好不起來，因為十分擔心牠的情況，愛心姊姊總會抽空去陪牠。但這天柔柔竟然興高采烈地朝愛心姊姊「汪」了幾聲，當愛心姊姊感到困惑時，這才發現柔柔身後竟然跟著另一隻狗狗，牠就是黃兒。

黃兒的出現彷彿是柔柔心裡的一道曙光，柔柔又變得開朗了，牠們一起玩耍、一起去向附近鄰居撒嬌要食物吃，做什麼事都膩在一起，只要看到柔柔就一定會看到黃兒！

好景不常，五月的某一個晚上，突然傳出一聲「砰」的巨大聲響，附近鄰居趕緊出去查看，這時肇事的車子已經不見，只看到地上流了一大灘鮮血，沿著視線看去，在旁邊奄奄一息的是……柔柔！牠的傷勢太重已經無法救活了，但黃兒依然不肯離開柔柔的身邊，愛憐地舔著牠的傷口，好像這樣柔柔就會活過來……

柔柔車禍過世後，總會看見黃兒向附近鄰居討了食物回到休息的地方後，什麼也不吃，悶悶不樂地趴在原地，彷彿在哀悼柔柔的離去。

後來附近鄰居表示最近又聽到狗狗被車子撞到的慘叫聲，愛心姊姊想起之前虎媽車禍和柔柔過世的事情，推測有人想要將這附近的狗狗斬草除根，所以趕緊提前把黃兒帶走，怕牠遭遇不測！現在黃兒在淡水的中途之家生活，在那裡牠交到了好朋友，也非常黏中途媽媽。親人親狗又忠心的牠會是很棒的家人！請給黃兒一個機會。歡迎來信 summerkiss7@yahoo.com.tw (Lulu Lan)或carolliao3@hotmail.com (Carol 咪寶麻)，主旨註明「我想認養黃兒」。

認養資格：

1. 認養者須年滿25歲，有獨立經濟能力，並獲得家人、同住室友或房東的同意。
2. 認養前須填寫問卷，評估是否適合認養。
3. 須同意簽認養寵物切結書。
4. 同意送養人日後之追蹤探訪，對待黃兒不離不棄。

來信請說明：

a. 個人基本資料：姓名、性別、年齡、家庭狀況、職業與經濟來源等。
b. 想認養黃兒的理由。
c. 過去養寵物的經驗，及簡介一下您的飼養環境。
d. 若未來有當兵、結婚、懷孕、畢業、出國或搬家等計劃，將如何安置黃兒？

福氣臨門 1

國家圖書館出版品預行編目資料

福氣臨門／翦曉著. --
初版. -- 臺北市：狗屋, 2016.06
冊；公分. --（文創風）
ISBN 978-986-328-599-1（第1冊：平裝）. --

857.7　　　105006111

著作者　翦曉
編輯　余一霞
校對　黃薇霓　許雯婷
發行所　狗屋出版社有限公司
地址　台北市104中山區龍江路71巷15號1樓
電話　02-2776-5889～0
發行字號　局版台業字845號
法律顧問　蕭雄淋律師
總經銷　知遠文化事業有限公司
電話　02-2664-8800
初版　2016年6月
國際書碼　ISBN-13　978-986-328-599-1
原著書名　《祈家福女》

定價250元
狗屋劃撥帳號：19001626
網址：love.doghouse.com.tw　E-mail：love@doghouse.com.tw